에메랄드 시티

EMERALD CITY
by Jennifer Egan

에메랄드 시티

제니퍼 이건 소설

최세희 옮김

EMERALD
CITY
JENNIFER EGAN

문학동네

일러두기

1. 본문의 주석은 모두 옮긴이주다.
2. 고딕체는 원서에서 이탤릭체나 대문자로 표시된 부분이다.

데이비드 히스코비츠를 위해

차례

왜 중국이에요?

그였다, 틀림없었다. 그 작자였다. 멀리서 그를 알아보았고, 특유의 머리랄지 턱의 각도에 누구를 보고 있는지 깨닫기도 전에 속이 뒤집힐 듯 울렁거렸다. 나는 침술사, 피가 나는 상처 부위에 겨자색 습포제를 찍찍 붙이는 한의사들, 영문을 모르겠으나 쿤밍 사람이면 죄다 신고 입는 플랫폼슈즈와 나팔바지를 파는 노점상들을 돌아 그에게로 갔다. 나를 알아볼까봐 조마조마했다. 문득 그에게 사기당한 이 년 전만 해도 수염을 기르지 않았지만 나는 수염만 길러도—그 모습을 보고 한결같이 깜짝 놀라던 옛친구들 말로는—완전히 딴사람 같다는 (내심 더 낫다는 말이 듣고 싶어 기다렸다) 사실을 떠올렸다.

그와 나는 이 노천시장에서 유일한 서양인이었다. 내가 묵는 호텔에서 자전거를 타고 한참 와야 하는 이 시장은 콕 집어 말하기 어렵지만 어딘가 궁색한 분위기가 흘렀다. 그가 다가서는 나를 보고 말했다. "안녕하쇼."

"안녕하세요." 나도 인사했다. 그자가 확실했다. 나는 늘 사람의 눈에 주목한다. 그의 눈은 묘한 구석이 있는 회청색—선명한 회청색이었고 어린애처럼 긴 속눈썹이 나 있었다. 지난번 만났을 때 정장 차림이었던 그는 머리를 짧게 뒤로 모아 묶어 잊을 수 없는 그 순간 그야말로 유행에 민감한 월스트리트 사람으로 보였다. 한눈에 삶이 짐작되었다. 지프 랭글러, 최신형 스키, 피슬과 슈나벨과 바스키아에서 더 나아갈 배짱이 있다면 내 아내의 작품도 한 점은 껴 있을 초보 미술 애호가의 소장품. 그는 나 같은 샌프란시스코 사람들이 약간 경외감을 품는 부류의 뉴요커였다. 지금은 비대칭으로 짧게 자른 커트머리에 손으로 뜬 것 같은 겉옷을 입고 있었다.

"여기 온 지 오래됐어요?" 내가 물었다.

"여기 어디요?"

"중국 말이에요."

"여덟 달 됐어요." 그가 말했다. "〈차이나 타임스〉에서 일하거든요."

나는 양손을 호주머니에 넣은 채 내 쪽이 숨길 게 있는 것처럼 이상하게 눈치를 보고 있었다. "취재하고 있나봐요?"

"약물요." 그가 말했다.

"여긴 더는 없는 줄 알았는데."

그가 내 쪽으로 몸을 기울이며 슬며시 미소 지었다. "귀하는 지금 중국에서도 헤로인의 수도에 서 계십니다."

"말도 안 돼." 내가 말했다.

그가 앞꿈치를 땅에 대고 발을 굴렀다. 예의바르게 작별을 고하고 가야 할 때임을 눈치로 알았지만, 나는 그 자리에서 움직이지 않았다.

"단체관광 왔어요?" 그가 마침내 물었다.

"아내와 아이들하고만요. 청두행 기차를 타려고 오 일째 기다리고 있어요."

"왜 오 일씩이나."

"메이 요우." 나는 '처리를 안 해줘요'라는 뜻의 전천후로 통용되는 중국어로 말했다. 그러나 '처리를 안 해줄 때' 무엇이, 어떤 변수가 '안 돼요'를 '돼요'로 바꿔주는지는 죽었다 깨어나도 알 수 없다. "호텔 사람들이 입에 달고 살더군요."

"호텔 것들이 뭘 알아." 그가 말했다.

우리는 잠시 말없이 서 있었고, 그가 손목시계를 보더니 말했다. "이렇게 합시다, 이삼 분 기다려도 되면 내가 기차표를 구해줄 수 있을 것 같거든."

그는 설렁설렁 자리를 뜨더니 시장 옆 어느 건물 근처에 쭈그리고 앉은 불구의 알비노 중국인에게 몇 마디 건넸다. 〈차이나 타임스〉라니, 나는 생각했다. 퍽이나. 헤로인 밀매자가 더 어울리겠다. 동시에 이 작자 옆에 있는 것만으로도 짜릿한 전율을 느끼고 있음을 부정할 수 없었다. 그는 사기꾼이었다—나도 안다. 하지만 그는 내가 안다는 걸 몰랐다. 그런 이유로 내가 그보다 한 수 위라는 생각이 들어 흐뭇했다. 그가 나를 속여 가로챈 2만5천 달러가 아깝지 않을 정도였다.

우리는 각자 자전거를 타고 시내로 돌아갔다. 캐럴라인과 딸들을 데리고 이동할 때는 나도 택시를 탔다. 여기서 택시는 자동차부터 깡마른 남자가 비지땀을 흘리며 자전거로 끄는 수레까지 모두 지칭한다. 여느 중국인 가족처럼 우리 넷도 다 함께 자전거를 타면 좋을 텐데 그러지 못해서 부아가 치밀었다. ("우리가 언제부터 중국인 가족이었다고 그래, 샘?" 아내는 내게 한마디했다.) 그러나 딸아이들은 자전거에서 떨어지기라도 하면, 찌르릉 소리만 요란하지 아무짝에도 쓸모없는 종을 울려대며 여러 줄로 빽빽이 늘어서서 타다닥거리며 달리는 자전거들에 깔릴까봐 무섭다고 하소연했다. 장담하건대 아이들이 진력난 건 중국인들이 타는 검은색 구닥다리 자전거였다—멀리사와 카일리가 예전에 탔던 반짝거리는 기어 5단, 10단짜리와는 전혀 달랐으니까.

예전에 우연히 만났을 때 그의 이름은 캐머런 피어스였다. 자전거를 타고 가는 지금은 지나가는 트럭들의 소음에 묻히지 않으려고 고함치듯 스튜어트 필이라고 자기를 소개했다. 그때도 그랬지만 흠잡을 데 없이 잘 들어맞는 이름이었다. 캐머런은 일확천금을 벌어다줄 능력이 있다고 자부하는 남자에게서 엿보이는 조급하면서도 촉이 좋은 느낌을 풍겼었다. 스튜어트는 부드러운 말씨, 날카로운 관찰력을 지녔다—기자에게 기대할 만한 자질이었다. 나는 이름—샘 래퍼티—을 밝히며 그가 연관성을 알아차리기를 은근히 기대했지만, 거래처 이름을 댔을 때 잠깐 멈칫하고 그만이었다.

"회사에서 나를 조사하는 동안 휴가차 왔어요." 그렇게 말해놓고 나는 제풀에 놀랐다.

"무슨 일로 조사까지 받아요?"

"숫자를 함부로 다뤘거든요." 그 사실을 입 밖에 꺼내 불안하면서도 계속 말하고 싶어 미칠 지경이었다. "이 시점에선 그냥 내사예요."

"아이고." 그가 이상야릇한 얼굴로 나를 보며 말했다. "잘 해결됐으면 좋겠네요."

우리는 커다란 콘크리트 매점 앞에서 내렸다. 그곳에는 중국의 독특한 문화라고 내가 결론 내린 풍경이 펼쳐져, 와글와글 매표구 쪽으로 장사진을 이룬 사람들이 악의 없이 서로 밀치고 팔꿈치로 찔러대고 있었다. 스튜어트가 제복 차림의 관리 하나에게 열성적이지만 (내가 느끼기엔) 형편없는 중국어로 말하며 손짓으로 나를 가리켰다. 결국 마지못해 앞장선 관리를 따라서 옆문으로 들어가 침침한 복도를 지났다. 내가 어릴 때 다녔으나 두 딸은 앞으로 근처에도 얼씬 못하게 할 공립학교의 지저분하고 획일적인 분위기가 느껴졌다.

"어디로 간다고 했죠—청두?" 그가 큰 소리로 말했다.

그때는 이미 우리가 허름한 사무실에 들어선 뒤였고, 책상에 앉아 있던 군인으로 보이는 여자는 스튜어트가 불쑥 쳐들어와 영 못마땅한 기색이었다. "맞아요—네 사람이고요." 나는 그에게 다시 말해주었다.

몇 분 만에 나는 스튜어트에게 한 뭉치의 돈을 건넸고 그는 내게 기차표를 주었다. 우리는 미적지근한 온기를 간직한, 먼지 자욱

한 햇살 속으로 다시 나왔다. "내일 출발하면 돼요." 그가 말했다. "오전 여덟시 삼십분. 저 사람들이 일등칸만 팔려고 해서, 상관없으면 좋겠네요."

"괜찮아요." 우리는 언제나 일등칸을 탔다. 짐작건대 스튜어트도 전생에는 그랬을 것이다. "고마워요." 나는 말했다. "십년감수했네."

그가 손사래를 쳤다. "중국인도 자기 나라에서 미국인이 거지같은 꼴을 당하는 건 좋아하지 않아요." 그러고는 말했다. "그래서 그런 꼴을 당하고 있다는 티를 내면 처리해주죠."

그가 명함을 건넸다. 영어와 중국어로 주소가 쓰여 있고 〈차이나 타임스〉 로고가 산뜻하게 돋을새김되어 있었다. 여전히 선수군, 나는 생각했다.

"시안에 사네요." 내가 한마디했다. "우리도 거기 갈지 모르는데, 그 병마 토기 보러."

"연락해요." 틀림없이 빈말이었다.

"도와줘서 고마워요."

"됐어요." 그렇게 말하더니 그는 자전거를 타고 가버렸다.

"전혀 모르는 사람이?" 호텔로 돌아가 기차표를 보여주자 놀란 아내가 물었다. "아무 이유 없이 이 표를 구해줬다고?"

"미국인이었어." 그가 내게 사기쳤던 개새끼라고 말하고 싶어 입이 근질거렸지만 그런 작자와 어울렸다는 것을, 그의 호의를 받아들였다는 것을 무슨 수로 설명하려고? 캐럴라인이 어떻게 생각할지는 뻔했다. 조사가 시작된 후 내가 저질렀던 일련의 기행에 하나 더 추가될 해프닝이겠지. 가장 최근 것은 모든 걸 내버리고 함께 중국으로 가자고 가족에게 애걸한 일이었다. 딱히 우울해서는 아니었다. 그보다는 괴상한, 안절부절못하는 압박감 때문에 늦은 밤 집안을 서성이고, 저장고에서 제일 좋은 와인을 따서 혼자 마시며 케이블 TV에서 사람들이 잘 보지 않는 채널만 이리저리 돌렸다.

"애들은 어디 갔어?" 내가 말했다. "배 깎아먹으라고 칼 하나씩 사줬는데."

"애들한테 칼을 사줬다고?"

"그냥 작은 칼이야." 나는 말했다. "할머니들이 늘 배 깎고 있던 거 봤잖아? 배 껍질에 먹으면 안 되는 게 묻어 있는 것 같던데."

캐럴라인은 브라와 팬티를 빨아서 화장대 서랍들을 앞으로 잡아 빼고 그 위에 널어 말리던 중이었다. 결혼 전 70년대 말, 일 년 동안 평화봉사단으로 케냐에 있을 때도 우리가 지내던 작은 방에 줄을 매고 자기 빨래를 널었다. 나는 그물처럼 이리저리 얽힌 빨랫줄과 속옷 사이로 그녀를 지켜보곤 했다—적갈색 머리칼, 호박琥珀이 생각나던 깊고 온화한 눈동자. 언제나 그 시절을 떠올리는 게 좋았다. 그후 우리가 손에 넣은 돈과 집들과 여행들도 그 기억을 모조리 지워버리지는 못했다고 여기면서. 우리는 그때와 달라지지 않았어, 나는 혼잣말을 하곤 했다. 마사이족을 도와 소똥으로 만든 집을 수리해주었던 우리.

캐럴라인이 창문 하나를 열기 무섭게 중국의 시큼한, 암내 같은 냄새가 방안으로 밀려들었다. "전혀 모르는 사람이라고." 그녀는 혼자 곱씹다가 나를 보며 미소 지었다. "당신이 잘생긴 덕분이야."

딸들은 내가 어떤 사람인지 드러내주는 존재였다. 금발에 귀티가 흐르는 딸들은 나를 닮아 피부가 매끄럽고 코끝이 살짝 들렸다는 말을 들었지만—사실이 아니라는 것을 내가 모를 리가—나는 어마어마한 비용을 들여 아이들을 지원했고 치아 교정술적으로 완벽한 미소도 그렇게 해서 얻어낸 것이었다. 케냐 마사이족 아이들은 입술이 다 트고 눈엔 파리가 꼬였다. 그토록 열악한 환경에서 사는 아이들에 대한 기억이 최근 몇 달째 나를 짓눌렀지만 영문을 몰랐다. 언젠가부터 딸들을 노려보며 마사이 애들에 비해 무자비하리만치 풍족한 삶을 누리고 있음을 스스로 인정하길 벼르고 있었다. 정작 그들의 아름다움에서 찾아낸 건 고결함이었고, 그래서 분할 지경이었다. 복수의 천사들. 내가 딸아이들을 그렇게 부르기 시작하자, 아내는 황당해했다.

그렇다고 딸들이 똑같다는 소리는 아니었다. 큰애가 열두 살, 작은애가 열 살로, 동생은 언니 멀리사가 피겨스케이팅에서 두각을 나타내며 사립중학교에서 일종의 유명인이 되자 우러러보았다. 세상 모두가 동의하는 것 같은데, 멀리사가 아주 약간 더 사랑스럽기는 했다. 이런 불균형을 바로잡을 작정으로 나는 그즈음 둘째 카일리를 덮어놓고 칭찬했고, 이런 내가 못마땅한 캐럴라인은 그만 좀 하라고 애원했다. "편애나 하고 잘하는 짓이다." 그녀가 말했다. "멀리사는 아빠가 자길 미워하는 줄 알아."

"편애는 세상이 하고 있지. 나는 균형을 맞출 뿐이야."

그렇지만 갑작스럽게 내가 카일리에게 아낌없이 애정을 퍼붓는 방식은 지나친 면이 없지 않았다. 그래도 아이는 그때그때 잘 넘기면서, 우리만의 '특별한' 여행이랍시고 동물원이며 샌프란시스코 과학관이며 오션비치로 끌려다니는 동안 용케 버텼다. 오션비치의 축축하고 묵직한 모래 위를 터벅터벅 걸으며 우리 둘 다(그게 아니라면 적어도 나는) 멀리사—나는 대놓고 첫째 딸을 따돌렸고 그 애의 피겨스케이팅 대회에 가서도 내내 조는 척하기 일쑤였다—도 같이 왔으면 좋았을 거라고 생각했다.

하지만 지금은 중국이 너무 싫고, 여름철 가운데서도 가장 좋은 때를 사람들이 크리넥스도 없이 코를 푸는 나라에서 보내게 되어 몹시 원망스러운 나머지 멀리사와 카일리는 똘똘 뭉쳐 나에게 완강히 반항하고 있었다. "아빠, 왜?" 이 여행이 시작된 순간부터 두 아이가 후렴구처럼 반복한 질문이었다. 홍콩에서 광둥으로 들어갈 때의 배, 쿤밍행 비행기를 기다리던 며칠. 마침내 도착한 그 비행기는 차라리 우리 손으로 조립했어도 이렇게까지 불안하지는 않았겠다 싶은 생각이 절로 들 정도였다. "아빠, 왜?" 시간이 흐르면서 그들의 의문은 점점 더 범위를 넓혀갔다. 왜 여기예요? 하필 왜 이거예요? 그들은 애먼 사람에게 묻고 있었다.

청두의 건물들은 비교적 최근에 지어진 것이어서 쿤밍에서처럼 보는 재미는 덜했다. 나는 조바심치며 아내와 열의 없는 딸들을 끌고 거리를 돌아다녔다. 우리는 절 옆 소수민족이 사는 습한 동네에서 녹차를 마셨다. 안개에서 화학약품 냄새가 풍겼다. 아시아인이면서 희한하게도 눈동자가 옅은 파란색인 소녀가 우리를 줄곧 뚫어져라 보고 있었다. "쟤 좀 미친 건가, 아빠?" 멀리사가 물었다.

"네 머리 스타일이 부러워서 그래."

그 말이 진담인가 싶어 나를 흘긋 본 멀리사는 내가 요새 그애와 이야기할 때 곧잘 띠는 신랄한 냉소를 알아차렸다.

"쟤도 나 같은 아빠가 있나." 멀리사가 투덜거렸다.

"그렇게 운이 좋을까."

아내가 한숨을 쉬더니 한마디했다. "시각장애인이야." 그 즉시 아내의 말대로라는 걸 알았다. 소녀는 알아들을 수 없는 우리 가족의 말소리에 이끌렸을 뿐 시선은 텅 비어 있었다.

"시안에 가자." 내가 말했다. "멋질 거야."

멀리사가 여행안내서를 펼쳐 눈으로 훑다가 큰 소리로 읽었다. "토기로 만든 진시대의 전사들을 빼면 시안의 구경거리는 볼품없지만, 획일화된 도시 구획과 구소련 스타일의 아파트 건물들이 빚어내는 황량한 도시 풍경은 강렬하게 다가온다."

"내가 들은 이야기는 다른데." 그렇게 말하면서 나는 멀리사의 손에서 책을 낚아채고 싶은 충동을 억눌렀다.

"토기 전사들?" 카일리가 말했다.

"누구한테 들었는데?" 아내가 물었다.

"우리에게 기차표를 구해준 친구."

"진짜 사람 크기로 빚은 진흙 병사가 수천 개나 돼." 캐럴라인이 카일리에게 설명했다. "과대망상에 빠진 중국 황제가 죽고 나서도 자길 지키라고 사람들을 시켜서 지하에 만들었대."

"끝내주는데." 카일리가 말했다.

캐럴라인이 나를 보았다. "거기 가자."

"왜?" 멀리사가 물었지만 아무도 대답하지 않았다.

멀리사는 무시당해 자존심이 상한 표정으로 먼저 찻집을 나가버렸다. 다 함께 따라나서면서 나는 흘깃 뒤돌아보았고, 아니나다를까, 옅은 파란색 눈동자의 아시아 소녀가 그때까지도 눈으로 우리를 좇고 있었다.

나는 알았다—캐럴라인도 알았다—조사가 시작된 후 내 입지는 그녀의 남편에서 미끄러져—아니면 솟아올라—그녀가 응석을 받아줘야 할 사람이 되었다는 것을. 여기에는 고마움과 죄책감이 작용했다. 내가 회사에 다니며 그야말로 빼빠지게 일하는 동안 캐럴라인은 몇 년을 조각 스튜디오에서 빈둥거렸다. 그러다 삼 년 전, 아내는 대박을 터뜨려 휘트니 비엔날레에 작품을 출품하게 되었다. 그것을 계기로 더 많은 전시회에 참여했고, 뉴욕을 비롯한 몇몇 도시에서 개인전을 열기도 했다. 날씬하고 아름다운 여자와 (나한테서도 나겠지만) 신권新券 냄새를 풍기는 후리후리한 체격의 젊은 남자 부부, 아니면 시골 저택과 침을 질질 흘리는 리트리버가 연상되는 거동이 불편한 늙은이를 대동한 뼈만 남은 몸에 향수 냄새가 진동하는 늙은 정부 같은 이가 수십 명씩 스튜디오를 직접 방문했다. 아내가 향후 삼 년간 조각할 작품까지 다 팔렸다. 이참에 내가 일을 그만두고 평소 노래를 불렀던 인류학 공부나 사회

사업을 하면 어떨지 얘기도 해보았다. 아니면 그냥 백수로 나자빠져 있던가. 하지만 우리의 고정비는 하늘 높은 줄 모르고 치솟았다. 프리시디오 테라스*에 위치한 집, 두 딸의 대학 진학을 위한 사립학교 학비, 스케이팅 레슨, 승마 교습, 피아노 교습, 여름 테니스 캠프—나는 딸들이 그 모든 걸 누리게 해주고 싶었다. 모든 것, 아니 그 이상을 평생 누리게 해주고 싶었다. 그러다 캐럴라인의 엄청난 수입으로도 감당할 수 없는 시점이 왔다. 그럼 달라져야지, 아내가 말했다. 좀 줄이자. 하지만 그 생각이 나를 불안에 떨게 만들었다. 나는 조각가가 아니었다, 화가도 아니었다, 무엇을 만들어내는 부류가 아니었다. 그 오랜 세월을 죽어라 일하며 이루고자 했던 건 더도 덜도 아닌 지금 우리가 누리는 바로 그 삶이었다. 그걸 내친다면 지금껏 뭘 때문에 살았단 말인가?

우리가 여전히 그 문제를 곱씹는 와중에 회사에서 조사가 진행 중인 걸 알게 되었다. 그 일의 주모자는 이름도 제격인 제프리 폭스로 내 발목을 잡으려고 몇 년 동안 벼르던 차였으니, 이유인즉슨 아내 실라가 남자의 기를 죽이는 여자였던 반면, 내 아내는 아름다운데다 능력도 출중했기 때문이었다. 그는 언제나 캐럴라인의 스튜디오 주변을 킁킁대며 돌아다녔고 그전 해는 그녀의 작품을 세 점이나 샀다. "그 똥 같은 새끼가!" 내가 조사에 대해 전하자 캐럴라인은 소리를 빽 지르며 욕했고, 밤마다 우리는 두 딸을 재운 후 밤늦도록 마주앉아 내가 어떻게 대처할지를 놓고 목소리를 낮춰

* 샌프란시스코의 부촌.

의논했다. 내 결백을 주장하는 편지를 이사회에 보낼까? 폭스에게 반격을 해야 하나? 안 될 말이다, 우리는 결론을 내렸다. 당장은 아무것도 하지 않는 것이 최선이었다. 조사가 끝날 때까지 잠자코 기다리자, 그러다 털어도 나오는 게 없으면 애초에 조사를 시작한 것이 과연 적법했는지 따지자. 그때까지 휴가를 떠나 머리도 식히고 잠도 좀 자는 거다. 하. 하.

이 모든 과정을 겪고 얻어낸 생각지도 못한, 뭐라 꼬집어 말할 수 없는 결과는 캐럴라인이 나에게 빚이 있다는 것이었다. 나도 알고 그녀도 알았다. 나는 거짓말할 생각이 없다—이건 내가 기피하는 감정은 아니었다.

시안공항에서 택시를 타고 골든플라워호텔로 가면서 아내와 딸들은 차창 밖으로 흘러가는 칙칙한 아파트 건물들, 휘주근하니 먼지를 뒤집어쓴 나무들이 늘어선 인도를 침울하게 바라보았다. 호화로운 호텔이 모두의 기운을 북돋아주었다. 제복 차림의 도어맨, 대리석 바닥, 돈지갑을 쓰다듬는 부유한 중서부 사람만큼 우주의 풍요에 관한 믿음을 회복시켜주는 것도 없었다. 캐럴라인마저 나와 시안 '구'시가지로 동행할 마음이 없는데다, 대학교 로고 머리띠를 하고 프런트데스크에서 일하는 아시아 여자를 통해(서양인처럼 꾸미고 행동하는 법을 익힌 계급임이 확연했다) 스튜어트의 주소지가 그 방면임을 알게 되자 나는 속으로 쾌재를 불렀다. 나는 캐럴라인을 두고 호텔을 나섰다. 캐럴라인은 침대에 드러누워 '진시황'에 관해 벼락치기중이었다. 토기 병마를 만들라고 지시한 미치광이 황제가 수많은 노동자를 희생시켰다는 사실을 내게도 들려주었는데, 그렇다면 그 마지막 걸작에는 조각가들의 피땀만이 아니라 이따금 그들의 살도 들어갔으리라.

시안 구시가지로 나오니 차를 파는 여자 노점상들이 들끓었다—유리잔에 물 한번 끼얹고는 다 씻었다고 생각하는 사람들이었다. 그간 딸들을 이런 장사치들 근처도 못 가게 한 건 제대로 설거지도 하지 않은 유리잔에 온갖 치명적인 병균이 득시글거려 내 자식들의 연약한 장에 침투할 기회만 노린다고 믿었기 때문이다. 그런 내가 돈을 주고 차 한 잔을 사서 홀짝이는 것도 모자라, 미심쩍은 다진 채소로 속을 채운 호빵을 후딱 먹어치우고 두 개째 사다니. 기분이 여간 짜릿한 게 아니었다.

절 안을 어슬렁거리며 사람들이 고즈넉한 종소리에 맞춰 경을 외는 소리를 듣고 있으니 어릴 적 물건을 훔쳤던 기억, 이웃집 지하실로 몰래 기어들어갔던 기억을 떠올릴 때처럼 마음이 싱숭생숭했다. 절을 나서서도 그 여운을 곱씹으며 스튜어트가 사는 거리를 향해 걷는데, 홀연히 반 블록 떨어진 곳에 서 있는 그가 눈에 들어왔다. 저기 인도에서 중국인 노파 셋과 이야기를 하고 있었다. 가슴이 설레었다—그 기분을 달리 표현할 도리가 없다. 수작을 걸고 싶은 여자를 발견했을 때처럼 피가 얼굴로 쏠려서 우뚝 멈춰 섰다. 뭘 잘못 먹은 것도 아니고 도대체 왜 이러지? 어쨌거나 이 작자는—나를 등쳐먹은 놈, 호구로 만든 놈이잖아. 내가 미쳤나? 하지만 그때는 벌써 그가 있는 쪽으로 다시 걸어가고 있었다.

"스튜어트." 내가 말했다. 그가 멀뚱멀뚱 바라보자, 괜스레 주

눅이 들었다. "쿤밍. 기억해요?" 내가 말했다. "우리 가족 기차표를 구해줬잖아요."

"아, 맞다." 그가 허를 찔린 듯한 미소를 지었다. 중국 여자들이 자리를 떴다.

"덕분에 잘 갔어요." 나는 빙충이같이 말했다.

어색한 침묵이 흘렀다. "그래, 마약 기사는 아직도 쓰고 있는 거예요?" 내가 물었다.

"이번주 주제는 밀수예요."

"뭘 밀수하는데요?"

"골동품요. 꽃병 같은 걸 들고 외국으로 나가는 사람들."

"범죄 스토리가 전문인 모양이네요?" 나는 물었고, 맥박이 난사하는 기관총처럼 뛰었다.

"잘 아는 분야이긴 하죠."

"경험이 많으니까." 나는 입을 다물 수가 없었다.

스튜어트가 고개를 갸웃했다. "저널리스트가 꿈이신가?"

"아니면 잠재적 범죄자거나." 나는 그렇게 말하고 웃음을 터뜨렸다.

스튜어트는 아무 말도 하지 않았다. 물끄러미 나를 바라보는 그의 얼굴에 진심으로 궁금해하는 기색이 처음으로 어렸다.

"토기 병사 말고 여기서 볼만한 게 또 없나요?" 내가 물었다.

"시안엔 그리 많지 않죠." 그가 말했다. "내일 시 외곽의 아주 멋진 불교 석굴사원에 가려는 참인데."

"정말요?"

"오세요. 혼자 빠져나올 수 있으면." 그가 말했다. "하지만 거기서 하룻밤 자야 해요."

"가능할 것 같아요."

그는 기차역에서 만날 장소를 정해주고 내일 아침 열시에 기다리겠다고 했다. "같이 갈 수 있으면, 나야 좋지." 그가 자리를 뜨려고 돌아서며 말했다.

"시간 맞춰 갈게요." 내가 말했다.

브래디 채권*, 신흥시장. 이것이 해리 메이어의 총각파티에서 처음 만난 캐머런 피어스의 머릿속을 대부분 차지하고 있던 것이었다. 올리브그린 정장, 뒤로 모아 묶은 머리, 그 자리에 있던 우리 중 누구보다 카우보이 분위기를 풍겼다. 해리와는 어떻게 아는 사이였을까? 그때 해리는 몇 테이블 떨어진 자리에서 젖은 셔츠를 머리에 뒤집어쓰고 취해 맛이 가 있었다. 이윽고 머리색이 저마다 다른 스트리퍼 세 명이 등장하더니 해리에게 매달려 온갖 서비스로 구워삶는 동안, 캐머런은 내게 아프리카에 투자하려고 준비중인 합자회사 이야기를 꺼냈다. 나이지리아, 코트디부아르, 보츠와나, 짐바브웨.

"주로 거기서 지내나봐요?" 내가 물었다.

테이블 중앙에 놓인 장식에서 빼낸 빨간 사과를 그가 어찌나 맛

* 1989년 대외채무 불이행 사태에 빠진 남미 국가들의 채무구조 조정을 위해 신규로 발행한 채권.

깔나게 먹는지 보고 있던 나도 하나 먹고 싶을 정도였다. "시간 날 때마다 가죠." 그가 말하며 싱긋 웃었다.

"그렇군요." 내가 말했다. 그러고는 평화봉사단에 얼마간 참여했던 이력을 충동적으로 털어놓았다—업계 사람에겐 좀처럼 하지 않는 얘기였다.

캐머런은 고갱이만 남은 사과를 내려놓고 동료들이 쏟아내는 야유와 추임새 너머로 나에게 말을 건네기 위해 몸을 가까이 숙였다. "그런 게 이런 개똥같은 짓거리를 버티게 해주는 일이죠." 그가 말했다. "밖으로 나가요. 아프리카에 뭐가 있는지 직접 봐야죠." 그 순간 우리는 서로 통했다. 우리는 주변의 인간들과 다른—더 나은—존재였다.

그 다음주에 캐머런 피어스의 똘마니가 우리 회사에서 프레젠테이션을 했다. 후배 트레이더 버트 펠프스가 나 못지않게 거래에 관심을 보였지만 먼저 피어스의 신원을 좀더 알아보자고, 적어도 해리 메이어가 보라보라에서 신혼여행을 마치고 돌아올 때까지 기다렸다가 그에게 일임하자고 말했다. "좋을 대로 해." 나는 말했다. "난 지금 들어갈 거니까." 나를 움직이는 것은 순전히 배짱, 우리 같은 트레이더가 앞세우는 특유의 통 크고 충동적인 본능이었다. 스스로가 쪼잔하다 싶었는지 버트도 나를 따라 투자했다. 우리 둘 다 최소액—2만5천 달러—을 투자했다. 캐머런의 똘마니가 우리의 보증수표를 받아갔다.

그후로 캐머런과 두어 번 전화 통화를 했다. 그는 극동으로 가고 있었다. "내가 점찍은 나라로 가고 있어요." 그가 말했다. "길을 잃고 싶으면 극동으로 가봐요." 돌아오면 점심식사를 하기로 약속했다. 월간 손익계산서가 들어오기 시작했다. 20퍼센트의 수익과 함께. 나로선 불만이 있을 리 없었다. 버트는 구름 위를 걸어 다녔다. 그러다 그도 나도 엄벙덤벙 까먹게 되었다. 도합 네 번 들어온 손익계산서가 뚝 끊겼을 때도 나는 두 달이 지나도록 알아채지 못했고, 그것도 버트가 말을 꺼내서 알았다. "샘, 요새 아프리코에서 소식 온 거 없어요?" 그가 말했다.

이후 상황은 막장드라마에 나오는 그대로 전개되었다. 아프리코 사무실에 수차례 전화했지만 그때마다 끊겼다. 캐머런 피어스의 명함에 기재된 사무실 주소인 키어니 스트리트로도 가봤으나 아프리코 주식회사는 애초에 존재한 적이 없고, 증권거래위원회는커녕 그 비슷한 어디에도 등록되어 있지 않다는 사실만 알게 되었을 뿐이다. 캐머런 피어스, 그리고 이제는 이름도 기억나지 않는 그의 똘마니도 마찬가지였다. 심지어 우리가 상의하기로 해놓고 잊고 있었던 해리 메이어는 전혀 모르는 사람이라고 했다. "캐머런 누구? 내 파티에 왔었다고?" 그가 황당해하며 되물었다. "나 말고 다른 사람이 데려왔겠지." 그 말인즉슨 그들이 사기꾼이란 뜻이었다. 이런 일은 처음이 아니었다. 주체할 수 없을 만큼 돈이 많아 마구 뿌려대는 사람들이 몸담은 이 업계에선 이례적이라고 할 수도 없었다. 하지만 피해자는 대부분 나보다 어리고 직위도 낮은 편이었다. 버트 정도면 모를까. 게다가 이 건에 처음 의구심을 표한 것도 버트였다.

저열한 투자가 판치는 동네에서 2만5천 달러면 그리 큰 손실도 아니다. 하지만 나는 극복이 되지 않았다. 그 작자가 앉은자리에서 내게 허위 매물을 팔았다는 것, 내가 그에게 홀려서 하는 말마다 좋아 죽는 동안, 그는 슬슬 입질이 들어오는데, 하고 생각했다는 건 두말하면 잔소리다. 평화봉사단?—옳거니, 이제 넌 내 밥이다! 직장 동료들은 내가 몸소 빛나는 귀감이 되었다고 놀려댔다. 캐럴라인은 잃어버린 돈 때문에 손을 비비며 다소 아쉬워했다. 그러고는 다들 언제 그랬느냐는 듯이 잊어버렸다. 하지만 나는 아니었다. 그 작자, 캐머런 피어스가 그간 얼마나 많은 '동업자'를 끌어들였을까, 얼마나 많은 '거래'를 성사시켰을까 두고두고 생각했다. 어딘가에서—해변에 누워 시가를 피우며 우리 돈을 쓰고 있을 그를 생각했다. 밤이면 잠든 캐럴라인 옆에 누워 어느새 사뭇 근본적인 차원에서 그의 정체를 곱씹고 있었다. 도대체 어떻게 생겨먹은 인간일까?

그의 말을 제대로 들었다면 이후 일어날 사태를 알아차렸으리라는 것이 내가 내린 결론이었다. 그는 사실 그대로 말하지 않았던가? 자기는 딴 세상—이런 건 전혀 중요하지 않은 곳—에서 왔다고. 그런 그에게 나 역시 마찬가지라고 단언했다. 하지만 사실이 아니었다. 나는 원칙대로 움직였다. 그리고 그가 이겼다.

"이게 지금 뭐하는 짓이야?" 내 딴은 앞뒤가 착착 맞는 계획 같았는데 얘기를 듣더니 캐럴라인이 대뜸 말했다. 그 계획이란 다음 날 딸애들과 그녀가 진시황의 토기 병사들을 구경하는 동안 나는 생판 모르는 사람과 중국의 다른 지역으로 가서 하룻밤 묵고 오겠다는 것이었다.

"기차표 구해준 남자 말하는 거야?" 캐럴라인이 말했다. "그 사람이 시안에 살아? 그걸 왜 이제 말해?"

"당신이 어떻게 나올지 몰라서."

"내가 왜 신경써야 하는데?"

"이젠 신경쓰는 것 같네."

"당신이 그 사실을 감추고 있었다는 걸 이제야 알았으니까 신경쓰이는 거지. 그 사람이랑 다른 데로 가버린다니까. 그래, 샘, 신경쓰여."

우리는 머리끝까지 화가 나서 서로 노려보았다. "그 남자랑 연애해?" 캐럴라인이 도저히 못 믿겠다는 듯 물었다.

"아, 그게 무슨 개소리야!" 나는 버럭 소리를 질렀다.

아내가 내 표정을 샅샅이 살피더니, 이윽고 말했다. "그렇게는 안 되겠어, 샘."

"뭐가 안 된다는 거야?"

"당신의 계획이 뭐건 안 된다고."

"난 그 사람이랑 갈 거야."

"가." 그녀가 말했다. "우리도 같이 가."

우리는 기차를 타려고 뱀처럼 길게 늘어선 중국 농부들 사이에 청승맞게 껴 있었다. 멀리사와 카일리는 삐친 것처럼 보이려고 용을 썼지만 엄마 아빠가 갑자기 계획을 바꾼데다 모르는 사람까지 일행이 된 것이 얼떨떨해서 순전히 불만만 드러내는 게 쉽지 않았다. 나는 스튜어트와 함께 기차표를 사러 갔다—그의 표까지 내 돈으로 샀다. 불교 석굴사원에 우리 가족 전부를 데려가겠다는데도 흔쾌히 승낙해준 그에게 내가 할 수 있는 최소한의 성의 표시라는 생각이었다. 그는 볼일이 있다며 기차가 출발하기 전에 잠시 자리를 떴다.

"이거 병사들 보러 가는 기차야, 아빠?" 카일리가 물었다.

"병사는 관광객들이나 보는 거고." 내가 말했다.

"근데 병사 보려고 여기 온 거 아니었어?" 멀리사가 물었다. "토기 병사들 말이야."

"그럼 너 혼자 여기 남아서 보러 가던가." 내가 말했다. "아빠는 맛이 간 왕의 집착을 보러 갈 생각이 눈곱만큼도 없거든."

"일등칸 승객 휴게실에 가서 애들 좀 앉게 해주자." 아내가 제안했다.

"우리 자리는 딱딱한 좌석*이야." 내가 말했다. "여덟 시간만 가면 되거든."

아이들은 입이 떡 벌어졌다. 그러더니 서러운 표정으로 엄마 쪽을 힐끗 보는데, 그 보드랍고 매끈한 얼굴에서 오랫동안 누린 특권이 남긴 그윽한 아름다움이 눈에 들어왔다. 별안간 참을 수 없이 화가 났다—그런 특권도 다 내가 고생한 덕분에 누리는 것임을 알지 못하는 두 딸 모두에게 화가 났다.

"세상 모든 사람이랑 같이 줄서서 기다려." 내가 말했다. "그런

---

* 硬座. 중국 기차 좌석 중 가장 싼 좌석.

다고 안 죽어."

아이들은 풀죽은 표정으로 나를—그들의 아버지를, 온갖 세균이 득시글거리고 연주창連珠瘡에 걸린 사람과 마주칠 수 있다며 버스도 못 타게 하는 사람을 말끄러미 쳐다보았다.

"너희 아빠는 우리가 일등칸을 타고 가면 친구가 실망할까봐 그러는 거야." 캐럴라인이 가시 돋친 말을 내뱉었다.

"그 사람 내 친구 아니야." 내가 말했다.

"그럼 누구 친구인데?" 캐럴라인은 물었다.

기차에 오르고 보니 빈자리가 나면 못해도 스물다섯 명은 달려들 기세여서 '개밥도 궁할 땐 모자란다'는 말이 절로 떠오를 지경이었다. 승객 태반이 시골 남자아이로 맨발에 무릎까지 말아올린 바짓자락 아래 하나같이 거뭇한 둥근 흉터가 있는 것 같았다. 그들은 시안에서 장을 보고 똑같은 모양의 지퍼 달린 싸구려 가방에 노획물을 거의 터질 듯이 채워 잔뜩 짊어지고 있었다. 내 아이들이 앉을 자리가 없었다. 가까이하면 안 된다고 귀에 못이 박히도록 들었던 사람들, 땀에 젖어 법석을 떠는 족속 사이에서 부대끼게 되자 겁에 질린 딸들의 표정을 나는 지켜봐야 했다. 천만다행으로 시골 남자애 몇 명이 벌떡 일어나 자리를 내준 덕분에 딸들은 창가 좌석에 마주앉게 되었다. 아이들 옆에 앉은 캐럴라인은 여전히 화가 풀리지 않아 내 눈을 피했다. 한쪽에 떨어져 서 있는 스튜어트는 진작 우리에게 정나미가 떨어진 표정이었다.

시간은 느리게 흘렀다. 나는 딸들에게서 시선을 떼지 않고 그들이 부루퉁해 있다가 자기네보다 이 상황이 더 심각함을 깨닫고 침통한 표정으로 바뀌는 것을 보았다. 기차가 느려지다가 플랫폼에 정차할 때마다 먹을 것을 파는 행상인들이 작은 수레를 끌고 차창 주위로 몰려들었다. 두 시간 만에 카일리와 멀리사도 가느다란 막대에 꽂은 아이스캔디, 비닐봉투에 담긴 작은 청사과, 푸슬푸슬한 노란색 케이크를 사겠다며 다른 사람들에게 뒤질세라 눅눅한 종이돈을 한 움큼씩 쥐고 흔들어댔다. 그리고 그렇게 산 것을 남김없이 주변 사람들에게 나눠주었다. 그 모습을 보고 있으니 가슴이 미어졌다.

기차가 갈수록 지형이 기이해졌다. 땅 위로 솟은 잿빛 구릉들은 기슭보다 중간으로 올라갈수록 더 넓게 부풀어올랐다. "닥터 수스 같네." 카일리의 말이 귓전을 스쳤다. 캐럴라인은 공책에 스케치를 했다. 나는 창밖의 기괴한 구릉을 바라보며 스스로를 타일렀다. 우리는 샌프란시스코 워싱턴 스트리트에 있는 집에 살아. 육 년 전 내가 현금으로 백만 달러에 매입한 집이지. 바로 지금도 그 집은 존재해, 도난경보기가 켜져 있고 자동 스프링클러가 설정돼 정원이 싱싱하게 유지되고 있지. 그 집은 여전히 거기 있어. 우리를 기다리고 있어. 하지만 믿어지지가 않았다.

그날 오후 늦게 목적지에 도착했다—해가 아직 높이 떠 있었지만 쏟아내는 빛은 흐릿하고 우중충했다. 우리가 이제껏 다녔던 어느 곳보다도 이곳에서 신기한 존재였는지, 비틀비틀 거리로 향하는데 주위에 행인들이 몰려들어서 뻔뻔하게도 놀라움을 감추지 않고 빤히 보았다.

관광호텔이라는 뜻의 빙우완은 감옥을 겸해도 전혀 이상하지 않을 것 같았다. 작은 방마다 좁고 삐걱거리는 침대가 두 개씩 놓여 있고, 지저분한 콘크리트 바닥인데다, 공중 '변소'—콘크리트에 나란히 뚫린 구멍—는 휴지도 문도 없고 밑에서 올라오는 악취에 왕파리가 들끓었다. "이게 뭐야." 방안을 둘러본 나는 미칠 것 같은 심정으로 캐럴라인에게 말했다. "때려죽인데도 이런 데 묵을 순 없어."

"당신이 좋아할 줄 알았는데."

"시내에 더 좋은 호텔이 있을 거야!"

"여긴 아주 작은 동네야, 샘. 다른 호텔이 있을 리 없잖아?"

"돌아버리겠네." 나는 식은땀이 나기 시작했다. "어쩌지?"

"진정해." 캐럴라인이 말했다. "딱 하룻밤 묵는 건데 뭘."

"애들은 어쩌고. 이런 젠장!"

"우린 괜찮아, 아빠." 옆방에서 카일리의 높은 목소리가 들려왔다.

한달음에 가보니 카일리는 침대 위에서 등을 구부리고 더러운 창문 바깥 수도꼭지들이 일렬로 달린 긴 홈통—우리의 싱크대—을 내다보고 있었고, 거기서 멀리사가 세수를 하고 있었다. 나는 카일리의 침대에 앉아 한 팔로 아이를 감쌌다. "사랑한다, 아가." 내가 말했다. "너도 알지." 카일리는 고개를 끄덕이곤 내게 쓰러지듯 몸을 기댔다. 멀리사가 물을 뚝뚝 흘리고 오들오들 떨면서 방으로 돌아왔다.

"추워." 그애가 말했다.

"수건 가져와." 내가 말했다.

"수건이 하나도 없어."

나는 주변을 둘러보았다. "어떻게 수건이 없을 수 있지?"

"더운물도 안 나와, 아빠." 멀리사가 말했다. "비누도 없고." 그러고는 녹슨 스프링이 끽끽거릴 정도로 침대에 몸을 던지고선 천장만 뚫어져라 보았다.

침대 밖 더러운 바닥으로 흘러내린 아이의 긴 머리채를 나는 무기력하게 지켜보았다. 문득 옆에서 카일리의 떨림이 느껴져 심약하고 수심에 잠긴 얼굴을 들여다보았다. "아, 아가야, 그만해." 내가 말했다. "제발. 왜 그러니? 아빠한테 말해봐."

"무서워." 카일리가 이를 딱딱 맞부딪치며 말했다.

"뭐가 무서워? 뭐가 널 무섭게 하는데?"

멀리사가 침대에 누운 채 한숨을 내쉬었다.

"영영 집에 못 가면 어떡해?" 카일리가 기어들어가는 긴장된 목소리로 말했다.

"당연히 집에 가지, 무슨 소리야." 내가 말했다. "이건 그냥 여행이야."

한동안 다들 잠자코 있었다. 나는 카일리를 꼭 끌어안고서 큰애 멀리사를 노려보았다. 콧방귀를 뀌거나 얼굴을 찌푸릴 테면 그래보라는 듯이—아이가 경멸을 드러내는 가장 약한 방식이었다. 하지만 멀리사는 눈을 감고 양팔을 가슴 위에 포갠 채 가만히 누워 있을 뿐이었다.

스튜어트가 후줄근하고 떼꾼해진 가족을 이끌고 저녁을 먹으러 나선 속내는 헤아릴 길이 없었다. 우리를 재미있어한다는 느낌은 있었다. 그 도시는 세상에서 잊힌 곳처럼 다가왔다. 먼지가 날리는 거리, 성의 없이 기능에만 충실한 백화점 진열창을 보면서 내가 자란 사우스다코타가 떠올랐다—햇빛을 가리려고 진열창 안쪽에 늘어뜨린 노란색 비닐가리개도. 그와 똑같은 노란색 비닐가리개 사이로 지지리 운 없는 아버지에게 사달란 소리는 꺼내지도 못했던 구식 트랜지스터라디오를 들여다보며 애꿎은 돌멩이만 걷어찼던 날, 이다음에 커서 마음만 먹으면 이딴 가게쯤은 통째로 살 수 있을 만큼 돈을 많이 벌겠다던 결심을 떠올렸다.

이름이 별나게도 '와인 바'인 식당에서 우리는 간장을 넣고 펄펄 끓여 날달걀 두 개를 얹은 고깃국을 먹었다. 달걀은 바로 익었다. 다른 손님들은 저녁을 먹다 말고 구경거리를 제대로 즐길 셈으로 우리 주위에 몰려들었다. 얼마 후에는 그다지 많지 않은 사람들이 거리에서 떠밀려 열린 식당 문으로 들어오거나 안 그러면 창문에 얼굴을 바짝 대고서 우리를 뚫어져라 보았다.

스튜어트가 내 딸들을 돌아보았다. "중국이 어느 정도로 싫어?" 그는 물었다.

딸들은 긴장해서 나를 흘끗 보았다. "아주 조금요." 카일리가 말했다.

"세상에서 제일 싫어요." 아니나다를까, 멀리사는 말했다.

"그중에서도 제일 싫은 게 뭔데?" 스튜어트가 물었다.

잠시 고민하던 두 아이는 요란하게 헛기침을 하고 길바닥에 침을 뱉는 게 제일 싫다고 입을 모았다.

"인도에선 빨간 침을 뱉는다?" 스튜어트가 말했다.

"역겨워요." 멀리사가 말했다. "왜 그러는데요?"

"인도 사람들이 먹는 빨간 나무 열매가 있는데 찌꺼기를 뱉어야 되거든. 그래서 빨간색 침을 뱉는 거야."

"아저씨도 그 사람들이 그러는 게 싫었어요?" 멀리사가 발랄하고 장난기 섞인 목소리로 물었다. 그애가 그렇게 말하는 걸 들은 게 얼마 만인지 모르겠다.

"나야, 아주 좋아했지." 스튜어트가 말했다. "매 순간 내가 얼마나 멀리 떠나와 있는지 실감났으니까."

"제3세계에선 어디나 그런 느낌 아니에요?" 캐럴라인이 말했다. "인도나, 뭐, 아프리카도?"

"그래서 정말 심란해지죠." 스튜어트가 말했다. "그 사람들을 도우러 간 게 아니면, 가슴 아파하는 게 다 무슨 소용이겠어요? 그래도 중국은 낫죠, 굶는 사람은 없으니까."

"우리 아빠는 도와주러 갔는데." 멀리사가 말했다. "아프리카에 가서 아이들에게 먹을 걸 줬어요."

존경 어린 침묵이 잠시 흘렀다. "평화봉사단 말이죠?" 스튜어트가 물었다.

"나도 함께 갔었어요." 캐럴라인이 말하고 내 고깃국을 한 모금 마셨다.

밖으로 나오니 밤이 검붉게 내려앉아 있었다. 뒤따라오는 작은 무리의 구경꾼과 함께 우리는 시장으로 갔다. 행상들이 보도에 얇은 천을 깔아 검은 포도를 쌓아놓고 파는 중이었다. 중국에 와서 포도를 보기는 처음이었는데 멀리사와 카일리가 한 송이씩 샀다. 포도는 단단하고 달콤했다. 신선한 호두를 몇 알 산 스튜어트는 밖으로 나와 있는 격자무늬 셔츠 자락에 싸서 우리에게 가져왔다. 아이들이 하나씩 골라잡았다. "그런데 껍질을 어떻게 깨죠?" 카일리가 물었다.

"아, 그게 제일 신나는 건데 말이지." 스튜어트는 그렇게 말하고 보도에 호두 한 알을 놓더니 부츠 굽으로 밟아 깼다. 호두가 쪼개지는 소리가 귀에 만족스럽게 감겨들었다. 호두의 속살은 반들반들하니 하얬다. 우리도 다 같이 그를 따라 호두를 밟아 깨서 맛좋은 하얀 속살을 꺼내자 따라오던 중국인 구경꾼들은 어안이 벙벙한 표정으로 우리를 보았다. 그들이 무슨 말을 했을까, 나중에 짐작해보았다. "미국인들이란. 저 쪼다들은 세상 모든 걸 다 가졌다지만, 신선한 호두는 한 번도 못 먹어봤구나."

조용한 어둠 속을 걸어 빙우완으로 돌아가는 길에 멀리사가 멈춰 서더니 갑자기 뒤돌아 우리 모두에게 선언했다. "중국에 와서 오늘이 제일 재밌었어요."

그 도시의 밤은 바다처럼 무겁고 검었다. 캐럴라인과 나는 각자 침대 하나씩 차지하고 둘 다 정신이 말똥말똥한 채 누워 있었다. "혼란스러워서 생각이 정리가 안 돼." 그녀가 말했다. "감정이라고 해야겠지만."

"같이 누워도 되지?" 그렇게 말하고 내가 발을 뻗어 바닥을 디디려는 참이었다.

"잠깐만." 그녀가 말했다. "내 얘기부터 듣고 나서."

나는 도로 드러누웠다. 한참 침묵이 흐르는 동안, 내가 기억하는 한 전에는 한 번도 느껴보지 못한 두려움—몸으로 느껴지는 두려움—을 느끼고 있다는 걸 깨달았다.

"당신이 한 게 맞지?" 캐럴라인이 말했다. "그렇지?"

"내가 뭘 해?" 말은 그렇게 했지만, 무슨 의미인지 나는 알고 있었다.

"횡령. 그게 아니면 뭐건."

"제프리 폭스가 당신과 내통하다니."

그녀는 못 들은 척했다. "며칠 전부터 그런 생각이 들었어. 이유는 나도 몰라. 그러니까 말해봐." 그녀가 말했고, 내 쪽으로 고개를 돌리는 기척이 들렸다. "비난하지 않을게."

"그래." 내가 말했다.

"샘, 왜 그랬어?"

"모르겠어." 사실이었다.

"부담스러웠어? 재정적인 부담이었던 거야?"

"그럴지도. 나도 모르겠어."

나는 어떤 소리, 어느 방향이건 상관없으니 위안이 될 만한 것을 찾아 귀를 기울였지만, 아무것도 없었다. 우리는 외따로 떨어져 있었다. 당연하다고 나는 생각했다—그들이 꼼짝없이 이곳을 방문한 것도 다 내가 끌고 와서였다.

"나한테 사기친 그 새끼 기억나?" 내가 말했다. "해리의 친구의 친구인 줄 알았는데 아니었던?"

"응……"

"그놈—그래, 그 일—그때 시작됐어."

거친 시트가 바스락거렸고, 캐럴라인이 내 옆에 와 있었다—아내의 따스하고 친숙한 살결, 여행지에서 잠옷 대신 입는 부드러운 셔츠. "샘, 너무 미안해." 아내는 그렇게 말하며 따뜻한 두 팔로 내 목을 힘주어 감아 안았다. 갑자기 나도 미안해졌다. 이 지경이 된 나 자신을 처음 제대로 본 것이다.

스튜어트가 우리를 깨웠을 때 야심한 밤인 줄 알았다. 거리 곳곳에 달린 확성기에서 조악한, 금속성의 날카로운 기상곡을 배경으로 부담스러울 만큼 감상적인 여자 가수의 노래가 터져나오고 있었다. 가로등 불빛은 삭막한 형광 백색이었다. 우리는 빈 버스에 올라 자리를 잡았고, 사람들이 앉고 또 앉아서 꽉 차길 기다렸다. 여명이 비칠 무렵, 버스가 드디어 움직이기 시작했다.

캐럴라인과 나는 각자 멀리사와 카일리를 옆에 두고 마주앉았다. 스튜어트의 자리는 내 정면이었다. 이제는 그가 가족처럼 느껴져서, 뭐랄까—이런 시간에 굳이 말을 걸어야 할 것 같은 부담이 없을 정도였다. 마침내 버스가 빙 돌아 도시를 벗어났다. 해가 떴다. 농부들이 몇몇은 닭을 안고, 한 명은 돼지 한 마리를 꼭 끌어안고서 버스에 올랐다. 대부분 자리를 잡기 무섭게 몸을 웅크리고 잠을 청했다. 내 딸들도 잠이 들었다. 잠시 후에는 스튜어트도 잠들어 젖힌 머리를 차창에 기댄 채 입을 살짝 벌리고 있었다. 나는 한참 동안 그의 옆얼굴을 면밀히 살피며 땀구멍을, 울대뼈를 하나하나 뜯어보다가 도대체 이 사람이 뭐하는 작자인지 나 자신도 알 수 없는 지경이 되고 말았다. 그는 누구라고 해도 좋았다. 나는 해리의 파티에 온 캐머런 피어스를 애써 떠올려보았지만 지난 이 년 동안 머릿속을 떠나지 않았던 그의 모습은 이미 사라져버린 뒤였다. 그런 마당에 이 사람이 그 작자라고 어떻게 확신했을까? 나는 쿤밍에서 그를 알아봤던 순간을 돌이켜보았다. 눈? 턱? 정작 그때 만난 기억조차 이제는 희미했다. 스튜어트는 불과 몇 센티미터 앞에서 잠든 남자였고, 표정도 내 딸들과 별반 다르지 않았다. 거기에 생각이 미치자 식겁했다. 생판 모르는 남자에게 내 가족을 맡기다니—내게 사기친 남자가 아니라.

나무가 우거진 산에 도착할 즈음에는 해가 중천에 떠 있었다. 어수선한 인상의 지대였고 나무들이 서로 밀치고 찌르는 모양새가 중국에서 줄선 사람들끼리 지나간답시고 치고받는 모습 같았다. 잠에서 깬 스튜어트가 나를 흘긋 보더니 고개를 창문 쪽으로 돌렸다. "거의 다 왔네." 그가 말했다.

우리는 산으로 들어가는 길목에 옹기종기 모인 조야한 매점 부근에서 내렸다. 주인들은 밤잠을 아예 매점에서 자기도 하는지 이제 막 부산히 움직이는 모습이었다. 어디선가 또다른 기상곡이 들려왔지만 숲을 가로지르며 부는 거센 바람 소리에 대부분 묻혀버렸다. 곧 심상치 않은 일이 일어날 거라는 예감이 들었다. 나는 캐럴라인의 손을 잡고 스튜어트를 따라 산을 올랐다. 카일리가 스튜어트에게 손을 내미는 모습이 보였다—나랑 혼동했구나, 생각했다. 하지만 스튜어트는 아이의 손을 잡아주었고, 스스럼없이 함께 걷는 두 사람을 보며 나는 그에게도 딸이, 그리고 아내가 있을 거라고 확신했다. 어디선가, 그도 이 모든 과정을 겪은 게 분명하다. 비탈길을 오르는 다리가 불붙은 듯 화끈거렸다.

산봉우리에서 우리는 가파른 절벽 밑부분에 이르렀다. 하늘을 찌를 듯 높이 솟은 깎아지른 절벽은 진흙 같은 붉은빛을 띠었고 동굴이 분명한 작은 구멍들이 줄줄이 뚫려 있었다. 이 수직 단면을 오르도록 비계 같은 것이 만들어져 있어 우리는 계단 하나를 시작으로 절벽을 본격적으로 오르기 시작했다. 스튜어트가 카일리의 손을 잡은 채 앞장서고, 그 뒤를 캐럴라인과 내가 따랐다. 맨 뒤의 멀리사는 지치고 움직임이 불안정해 보였다. 그제야 나는 멀리사에게 본때를 보여주겠다는 마음을 접었다.

우리는 맨 꼭대기에 이르러 계단에서 내려섰다. 거기, 바위산에 난 일련의 둥그런 구멍들 안쪽에 예사롭지 않은 밝은색으로 얼룩덜룩한 동굴 벽이 있고, 동굴마다 거대한 채색 목불들과 부처를 닮은 종자從者들이 들어 있었다. "우아." 캐럴라인이 말했다. 카일리와 멀리사는 뚫어져라 보기만 했다.

아내와 딸들이 앞장섰다. 그들을 가게 내버려두고 나는 세 개가 연결된 동굴 안에 거대한 불상이 가로로 누운 곳으로 가서 섰다. 머리통 둘레가 내 키보다 더 넓은 불상은 반쯤 잠든 듯 아몬드 모양의 눈이 살짝 열려 있었다. 나는 한참 그 불상을 바라보았다. 그러고는 돌아서서 난간 위로 몸을 숙이고 우리가 올라온 산허리를 내려다보았다.

스튜어트가 다가왔다. "자, 왔어요." 그가 말했다. "약속한 대로."

"전에 없이 잘해냈네요."

"그럼, 이제 어쩌죠?"

"좋은 질문이에요." 내가 말하고 웃음을 터뜨렸다. "이제 난 감옥 가게 생겼으니."

식겁한 분위기에서 침묵만 흐르다 스튜어트도 따라 웃었다. "망할." 그가 말했다. "이러지 마요."

"덜미를 잡혔거든요."

"감옥까지 갈 것 같진 않은데." 그가 말했다.

그의 말이 맞을지도 모른다—회사 평판이 엉망이 될 테니까. 그보다 조용히, 합리적인 선에서 처리될 가능성이 컸다. 다 갚아. 그리고 꺼져. 하지만 우리 가족이 전처럼 살기 어려워지리란 건 두말할 필요도 없다.

"아무튼." 스튜어트가 산을 내려다보며 입을 열었다. "여기서 증권거래위원회는 전혀 안 보이는걸요."

"세상이 당신 생각만큼 넓진 않아요."

"넓기만 하던데."

캐럴라인과 딸들의 목소리가 단편적으로 바람결에 실려왔다가 이내 사라졌다. 나는 난간에 기댄 채 등뒤 불상의 고요한 무게감을 느꼈다. "당신은 날 등쳐먹었어." 내가 말했다. "2만5천. 샌프란시스코." 겁이 나서 거의 속삭이는 목소리였다. 그래도 그가 생각하는 것만큼 세상이 넓지 않음을 알려주고 싶었다.

"5만 아니었나?" 그가 말했다.

나는 그를 빤히 보았고, 마음 한구석에서 '당연하지'라고 말했다.
"알고 있었어? 지금까지 내내 알고 있었던 거야?" 내가 말했다.

"얼추. 한두 번은 나도 내가 미쳤나 싶더라고."

"말도 안 돼." 내가 말했다. "왜 도망 안 쳤지?"

"뭘 피해서 도망쳐?"

"아니, 내 말은—왜 날 도와줬어? 왜 우리 가족을 여기까지 안내해준 거지?"

"안내해줬다니!" 그렇게 말하고 그는 웃음을 터뜨렸다. "당신이 와달라고 애걸복걸했잖아. 시안까지 죽어라 날 쫓아와놓고는 무슨 헛소리야?"

나는 아무 말도 하지 않았다. 지금껏 바보짓을 한 건 나였다.

"이유가 뭐지?" 스튜어트가 물었다. 침묵 속에서 그의 궁금증이 가시가 되어 나를 찔러댔다. 그가 가까이 다가왔다. "왜 날 따라왔느냐고? 뭘 원한 거지?"

"당신이 도망칠까봐 겁났어."

스튜어트는 당황해서 웃음을 터뜨렸다. "도망친 거 맞는데?"

물론 그의 말대로였다. 그는 이미 이 년 전 도망을 쳤다. 그리고 나는 그후로 내내 인생을 허비했다는 자기혐오에 시달렸다.

"딸들 때문이야." 나는 말했다. "자식 때문에 발을 들이게 됐어. 껍데기만 남도록."

"좋은 아이들이야." 스튜어트가 차분히 말했다.

나는 새삼 딸들의 목소리를 찾아 귀를 기울였다. 언제나 한쪽 귀는 가족에게 열어두고 있었다. 하지만 더는 들리지 않았다. 얼핏

섞여 들려오는 목소리나 웃음소리도 없었다.

"그런 짓 하고 사는 기분이 어때?" 내가 물었다.

스튜어트는 웃었다. "당사자가 되면 모든 게 똑같은 느낌이야." 그가 말했다. "아무 느낌도 없어."

나는 고개를 돌려 그를 바라보았다. 그는 왜소해 보였다—중국 대륙 한복판에 홀로 선, 왜소한 남자. 그런 그에게서 무언가 줄어든 것이, 또는 후회의 감정이 엿보이는 것 같았다—마치 지난번 만남 이후로 스튜어트도 재산이 새어나가버린 것처럼. 그에게는 자유 말고 아무것도 없다는 생각이 들었다.

"다들 어딜 갔지?" 나는 가족이 걱정되어 물었다.

"가버렸어." 그가 말했다. "당신이 등 떠밀었잖아."

나는 픽 웃으면서도 마음이 불편했다. "좆까."

"그쪽도 좆까시고."

"당신이 등 떠민 거야."

바람이 우리의 웃음소리를 날려버렸다.

스튜어트는 버스가 기다리는 곳으로 우리를 다시 데려다주었다. 그러더니 자기는 이만 가봐야겠다는 말로 모두를 놀라게 했다.

"왜요?" 그렇게 외치는 아이들의 목소리에서 실망이 역력히 느껴져 나는 순간적으로 질투가 났다.

"여기서 좀더 놀다 가려고." 그가 말했다. "부처님들과 긴히 나눌 얘기가 있거든."

"샌프란시스코에 올 일 없어요?" 캐럴라인이 물었다.

스튜어트는 나를 보며 히죽 웃었다. “가끔 가요.”

카일리가 손뼉을 쳤다. “우리집에 와요!”

“꼭 그럴게.” 스튜어트가 말했고, 나는 진담이 아님을 알기에 내심 안도했다.

“꼭요.” 멀리사가 말했다. “우리 스케이트 타는 거 봐주세요.”

“자, 자, 됐고, 이제 버스에 타자.” 내가 말했다.

스튜어트는 밖에서 기다리다가 우리가 탄 버스가 멀어지는 동안 손을 흔들어 이별을 고했다. 멀리사는 혼자 앉았다. 그 옆으로 자리를 옮긴 나는 한 팔을 아이의 작고 탄탄한 어깨에 둘렀다. 하지만 영 어색하게 느껴졌다. 큰딸에게 눈곱만큼이라도 애정을 표한 것이 도대체 얼마 만인지—몇 달 하고도 또 몇 달—새삼 가슴을 쳤다. 정작 아이는 거의 눈치채지 못하는 듯 고개를 모로 돌려 창밖의 스튜어트를 바라보았다. 그즈음은 산을 향해 올라가는 그의 좁은 등만 간신히 보였다. 마침내 몸을 돌려 앞을 보는 아이를 살피면서 나는 놀라지 않을 수 없었다. 고작 열두 살짜리 여자아이가 이토록 수심에 잠긴 표정을 지을 수 있다니. “좋은 분이었어.” 멀리사가 말했다.

성심학교

이 소설의 원제 'Sacred Heart'는 '거룩한 사랑의 마음'이라는 뜻으로 가톨릭에서는 강생과 성체성사, 수난과 죽음으로 드러난 예수그리스도의 사랑의 마음, 그리고 그리스도의 구원 활동에 이바지한 성모마리아의 사랑을 일컫는다. 여기서는 주인공이 다니는 가톨릭 고등학교의 이름이다.

9학년에 나는 주 예수그리스도를 흠모했다. 예수는 성심학교 곳곳에 거했다. 문간 위와 모퉁이에 자리잡고 달력에서, 펠트 벽걸이 장식에서 응시하고 있었다. 나는 예수의 우수 어린 눈썹과 가늘고 섬세한 다리를 발목께에서 꼰 모습이 좋았다. 학교 예배당의 스테인드글라스 창문은 내 눈에 눅눅한 사탕 더미로 비쳤고, 오르간에서는 다른 세계에서 솟아오르는 듯한 소리가 흘러나왔다. 그것은 희열과 격동의 세계였다. 나는 어디라도 상관없으니 그 세계에 가고 싶은 마음이 간절했고, 그래서 가족을 위해 기도하라고 할 때 몰래 그곳에 가게 해달라고 빌었다.

그해 우리 반에 어맨다라는 애가 전학을 왔다. 빨간 머리는 짧고 얇은 합성섬유 무릎양말은 세탁을 잘못해 다른 빨래의 물이 들었다. 터키석 조각이 박힌 은팔찌를 한 그애는 다리를 꼬고 허공을 응시하며 어둡고 고통스러운 삶을 사는 인상을 풍겼다. 우리는 같은 부류야, 나는 생각했다. 물론 그애는 알 리 없었다.

한번은 미사 때 그애가 옷에 달고 있던 핀의 날카로운 끝으로 신도석에 뭔가 새기는 것을 보았다. 나중에 아무도 없는 예배당에 살그머니 들어가 확인해보니 그애 이름의 머리글자 'A'였다. 교회 신도석에 자신을 알리는 표시를 남기다니 놀랍고도 무시무시한 짓 같았고, 그후로 그 아이를 더욱 눈여겨보게 되었다. 말을 걸어본 적도 있지만 그애는 펜 끝을 뺨에 대고 돌리며 내 왼편 허공을 응시할 뿐이었다. 가까이서 본 그애의 눈동자는 무수한 빗금이 그어져 있고 묘하게 생기가 없어서 종교시간에 본 모자이크화가 떠올랐다.

성심학교는 여자애들만 다녔지만, 성가시기 짝이 없는 남자애들도 있었다. 세 블록 떨어진 곳에 있는 자매학교 성 베드로의 남학생들이 우리 학교 정문과 후문으로 밤낮 가리지 않고 숨어든 것이었다. 자애롭고 슬픈 존재인 예수그리스도와 달리, 툭하면 이유 없이 발작적 웃음을 터뜨리는 것들이었다. 남자애들이 제병祭餠에 함부로 손대고 데이미언 신부가 보관함에 넣어둔 제주祭酒를 들이켰다는 이야기를 들을 때면 내가 다 조마조마했다. 그들을 보면 갑자기 튀어나와 세차게 짖어대며 아이들을 울타리 근처에서 옴짝달싹 못하게 몰아세우는 큰 개가 연상되었다. 나는 그런 애들과 거리를 두었고, 그들 눈에 들려고 경쟁하는 여자애들과도 어울리지 않았다.

9학년이었던 그해 늦가을, 나는 어맨다가 여학생 화장실에서 팔을 긋는 것을 보았다. 못 본 척했지만 화장실 칸을 나와 손을 씻을 때도 그애는 여전히 가지 않고 라디에이터를 씌운 나무상자에 한 쪽 팔목을 내려놓은 채였다. 그애가 실핀을 팔뚝에 콱 찔러넣더니 살을 집어올렸다.

"뭐하는 거야?" 내가 물었다.

어맨다가 무표정하게 흘긋 보자, 나는 한 걸음 다가갔다. 그녀는 발에서 유릿조각을 빼낼 때처럼 차분하고도 가열차게 팔을 쑤셔댔다.

"더 뾰족해야 하는데." 그녀가 성마르게 말하며 실핀을 가리켰다. 실핀은 곧게 펴져 있었고 끄트머리의 플라스틱 망울도 떨어지고 없었다. 팔을 긋는 게 머리를 리본으로 묶는 것만큼 별난 일이 아니라는 듯, 어맨다는 내가 있어도 당황하지 않는 눈치였다. 그 점이 내 호기심을 자극했고 그애의 절박함에 이끌렸다.

내 옷에는 핀이, 엄마의 남편 줄리어스가 스위스에서 사다준 흰색 염소 장식핀이 달려 있었다. 나는 엄마 좋으라고 그 핀을 달았을 뿐, 더 괜찮은 남자를 상상하기 힘든데도 그냥 줄리어스가 좋아지지 않았다. 마치 그를 좋아하지 않도록 다른 사람이 미리 그렇게 정해놓아서 그 수순을 따르는 것처럼. 그런데 지금은 그에게 받은 선물을 만지작거리면서 어맨다가 써주길 바랐다—특정한 맛을 보고 싶어 안달난 사람처럼 간절했다. 그건 잘하는 짓이 아니었고 나쁜 짓이었고 바로 내가 원하는 것이었다. 나는 뱃속이 뒤틀리는 느낌을 즐겼고, 원피스에 달린 핀을 끄를 때는 손이 떨릴 지경이었다.

"자," 나는 핀을 들어 보이며 말했다. "이걸로 해봐."

어맨다의 얼굴이 평소보다 부드러워졌다. 내가 핀을 소독할 성

낭을 찾는 동안 그애는 눈으로 나를 껴안고 있었다. 몰래 담배를 피우는 애가 많은 화장실이어서 거울 뒤에 끼어 있던 종이성냥을 쉽게 찾아냈다. 나는 염소 핀을 뽑아서 날카로운 바늘 끝이 검게 그을 때까지 불꽃에 갖다댔다. 그러고는 핀을 건넸지만 어맨다는 고개를 저었다.

"네가 해줘." 그애가 말했다.

나는 잠시 염소 핀을 들고 가만히 서 있었다. 겁이 났지만 칠이 벗겨진 라디에이터 덮개에 얹힌 어맨다의 매끈하고 하얀 팔에서 미숙하고 아름다운 것을 보았다. 나는 가만히 그애의 손목을 잡고 이미 긁혀서 생채기가 난 부위에 핀을 갖다댔다. 그랬다가 곧바로 거두었다. "못하겠어." 내가 말했다.

어맨다의 얼굴이 느슨히 풀어졌다. 핀을 다시 건네자 그애는 무안해하며 등을 돌려버렸다. 내가 비겁하게 느껴졌다. 자해를 도와주지 않으면 어맨다는 친구가 되어주지 않을 것이다.

"잠깐만." 내가 말했다.

나는 그애의 손목을 붙들어 잡았다. 이번에는 핀으로 세게 긁자 가느다랗게 상처가 생기면서 피가 맺혔다. 나는 멈추지 않고 계속했다. 더는 두렵지 않았고, 날카로운 바늘 끝으로 그애의 피부를 그을 때 두꺼운 천을 긁는 듯한 소리가 나서 놀랐다. 너무 힘들었고 이내 양팔이 떨렸다. 이마에는 송골송골 땀이 맺혔다. 예전에 어맨다가 신도석에 새겼던 A자를 완성할 때까지 한 번도 그애를 보지 않았다. 마침내 고개를 들어 바라보니 그애는 눈을 질끈 감고 미소를 짓기라도 하듯 입술을 힘주어 당기고 있었다.

“다 했어.” 나는 그녀에게 말하고 손을 놓았다.

어맨다가 눈을 뜨자 눈물이 흘러내려 다른 쪽 손으로 훔쳤다. 어느새 나도 울고 있었다. 한편으로는 끝났다는 안도감 때문이었고, 한편으로는 스스로도 이해되지 않는 슬픔 때문이었다. 우리는 말없이 그애의 팔을 바라보았다. 선명한 문신이 새겨진 팔은 가녀리고 화끈거리는 듯 보였다. 문득 머리 위 전등이 뜨겁고 분필과 살균제 냄새가 코끝에 느껴지면서 심장이 쿵쾅댔다. 마침내 어맨다가 머리를 매만지고 걷어올린 스웨터 소매를 내렸다. 그리고 내게 미소—희미한 미소—를 짓고는 입을 맞추었다. 내게 기대오는 그애의 무게, 그 단단한 몸이 느껴지는 순간, 그애는 자리를 떴다.

화장실에 혼자 남아 있는데 손가락에 묻은 피가 눈에 들어왔다. 붉은빛이 감도는 주황색으로 묽고 먹다 남은 사탕처럼 끈적거렸다. 파도처럼 실망이 밀려와 눈을 감고 세면대에 몸을 기댔다. 천천히 손을 씻고 염소 핀도 씻어 호주머니에 넣었다. 그러고도 한동안 서서 라디에이터를 물끄러미 바라보며 그 일을 하나하나, 순서대로 떠올려보았다. 하지만 기억은 벌써 희미해져 있었다.

그날 이후 어맨다를 볼 때마다 따스한 감정이 뱃속에서부터 목구멍까지 솟구쳤다. 교실에 들어서면서 어김없이 그애의 책상부터 확인했고, 그애가 다른 애와 이야기하고 있으면 토할 것 같았다. 나는 어맨다를 속속들이 알고 있었다. 물어뜯은 손톱과 때묻은 손, 목 아래 움폭 들어간 취약한 부위. 피부가 건조한 탓에 무릎 주위가 허옇게 일어나서 가을이 깊어갈수록 정도가 더 심해졌다. 나는 이런 결함들을 사랑했다—각각의 약점이 어맨다를 더욱 연약하게, 내 도움을 더욱 절실하게 바라도록 만드는 것처럼 느껴졌다. 그애의 피를 봤다는 생각이 머릿속을 떠나지 않았고 그애의 초점 없는 눈동자를 살피며 그날 우리가 마주친 증거를, 막역한 사이라는 암시를 찾아내려 했다. 하지만 그애의 표정은 늘 모호해서 나라는 사람을 한 번 만나긴 했는데 오래전이라 누군지 알아보지 못하는 것 같았다.

당시 나는 엄마랑 엄마가 몇 달 전 결혼한 줄리어스와 고층 아파트에 살고 있었다. 줄리어스는 모피상이었다. 전해 크리스마스에 그에게 선물받은 짧은 여우털 코트가 아직도 내 옷장 속 천 옷걸이에 걸려 있었다. 한 번도 입지 않았다. 이제 겨울이 다가오면서 줄리어스가 속상할 거라며 그 코트 좀 입으라는 소리를 엄마에게 들을까봐 전전긍긍했다. 입술이 부자연스러울 정도로 촉촉하게 젖어 있는 줄리어스는 침 삼키는 걸 너무 오래 잊어버린 사람 같았다. 그는 내게 '아빠'라 불러달라고 졸랐지만, 나는 늘 '아저씨'라고, 그것도 그를 똑바로 쳐다보면서 부르는 것으로 대답을 대신했다. 그를 부르느니 아파트를 샅샅이 뒤져 찾아내는 쪽을 택했다. 한번은 학교에서 엄마에게 전화를 걸었는데 줄리어스가 받았다. 나는 "여보세요……"라고 말하고 나서 그를 뭐라 부를지 몰라 눈앞이 캄캄해졌다. 그래서 그대로 끊어버리고는 그가 내 목소리를 알아듣지 못했기를 기도했다. 그때 이야기를 그가 꺼낸 적은 한 번도 없었다.

크리스마스가 가까워오고 있었다. 바람이 휘몰아치는 시내의 거리 진열창마다 솜으로 수염을 붙인 산타와 선물상자가 그득그득 쌓인 썰매 장식이 넘쳐났다. 성심학교 예배당 안은 한층 어두워졌고 얇은 금 받침대에 꽂힌 양초들이 돌벽에 둥근 빛을 뿌리고 있었다. 미사를 보면서 나는 눈을 감고 마음속으로 짚더미에 누운 아기 예수를, 부드러운 털에 도꼬마리와 건초 부스러기가 붙은 헛간의 동물들을 그려보았다. 제단 위에 자리한 깡마른 우리 주 예수를 응시하며 태어난 날부터 그가 감내했을 온갖 시련을, 그런 그에게 어떻게 애도를 표할지를 생각했다. 그러다 어이가 없어졌다. 나는 예수를 질투하고 있었다.

어맨다는 겨울이 되자 하루가 멀다고 살이 빠졌다. 긴 무릎양말이 발목께까지 쭈글쭈글 흘러내려가 있었다. 얼굴은 하나의 점처럼 작아져 때로 열에 들떴고, 눈동자는 얼굴의 홍조와 대비되어 흰 대리석처럼 번들거렸다. 우리 반 담임인 울프 수녀는 부모가 집을 비워서 교복 스웨터를 빨다 실수로 줄어들었다는 어맨다의 얘기를 듣고 노란 점무늬 청록색 스웨터를 대신 입게 허락해주었다. 바로 그날 과학시간에 어맨다는 코피가 터졌고, 나는 도너번 수녀가 그애 머리를 뒤에서 양손으로 감싼 채 서 있는 십오 분 동안 다른 애가 흘러내리는 검붉은 피를 수건으로 닦아주는 모습을 지켜보았다. 어맨다는 눈을 감고 있었고 눈꺼풀에 보일 듯 말 듯 물기가 맺혀 있었다. 그애의 가녀린 손을, 퍼런 소름이 대리석 무늬를 그리는 종아리 피부를 바라보면서 내 인생에 그애보다 중요한 건 없다고 생각했다. 입안에 짠맛이 가득했지만 침을 삼킬 수 없었고 머리가 지끈거리기 시작했다. 그애를 위해서라면 뭐든 할 작정이었다.

그토록 넘치는 사랑이 위험하게 느껴졌고, 익숙하다 못해 무뎌진 교실 분위기 속에서도 겁이 났다.

그날 늦게 바깥 벤치에 앉아 쉬고 있는 어맨다를 보았다. 심장이 가슴을 마구 때리는 가운데 용기를 끌어모아 그애 옆에 가서 앉았다. 그애의 팔을 흘긋 보았지만 스웨터 소매가 손목 위까지 내려와 있었다.

"부모님이 휴가여행 간 거야?" 내가 물었다.

"이혼할 거야."

어맨다가 내뱉은 그 말이 기름칠이 잘된 선로를 미끄러져 달리는 밝은 색깔의 철도 차량들처럼 근사하게 들렸다. 이혼이라니.

"우리 부모님은 벌써 했는데." 내가 말했다. 쇳소리가 섞여나오는 바람에 뭔가 짓밟힌 것처럼 들렸다.

어맨다는 몇 주 전 화장실에서 만난 그날 이후 처음으로 나를 똑바로 바라보았다. 홍채가 깨진 유리 같은 눈. "그래?" 그녀가 물었다.

"우리 아빠는 캘리포니아에 살아."

나는 지금껏 내가 살아온 날들을 하루도 빠짐없이 그애에게 털어놓고 싶어 죽을 지경이었다. 여섯 살 때 아빠와 함께 간 디즈니랜드에서 봤던 '데블스 페인트 포츠'부터 시작해서. 분화구마다 색깔이 다른 걸쭉한 액체가 부글부글 끓어오르며 증기를 내뿜었고, 아빠와 나는 당나귀를 타고 그곳을 지나갔었다. 그후로는 아빠를 보지 못했다.

"난 오빠가 한 명 있어." 어맨다가 말했다.

내 마음속에서는 데블스 페인트 포츠가 펑펑 끓어오르고 있었지만, 그에 대해선 한마디도 꺼내지 않았다. 어맨다는 다리를 꼬고 한쪽 발을 달달 떨었다. 팔찌를 만지작거렸다.

"늘 날 지켜보더라? 왜 그러는데?" 그애가 물었다.

얼굴과 목이 확 달아올랐다. "나도 모르겠어."

우리의 침묵을 철봉에 매달린 어린아이들의 함성이 메웠다. 나도 저 철봉에 거꾸로 매달려 놀던 시절이, 차가운 금속에 닿은 오금이 쓰라리던 것이 기억났다. 치마가 뒤집혀 머리를 덮어도 아랑곳하지 않고 오히려 속옷을 자랑스레 내보이고 있었다. 하지만 지금은 9학년이었고 모든 것이 달라졌다.

"소원을 한 가지 빈다면." 어맨다가 말하며 깨진 유리 눈동자로 나를 곁눈질했다. "뭘로 할 거야?"

생각해보았다. 원하는 게 너무 많았다. 제단의 장식장 안을 마음껏 뒤지고 싶었다. 제병을 한 움큼 집어먹고 제주를 벌컥벌컥 들이켜고 싶었다. 하지만 어맨다에게 한 말은 달랐다. "네가 되고 싶어."

어맨다가 진심으로 미소 짓는 걸 보기는 그때가 처음이었다. 이가 살짝 변색되었고 잇몸이 다른 사람들보다 빨갰다. "너 미쳤구나." 어맨다는 고개를 절레절레하면서 말했다. "진짜 제대로 돌았어."

그러더니 몸을 앞으로 숙이고 젖은 천으로 거울을 닦을 때 나는 것 같은 높고 가느다란 소리를 냈다. 처음에는 또 코피가 터졌구나 생각했지만 몸을 숙여 얼굴을 보니 그애는 그냥 웃고 있었다.

매일 아침 창유리에 그리는 성에의 호가 점점 커지자 털코트가 신경쓰였다. 그것은 애가 닳은 동물처럼 옷장에 걸려 있었고 나는 결국 못 이기고 밥을 주게 되리란 걸 알았다. 부드러운 털은 건드리면 살랑거렸다. 때때로 쓰다듬고 싶은 충동이 일기도 했다.

어느 날 학교에 가려고 옷을 입는데 엄마가 방으로 들어왔다. 엄마는 잠에서 깬 지 얼마 되지 않아 얼굴이 붓고 입술에 핏기가 하나도 없었다. 엄마가 몇 년이나 혼자 잠들었던 커다란 침대를 줄리어스와 함께 쓰고 있다는 사실이 나는 여전히 놀라웠다. 전에는 나도 악몽을 꾸면 그 침대에서 엄마와 함께 잤었다. 나는 엄마 방에 다른 방이 딸려 있어서 줄리어스와 엄마가 잘 자라는 키스를 하고 나면 각자 따로 잠들어 아침이 될 때까지 서로 볼 일이 없다고 상상했다.

"밖에 추워." 엄마가 말했다.

나는 고개를 끄덕이고 스웨터를 찾아 옷장 안을 훑었다. 털코트를 주시하는 엄마의 눈길이 느껴졌다. 내가 무릎양말을 신는 동안 엄마는 잠자코 있었다.

"너도 알겠지만." 엄마가 말했다. "줄리어스는 널 정말 좋아해. 네가 멋진 아이라고 생각해." 줄리어스의 이름을 말하는 것만으로도 기분이 좋은지 사뭇 즐거운 목소리였다.

"알아." 나는 말했다. 정말 알았다—그는 아침에 팬케이크를 구워주기도 하고 자기 가게에 가자고도 여러 번 말했다. 내 머릿속에는 부드럽고 살랑살랑 흔들리는 모피가 줄줄이 걸린 광경이 그려지는 곳이었다. "곧요." 나는 애매하게 얼버무리곤 했다.

“세라.” 엄마가 나를 부르더니 내가 돌아볼 때까지 기다렸다. “부탁인데, 좀 입어주면 안 되겠니?”

머리칼은 눌린데다 숨김없는 애원의 표정을 짓고 있는 엄마. 잘 차려입고 화장을 하면 내 눈에 아름다워 보일 때도 있었다. 하지만 지금, 겨울 아침의 이른 하얀빛 속에서 한쪽 무릎에 컵을 올려놓은 엄마는 쇠잔하고 슬퍼 보였다.

“알았어.” 나는 대답했고, 이번엔 진심이었다. “정말 추워지면 입을게.”

크리스마스 연휴를 이 주 앞두고 어맨다가 학교에 나오지 않았다. 그애의 빈 의자를 보니 마음속에 두려움이 스쳤다. 나는 교실로 들어가 자리에 앉았지만, 집중할 대상인 어맨다가 없으니 교실 분위기까지 늘어진 듯 느껴졌다. 선생님이 그애의 결석을 알리기도 전에, 영영 돌아오지 않는 건 아닐까 걱정되었다.

특별조회가 열렸다. 브레넌 교장 수녀는 전교생에게 어맨다가 고등학교 자퇴 후 마셜 필드 백화점에서 일하던 오빠와 신용카드 몇 장을 훔쳐 가출했다고 알렸다. 수녀가 말할 때 거대한 소용돌이가 나를 휘감았다. 나보다 두 학년 아래로 금발을 길게 땋고 다녔던 멀리사 셰이가 여름방학 때 백혈병으로 죽었다는 걸 알게 된 날도 그랬다. 이 소용돌이에는 기쁨이, 일상적인 삶의 자취를 간단히 날려버릴 만큼 충격적인 소식을 접하고 한껏 과민해진 채 느끼는 쾌감이 있었다. 다른 애들과 마찬가지로 나도 주변을 두리번거리며 무언의 몸짓으로 놀라운 심경을 주고받았다. 그렇게 그들의 일원이 된 느낌으로 어맨다의 가출 소식이 수학시간 단축과 다를 게 없다는 듯 굴고 있자니 마음이 편안해졌다.

그후로 딴생각에 빠지기 일쑤였다. 성심학교 문으로 들어갈 때는 배와 팔이 실제로 아팠다. 이곳은 어맨다가 버린 장소였다. 그 애는 다른 것들과 함께 나를 두고 떠났다. 사제복 차림의 데이미언 신부, 낡은 칠판과 책상들, 축축한 돌과 오래된 린트천이 퀴퀴한 냄새를 풍기고 끝없이 되풀이되는 똑같은 말이 진부하게 울려퍼지는 엄숙한 예배당. 데이미언 신부가 우리에게 어맨다의 죄에 관해 일장 연설을 늘어놓는 동안 나는 성직자용 칼라에 눌려 주름진 그의 목이 꼭 칠면조 같고 눈은 손톱처럼 두껍고 뿌옇다는 것을 새삼 알아차렸다. 예수를 보니 평소 같으면 발목을 꼬고 있어야 할 자리에 통닭구이의 가지런히 포개진 다리가 있었다. 나는 더이상 예수를 보지 않았다.

대신 나를 압박해온 것은 어맨다의 책상이었다. 몇 주 동안—얼마나 오래였는지 누가 알까?—어맨다는 그 자리에 앉아 펜 끝을 뺨에 대고 돌리며 가출할 궁리를 하고 있었다. 수업이 끝나고 어둑한 복도에 아무도 없을 때면 가끔 그애의 의자에 앉아 나를 에워싼 그애의 부재를 느꼈다. 책상을 열고 그애가 잘근잘근 씹은 연필들, 때 묻은 지우개 토막, 수업시간에 되는대로 끄적거린 노트를 만지작거렸다. 그러고는 하나씩 집으로 가져가서 내 방 창턱에 심혈을 기울여 한 줄로 늘어놓고 지켜보다 잠이 들었다. 어맨다와 오빠가 드높이 쌓인 모래언덕 위를 터덜터덜 걸어가는 모습을, 성의 포탑을 기어오르는 모습을 상상했다. 내 머릿속에서 어맨다의 오빠는 예수를 빼닮았다. 어맨다의 경우, 하루하루 현실에 없는 모습으로 변해가서 급기야 애초에 본 적이—손으로 만져본 적이—있다는 사실이 더 놀랍게 느껴질 정도였다.

어느 날 밤, 엄마가 회의 때문에 집을 비우고 줄리어스는 서재에서 책을 읽는 동안, 나는 그가 약장에 보관해둔 면도날 하나를 꺼냈다. 손가락 사이에 면도날을 끼우고 내 방으로 가서는 침대 가장자리에 앉아 스웨터를 벗었다. 그때까지도 나는 교복 스웨터와 반팔 블라우스를 고집하고 있었다. 무릎에 베개를 올려놓고 그 위에 맨팔을 얹었다. 우유처럼 희고 매끄러운 내 팔뚝은 희푸른 정맥이 뱀처럼 구불구불 뻗어 있었다. 그중 하나에 면도날을 가져다대자 덜컥 겁이 났다. 방안을 둘러보았다. 어린 시절 갖고 놀던 곰인형들, 보글보글 기포가 올라오는 어항, 발레리나 포스터. 그것들은 내가 아닌 다른 사람의 것이었다—장난칠 궁리만 하며 어항 안에 손을 넣어 미끌거리는 꼬리를 잡으려고 물고기들을 쫓던 다른 여자애의 것이었다. 한순간 내가 지금 하려는 행동에 그애가 느끼는 공포를 감지하고 멈칫했다. 그래도 뭐든 해야 했다. 머릿속에는 오로지 그 생각뿐이었다.

살며시, 하지만 망설이지 않고 면도날 한쪽 끝을 팔꿈치와 손목 중간에 찔러넣었다. 아파서 눈물이 흘러내리고 콧물까지 흐르기 시작했다. 귀에서 이상한 소리가 윙윙거렸지만 면도날을 계속 힘주어 누르면서 애처럼 굴지 말자고 마음을 다잡고, 전에 어맨다가 그랬듯이 모질어지라고 나 자신을 몰아붙였다. 면도날은 그때의 머리핀보다 더 깊숙이 살을 파고들었다. 잠깐 동안—찰나에 불과했지만—상처에서 피가 나지 않다가 다음 순간, 참고 있던 숨을 내뱉듯이 왈칵 솟구치면서 하얀 베개보를 적셨다. 워낙 순식간에 일어난 일이어서 처음에는 현란한 공상과학영화를 본 것처럼 그저 놀랐을 뿐이다. 그러다 피칠갑인 내 모습에, 내가 감당할 수 없는 끈적거리고 뜨뜻한 것이 넘쳐나는 통에 정신이 혼미해지며 겁에 질렸다.

나쁜 짓을 했다, 그건 자명한 사실이었다. 부엌에서 주전자의 물이 끓고 줄리어스가 스토브에서 주전자를 내리려고 의자에서 일어나는 소리가 들렸다. 엄마가 집에 없는 것이 원망스러웠다. 줄리어스에게 가서 도와달라고 부탁하려 했지만 사방으로 피를 뿜어대는 팔의 상태가 심각해 보여서 들어올릴 수도 없었다.

"줄리어스?" 나는 큰 소리로 불렀다. 내 귀에도 이름이 생경하게 들렸고, 그제야 일 년 가까이 그 이름을 소리 내어 말한 적이 없음을 깨달았다. 주전자는 여전히 휘파람소리를 내고 있었고, 줄리어스는 내 목소리를 듣지 못했다.

"아빠!" 나는 버럭 소리쳤다. '줄리어스'라는 이름보다 훨씬 더 이물감이 느껴졌다.

옆방이 잠잠해지며 적막이 감돌았다. "아빠!" 나는 한번 더 불렀다. 뜨뜻한 피가 두 다리를 흠뻑 적셨고, 머리가 어질어질했다. 몸을 뒤로 기대고 눈을 감자 증기 기둥을 뿜던 데블스 페인트 포츠와 당나귀를 타고 내 옆에 있던 남자가 떠올랐다. 그 순간 방문이 벌컥 열렸다.

나는 오들오들 떨고 있었다. 이가 딱딱 맞부딪치다가 혀를 깨물었다. 줄리어스는 여우털 코트로 나를 감싸서 안고 자동차로 갔다. 나는 차까지 가기도 전에 잠이 들었다.

병원에서는 팔을 봉합한 다음 흰색 거즈로 감았다. 그리고 두툼한 천으로 팔걸이 붕대를 만들어 고정했는데 내가 저지른 짓에 충격을 받은 와중에도 그런 내 모습이 교실에 일으킬 소동이 은근히 기대되었다. 줄리어스는 엄마와 전화 통화를 했다. 엄마가 미쳐 날뛰는 모습이 눈에 선했지만 그는 내내 침착했다.

집으로 갈 준비를 마치자 줄리어스가 코트를 들었다. 코트는 털이 눌리고 엉겨붙은데다 피범벅이었다. 내가 아예 못쓰게 만들었다고 생각하니 흡족했다.

"세탁하면 될 것 같아." 줄리어스가 나를 슬며시 보며 말했다. 그는 체구가 컸고 올리브빛 피부에 머리칼이 플라스틱처럼 반질반질했다. 머리를 빗어넘긴 자국이 하나하나 다 남아 있었다. 그때, 엄마가 그를 왜 사랑하는지 알았다—그는 추운 날에도 온기를 잃지 않는 남자, 중요한 티켓과 종이쪽지를 지갑에 보관하고 있다가 필요할 때 내미는 남자였다. 그의 양손에 들린 코트가 작아 보였다. 줄리어스는 잠시 코트를 들고 엉겨붙은 털을 살폈다. 나는 고집스레 고개를 저었다. 그 코트가 정말 싫었고 그 마음은 금세 바뀔 것 같지 않았다.

놀랍게도 줄리어스는 웃음을 터뜨렸다. 그의 길고 젖은 입술이 함박웃음을 지을 듯 벌어지더니 껄껄 터져나온 소리가 몸을 뒤흔들었다. 나는 쭈뼛거리면서도 미소 지어 보였다. 그러자 줄리어스가 흰색 원통형의 병원 휴지통에 코트를 욱여넣었다. "아무러면 어때." 그렇게 말한 그는 쓰레기통의 은색 뚜껑이 오르락내리락하며 흔들리는 동안에도 여전히 웃고 있었다. "아무러면 어떠냐고." 그러고는 내 손을 잡고 함께 주차장으로 갔다.

몇 달 뒤 여름이 시작되었고, 성심학교와 성 베드로 학교가 공동으로 주최하는 연례 무도회가 열렸다. 나는 마이클 매카시에게 초대를 받았다. 잘생기고 무뚝뚝한 그애는 눈동자가 밝은 파란색이고, 걸핏하면 고개를 젖혀 얼굴에 흘러내린 머리칼을 넘기는 버릇이 있었다. 나만큼이나 겁먹은 듯한 그애에게 나는 좋다고 말했다.

흰색 신발이 필요했다. 방학을 일주일 앞둔 어느 날 오후 수업을 마치고 시내의 대형신발할인점을 찾았다. 입구로 걸어들어간 순간 보고도 믿을 수 없는 광경과 마주했다.

어맨다가 작은 스툴에 앉아 여자 손님의 발에 초록색 하이힐을 신기고 있었다. 그 주위에는 구겨진 박엽지가 널브러져 있었다. 그 사이 머리가 길었고 예전보다 살이 오른 걸 알 수 있었다.

그애가 알아보기 전에 나가고 싶은 충동이 일었다. 그즈음에는 어맨다 생각을 거의 하지 않게 되었지만 여전히 그애가 땅에서 솟아, 비행기 창밖으로 내다보이던 은빛 뭉게구름 속에서 살고 있다는 막연한 믿음에 매달려 있었다. 그애를 다시 보게 되자 덜컥 실망감이 몰려들었다.

"어맨다." 내가 말했다.

어맨다는 몸을 돌려 눈을 가늘게 뜨고 나를 보면서도 누군지 알아채지 못했다. 어리둥절해하는 그애를 보며 나는 충격을 받았다.

나는 낮이나 밤이나 그애를 생각했는데 그애는 내가 누군지도 모르다니.

"아, 그래." 그제야 미소 지으며 그애가 말했다. "성심학교."

손님 응대가 끝날 때까지 기다려달라는 말에 나는 가게를 돌아다니며 내가 신을 만한 신발을 찾았다. 상단에 작은 진주로 무늬가 박음질된 흰색 새틴 신발을 골랐다. 계산대로 가져가니 기다리고 있던 어맨다가 금전등록기에 가격을 입력했다.

"어느 학교 다녀?" 내가 물었다.

어맨다는 학생 수가 많은 공립학교 이름을 대며 성심학교보다 마음에 든다고 말했다. 그 와중에도 그애의 손가락은 자판 위를 재빨리 오갔다.

나는 목소리를 낮춰 물어보았다. "어디 갔던 거야?"

어맨다는 금전등록기 서랍을 탁 눌러 열고 입으로 숫자를 세며 내게 줄 거스름돈을 헤아렸다. "하와이." 그러고는 지폐를 건넸다.

"하와이?" 내가 상상했던 곳이 아니었다.

풀잎치마, 화환, 우산장식을 잔뜩 꽂은 열대음료와 체리 통조림의 이미지가 머릿속을 가득 채웠다. 하와이에 간 적 있는 줄리어스에게서 들은 대로 떠올린 것이었다.

"오빠랑 이 주 동안 있었어." 어맨다가 말했다. "그러다가 뒤쫓아온 아빠한테 붙잡혔지." 부끄러운 기색이라곤 없는 투였다. 그애는 신발 상자가 든 비닐봉지를 건네며 말을 이었다. "그 먼 데까지 쫓아왔더라. 안 그랬으면 오빠랑 거기서 영원히 살았을 텐데."

어맨다는 금전등록기 서랍을 닫고 거리까지 나와 나를 배웅했다. 날이 따뜻해서 둘 다 반팔 셔츠를 입고 있었다. 어맨다의 팔은 매끄럽고 햇볕에 살짝 그을렸다. 내 팔의 상처는 가느다란 분홍색 선만 남았다.

우리는 잠깐 말없이 서 있었다. 잠시 후 어맨다가 작별의 표시로 내 뺨에 입을 맞추었다. 그녀의 체취—사람의 옷 안쪽에 고이는 따뜻한, 빵냄새 비슷한 체취—가 코끝을 스쳤다. 그녀는 신발가게 문가에서 손을 흔들어 보이고 다시 안으로 들어갔다.

문득 그 자리에서 꼼짝도 하기 싫어졌다. 그애의 두 팔이 지그시 눌러오던 자리에, 그애의 손이 닿았던 목에 그 감촉이 남았다. 몇 시간 동안 햇볕이 내리쬔 잔디밭에서 뿜어나오는 것 같은 따뜻하고 짙은 냄새가 여전히 그 자리에 감돌고 있었다. 가게 진열창 너머로 어맨다를 찾아보려 했지만 유리에 반사되는 햇빛 때문에 안이 보이지 않았다.

나는 결국 걸음을 떼어 신발 봉지를 흔들면서 걷기 시작했다. 깊은숨을 쉬며 어맨다가 남긴 마지막 체취를 들이마셨지만 냄새는 한동안 사라지지 않았고, 몇 블록을 가서야 비로소 그것이 어맨다의 냄새가 아님을 깨달았다. 그것은 나 자신의 냄새, 그리고 여름이 시작된 오늘의—파릇파릇하고 무성한 나뭇잎들과 햇볕을 머금은 흙더미의 냄새였다. 나는 곧 열다섯 살이었다.

에메랄드 시티

뉴욕에 오기 전부터 로리는 어떤 삶을 살게 될지 알았다. 그는 뉴욕에 사는 젊은 힙스터 작가들의 소설을 읽으며 그 삶에 눈뜬 터였다. 작지만 천장이 높고 거무스름하고 길쭉한 창문에 비상계단이 인공적인 분홍빛 하늘을 배경 삼아 지그재그로 꺾인 아파트가 눈에 선했다. 광란의 클럽에서 밤을 보내고 아침을 맞아 이스트빌리지에서 양손으로 따뜻한 커피 컵을 감싸쥐고 옹송그린 채 숙취를 달래는 검정 바지, 검정 터틀넥, 검정 뾰족 부츠 차림의 사람들도. 코카인도 해볼 작정이었지만 그가 뉴욕에 왔을 무렵엔 이미 한물갔다. 그는 대신 술을 마셨다.

포토그래퍼의 조수인 그는 온종일 카메라들을 나르고 노출계를 들고 폴라로이드 사진을 다 말라 스티커를 떼어내도 될 때까지 흔들었다. 포즈를 취하는 모델들을 보면서 자신이 아직 캘리포니아 스타일에 머물러 있는 것 같아 심란할 때도 있었다. 모래색 금발을 어쩌지—짧게 자른다? 짧은 머리는 최소한 남자들 쪽에선 시들해졌다. 그래서 금발인데다 종잇장처럼 곧은 머리를 늘어뜨리다보니 시카고 출신인 그는 생전 본 적도 없는 해변을(시카고에는 호수가 있지만 그건 치지 않는다) 연상시킬 수밖에 없었다. 다른 선택지로는 몸무게를 어느 정도 늘리거나 줄이는 것이 있었지만 삐쩍 곯은 스타일은 이제 통하지 않았다—아파 보이는 건 금물이었다. 그렇다면 몸집을 키우는 수밖에 없다. 뚱뚱한 게 아니라 허리띠 위로 뱃살이 두툼한 정도. 하지만 로리는 아무리 먹어대도 몸무게가 그대로였다. 대신 목구멍이 타들어가도록 담배를 피웠다.

로리는 담배를 비벼 끄고 암실 불이 꺼졌는지 확인했다. 그가 항상 맨 마지막에 퇴근했다. 그의 상사 베수비는 마지막 컷을 찍기 무섭게 로리에게 카메라를 넘기고는 필름 상자, 플라스틱 컵, 버려진 배경지가 사방에 널브러진 바다를 헤치며 유유히 길을 나섰다. 베수비는 24시간 갈 곳이 있는 사람이었다. 아주 근사한 뱃살의 소유자이기도 했는데 로리는 대놓고 칭찬하지 않으려고 조심했다. 혹시라도 베수비가 다른 뜻으로 받아들일까봐 신경쓰였다.

로리는 쓰레기를 봉투에 쓸어담은 후 불을 끄고 스튜디오 문을 잠그고서 거리로 나섰다. 해질녘은 그가 가장 좋아하는 시간이었다—철문을 내린 상점들, 바람에 실려 인도에서 빙글빙글 돌다가 허공으로 올라가는 신문지, 약속과 체념이 공존하는 분위기. 이것이 로리가 기대했던 뉴욕 풍경이었고, 도시가 그대로 부응할 때면 짜릿한 기분이 들었다.

그는 업타운행 지하철을 타고 스테이시의 집으로 향했다. 별 볼

일 없는 모델이지만, 로리는 덮어놓고 좋아했다. 스테이시—촬영을 하게 되면 제인Zane이니 아누슈카니 브리드니 하는 이름의 여자들이 어김없이 그에게 전화번호를 남겼다. 스테이시는 이름을 바꿀 생각이 없었다. "성공하면, 내 이름이 뭐건 기꺼이 전화할 텐데 뭐." 성공할 가망이 없는 게 뻔한데도 스테이시는 절대 인정하지 않았다. 로리는 그 문제를 놓고 그녀와 진지하게 이야기를 나눠 보고 싶었지만 엄두가 나지 않았다.

스테이시는 신발을 신은 채로 침대에 누워 있었다. 옆 테이블에는 다이어트 콜라가 놓여 있었다. 그녀는 매일 아침 몸무게를 재서 54킬로그램 이하인 날 일반 콜라를 마셨다.

"『바자』에선 어떻게 됐어?" 로리는 침대 가장자리에 걸터앉으며 물었다. 스테이시는 일어나 앉아 머리를 매만졌다.

"똑같지 뭐." 그녀가 말했다. "내가 너무 상업적이래." 그녀는 어깨를 으쓱했지만 상처받았음을 로리는 알았다.

"그건 아무것도 아냐." 스테이시가 이어서 말했다. "다음 차례에 심사한 남자가 나를 자꾸 쳐다보며 포트폴리오를 이리저리 뒤적거리는 거야. 당연히 앗싸, 붙었구나 생각했지. 그런데 결국엔 뭐라는 줄 알아? 내가 못생기지 않았대. 그 남자가 이러더라. '요새 미의 기준은 못생긴 아름다움이거든. 얘들 좀 봐. 다 괴물이잖아—고혹적이고 신화적인 괴물. 난 못생긴 여자 아니면 안 써.'"

그녀가 로리를 돌아보았다. 눈에 맺힌 눈물을 보고 로리는 안절부절못했다. "뭐 그런 거지같은 새끼가 다 있어." 그가 말했다.

놀랍게도 스테이시가 웃기 시작했다. 침대에 벌렁 누워서는 몸이 흔들리도록 웃어댔다. "내 꼴 좀 봐." 그녀가 말했다. "굶어죽을 지경으로 살을 빼고 따뜻한 오일로 헤어 마사지를 하고 손톱까지 다듬었는데 그 새끼가 뭐라 한다고? 내가 못생기지 않았대!"

"돌았네." 로리는 그렇게 말하며 불안한 눈으로 스테이시를 보았다. "미친놈."

스테이시가 일어나 앉아 눈을 비볐다. 가끔 진토닉을 두 잔쯤 마시면 그렇듯이 헤벌레하니 기분좋은 얼굴이었다. 여덟 달 전, 일 년을 들여 세심하게 계획을 짠 끝에 신시내티에서 뉴욕행 비행기표를 산 그녀였다. 그건 시작에 불과했다. 스테이시는 세계를 제패하리라는 포부를 품었다. 파리, 도쿄, 런던, 방콕. 그녀가 사는 코딱지만한 아파트 선반에는 지도와 여행안내서가 어수선하게 쌓여 있었고 외국인을 만날 때마다—어느 나라 사람이건 상관없이—작은 가죽 장정 노트에 주소를 꼼꼼히 옮겨적으며 머지않아 전 세계를 누비게 될 거라고 확신했다. 그녀는 우연이라는 선물을 기대할 수 없는 부류였다. 쇼핑몰이나 핫도그 노점상에서 눈에 띈 부류부터 얼굴의 단점이 흠칫할 정도로 충격적이어서 발탁된 부류까지, 삶이 우연의 연속인 여자들을 온종일 베수비의 스튜디오에서 숱하게 보는 로리는 스테이시가 고생하는 것이 마음 아팠다.

"로리." 스테이시가 말했다. "일 분만 나를 봐봐."

그는 순순히 고개를 돌렸다. 그녀가 바짝 붙는 바람에 얼굴에 바른 따뜻한 유백색 로션 냄새가 훅 끼쳤다. "내가 지금보다 못났으면 좋겠다고 생각한 적 있어?" 그녀가 물었다.

"말도 안 돼, 아니." 그렇게 말한 로리는 몸을 뒤로 빼고 그녀가 농담하는 건지 살폈다. "무슨 질문이 그래, 스테이스."

"얼른. 하루종일 하는 일이잖아." 그녀가 다시 바짝 다가붙어 로리는 어느새 그녀의 콧방울에 난 미세한 땀구멍들을 보고 있었다. 스튜디오를, 그곳에 불려오는 여자들을 떠올려보려 했지만 스테이시에게 집중하자 다 사라졌다. 그리고 스튜디오를 떠올렸을 때는 스테이시가 보이지 않았다. 그곳은 스테이시가 속한 세계가 아니었다. 스테이시의 긴장과 기대가 뒤섞인 얼굴을 바라보면서 로리는 자기에게 어마어마한 권력이 있음을 감지했다. 그녀를 짓밟는 건 식은 죽 먹기라는 생각이 들었다.

"관둬." 로리가 대답을 하지 않자 스테이시는 말했다. "알고 싶지 않아."

그녀는 자리에서 일어나 방을 가로지르더니 몸을 숙여 양 손바닥으로 바닥을 짚었다. 고등학교 때 체조선수였던 그녀는 여전히 매우 유연했다. 그 유연함에 로리는 스스로도 민망할 지경으로 열광했다—그녀는 침대에 앉아 두 다리를 앞으로 뻗고 상체를 숙여 정강이에 뺨을 대는 자세를 자주 해 보였다. 무심하게, 아무것도 아니라는 듯이! 그때마다 얼마나 흥분되는지 로리는 말할 자신이 없었다. 그랬다가 그녀가 의식하게 되면 더는 전 같지 않을 것이다.

스테이시는 몸을 일으켰고 다시금 화색이 돌며 차분해졌다. "나가자." 그녀가 말했다.

그녀의 아파트는 로리가 경멸하면서도 푹 빠져들고 마는 거리인 콜럼버스 애비뉴 바로 옆이었다. 그와 스테이시는 팔짱을 끼고 걸으면서 식당들 창문 너머를 빤히 들여다보았다. 식당 안의 손님들도 오늘밤 친구가 이 길을 지나갈지 모른다는 말을 듣고서 잠시도 눈을 떼지 않는 것처럼 창밖의 그들을 유심히 바라보았다.

"어디로 가야 하지?" 스테이시가 물었다.

로리는 손가락 관절을 차례차례 꺾었다. 그런 질문을 받으니 정답을 알고 있어야 하는 것 같아서 초조해졌다. 영향력 있는 사람들은 어디를 갈까? 가끔 방금 전 갔던 곳에 영향력 있는 사람들이 한 발 앞서 들렀다가 떠났었다는 느낌에 사로잡힐 때가 있었다. 제일 곤란한 점은 그 사람들이 정확히 누구인지도 모른다는 사실이었다. 지인 가운데 그나마 제일 잘 알 것 같은 사람은 룸메이트이자 케이크 장식 전문인 푸드스타일리스트 찰스, 그리고 두말할 것 없이 베수비였다. 베수비가 그의 주요 정보원이었다.

그들은 다운타운을 향해 가며 얼마 남지 않은 따스한 가을날 오후를, 7번가의 흥겹고도 어딘가 수상쩍은 분위기를 즐겼다. 옛날 길의 밤자갈들이 겹겹의 타르 위로 드문드문 드러난 교차로를 지났다. 로리가 소설을 통해 막연히 기억하는 뉴욕의 또다른 유산이었다. 마차와 실크해트, 명성과 모욕.

"로리." 스테이시가 말했다. "성공하고 나니 뭔가 더 느껴지는 게 있어?"

로리는 깜짝 놀라 그녀를 돌아보았다. "누가 그래, 내가 성공했다고?"

"맞는 말이잖아!"

"난 뭣도 아니야. 베수비의 조수일 뿐이지."

스테이시는 충격받은 표정이었다. "그게 어떻게 뭣도 아니야?"

그녀가 말했다.

로리는 히죽 웃었다. 대화가 재미있어지고 있었다. "그럼 별거라고?" 그가 말했다. "내가 어떤 사람인데?"

이번에는 스테이시도 잠시 고민하는 눈치였다. 그러다 별안간 웃음을 터뜨렸다—아까 침대에서 웃었을 때처럼 속수무책인 웃음이었다. 어쩌다 세상이 웃기기라도 한 것 같았다. 계속 웃다가 그녀가 말했다. "베수비의 조수지."

스테이시의 제안으로 그들은 택시를 타고 트라이베카에 있는 비스트로에 갔다. 베수비의 단골 음식점으로, 비싸겠지만 로리는 마침 봉급도 받은 참이었다—아무러면 어때, 그는 스테이시에게 저녁을 사주고 싶었다. 찰스에게 전화해 LA에서 돌아왔는지 물어볼까 싶은 생각까지 들었다. 찰스는 출장을 가서 일주일 내내 세라리 밑에서 스타일링을 하고 있었다. 아무리 돈을 많이 번다 해도 로리는 찰스의 직업이 부럽지 않았다. 더러는 밤늦게까지 일하면서 핀셋으로 햄버거 빵에 참깨를 붙이거나, 소금을 넣은 밀가루 반죽을 개고 색을 입혀서 사진상으로는 진짜 아이스크림보다 더 진짜처럼 보이게 만들었다. 아침 시리얼 광고 촬영 때 보통 우유보다 엘머스 글루*를 사용한다고 알려줘서 로리를 놀래기도 했다. "색이 더 하얗게 나오거든." 찰스가 설명했다. "따를 때도 우유보다 천천히 흘러내리고 시리얼이 불지 않아." 설명을 듣던 그때도 혼란스러웠고 여전히 잘 이해되지 않기는 마찬가지였다.

* 엘머스 사(社)의 접착제.

식당에 들어선 로리는 안쪽의 크고 둥근 테이블에 앉은 베수비를 알아보았다. 아니, 베수비가 그를 보고 신이 나서 큰 소리로 이름을 불렀고, 그 말인즉슨 그가 일행에게 싫증나 있다는 뜻이었다. 베수비는 그들에게 합석하라며 한 팔을 휘휘 저었다.

웨이터들이 의자를 더 가져다줘서 로리와 스테이시도 앉았다. 스테이시는 진토닉을 주문했다. 로리가 보기에 긴장한 기색이 역력했다—테이블에 앉은 여자들은 이런저런 자리에서 많이 보는 얼굴들이었다. 빨간 머리 대프니, 구피처럼 생긴 잉게, 그리고 로리가 이름을 잊어버린 여자들. 아누슈카를 보고 있으려니 골치가 아팠다. 오후 한나절 만에 음산한 시베리아 동네에서 뉴욕 패션의 정상으로 이동한 것 같은 뚱한 여자였다. 한번은 촬영이 끝나고 로리가 뒷정리를 하는 동안 그녀가 스튜디오에 남아 어슬렁거리며 파인 영 캐니벌스* 노래를 흥얼거리고 그가 읽던 『위대한 개츠비』를 시름없이 뒤적였다. "우리 아빠가 교수거든요." 그때 그녀가 로리에게 말했다. "이 책으로 강의하는데." "러시아어로요?" 로리가 미심쩍은 듯이 물었다. 아누슈카는 웃음을 터뜨렸다. "당연하죠." 그녀는 혀를 뒤로 말듯이 그 단어를 말했다. "안 될 것 있나?"

스튜디오를 나선 두 사람은 곧장 헤어지지 않고 어둑해진 거리에서 머뭇거렸다. 로리는 스테이시를 만날 예정이었지만 아누슈카에게 그런 얘기를 하려니 영 어색했다. 대신 허둥지둥 앞으로 나가 택시를 잡은 뒤 보도 연석에 아누슈카를 세워두고 출발해 세 블록

* 영국 록밴드.

을 가서 내렸고 지하철로 스테이시에게 갔다. 도착했을 때는 몸을 떨고 있었고 자신의 바보 같은 행동에 얼떨떨했다.

그후로는 아누슈카를 볼 때마다 식겁했다. 지난주, 그가 베수비의 카메라들을 싣는 동안 그녀는 태연하게 자기 아이큐를 말하더니 고전에 관한 문제를 내며 그에게 굴욕을 안겼다. "도스토옙스키 많이 읽었어요?" 흔들거리는 사다리에 올라 조명과 씨름중인 로리를 올려다보며 그녀가 큰 소리로 물었다. "『카라마조프가의 형제들』? 안 읽었어요? 그럼 『전쟁과 평화』는요?" 로리가 큰 소리로 『전쟁과 평화』는 톨스토이가 쓴 거라고 대답하자, 아누슈카는 얼굴이 새빨개져서 세트장으로 성큼성큼 걸어가버렸고 이후 두 번 다시 그에게 말을 걸지 않았다. 로리는 기분이 좋지 않았다. 『전쟁과 평화』는 한 글자도 읽은 적이 없었다. 촬영이 끝나고 부루퉁해서 짐을 챙기는 아누슈카에게 사실대로 털어놓을까도 생각했다가 관두었다. 에이, 몰라, 될 대로 되란 심정이었다.

로리는 모델들 사이에 드러눕다시피 앉은 베수비를 바라보았다. 스핑크스 같은 얼굴, 올리브색 피부, 바짝 깎은 희끗희끗한 턱수염과 달리 새치 한 올 보이지 않는 헝클어진 곱슬머리. 키가 작아 굽 높은 부츠를 신었는데 로리는 그게 아주 멋져 보였다. 말수가 적은 편이지만 금방이라도 무슨 말을 할 것처럼 보일 때가 많아서, 무슨 말을 하건 입을 여는 즉시 끊겨도 상관없는 대화가 두서없이 오가기도 했다. 로리는 버번이 든 유리잔 너머 베수비를 흠모의 감정으로 지켜보았다. 택시를 타고 홀연히 가버리는 그를 볼 때마다 세상의 중요한 일 대부분이 함께 사라지는 기분에 사로잡혔기에 이렇게 그와 한자리에 앉아 있다는 것이 믿어지지 않았다. 그렇다고 마냥 기쁘지만은 않았다. 테이블에 앉은 모두가, 특히 아누슈카가 그를 주시하고 있어서 일행에 끼워준 보답으로 깜짝쇼라도 해야 할 것만 같았다.

옆 테이블을 흘깃 보니 이쪽보다는 활기찬 대화가 오가는 것 같았다. 이른바 다운타운 스타일들로, 보브 커트에 큼지막한 은제 메달을 걸고 있는 남자들은 폐위된 중세의 왕 같은 모습이었다. 여자 한 명은 로리가 뉴욕에 온 첫 달 사귀었던 여자와 닮았다—이름이 데이브라고 했던 그녀는 오로지 검은색만 몸에 걸쳤다. 턱없이 큰 스웨터, 짧고 헐렁한 스커트, 양모 타이츠, 끝이 둥근 군화. 데이브와 사귀면서 짜릿함을 맛본 건 대개 그녀가 옷을 벗는 모습을 지켜볼 때였다—검은색 일색인 무더기 속에서 호리호리하고 새하얀 형체가 드러난 광경에는 뭔가 굉장한 것이 있었다. 그녀가 일단 다 벗고 나면 그중 하나라도 다시 걸쳤다가, 아니 전부 다시 입었다가 하나씩 벗었으면 좋겠다고 생각할 때도 많았다.

베수비는 스테이시를 보고 있었다. "어디서 본 얼굴인데." 그가 말했다. "나랑 촬영한 적 있나?"

"한 번요." 스테이시가 말했다. "네 달 반 전에."

"맞다. 이제 기억나네. 그게……" 그는 한 손을 힘없이 흔들었고, 그건 전혀 모르겠다는 뜻이었다.

"『엘르』였어요." 스테이시가 말했다. "보타이." 그것은 스테이시에게 들어온 가장 좋은 일거리였고, 잡지 사진마다 그녀의 머리가 잘려나간 것을 봤을 때는 그만큼 절망도 컸다. 그 사진들을 포트폴리오에 넣으면 너무 절박해 보일 거라는 에이전트의 말에 그녀는 대신 목욕탕 거울에 붙여두었다. 그래서 로리는 면도할 때마다 그 사진들을 보게 되었다.

베수비는 흡족해서 뒤로 물러나 앉았다. 전에 같이 작업했던 여자인지 아닌지 아리송한 건 그에게 늘 골칫거리였다. 로리는 진작 눈치챘지만 베수비에게 세상은 자기가 사진을 찍은 여자와 아닌 여자로 나뉘었고, 어느 쪽인지 알 수 없는 여자는 그의 우주를 혼돈 상태로 몰고 갔다.

"『엘르』를 했다고요?" 아누슈카가 스테이시에게 물었다.

"한 번요." 스테이시는 말했다.

"지금까지는." 로리가 재빨리 덧붙였다.

먼저 그를, 이어서 스테이시를 보는 아누슈카의 아연한 얼굴은 로리가 그녀를 연석에 내버려뒀던 날과 똑같았다. 로리는 새삼 죄책감이 들었다.

"『엘르』랑 일했죠, 그쪽도?" 스테이시가 묻자 아누슈카는 멍하니 고개를 끄덕였다.

"표지 사진 찍었다면서요?" 누군가 말했다.

"네." 아누슈카는 심드렁하게 대답했다. 그러다 자기도 처음 듣는 뉴스인 양 열을 냈다. "네!" 그녀는 갑자기 이를 드러내며 웃었다. "12월 표지요."

로리는 스테이시가 앉은 자리에서 움직거리는 것이 느껴졌다. 아누슈카는 담배에 불을 붙여 피워물었다. 이국적이고 용같이 꼬불거리는 검은 머리칼이 어깨에서 물결치고 있었다. 일순 모두의 눈길이 그녀를 향했고, 로리마저 매체 사진에서 익히 봐온 얼굴에 별수없이 끌렸다. 아누슈카를 어떻게 생각하는지는 중요하지 않아. 그 여자잖아—누군지 알아보잖아. 여기에는 묘한 즐거움이 있었다. 찾던 것을 발견한 것처럼.

"도쿄는 언제 가요?" 아누슈카가 잉게에게 물었다.

"다음주." 잉게가 말했다. "가본 적 있어요?"

"이 년 전에요." 아누슈카가 특유의 강한 억양으로 말했다. "나쁘지 않아요. 하지만 아침 비행기를 타면 일본 남자들이 쓰레기통에 대고 뱃속이 뒤집어져라 기침하는 걸 보게 돼요. 미친듯이 담배를 피워대더라고요." 그녀는 단언하며 두 손가락 사이에 낀 담배를 흔들어댔다. 로리는 비참한 심정으로 듣고 있었다. 가엾은 스테이시는 뉴욕에서 악전고투하는데 여기 아누슈카는 일본에도 갔던데다 그곳을 헐뜯는 호사까지 누리고 있었다. 그는 유리잔 속의 얼음이 달그락거리도록 흔들며 초조하게 헛기침을 했다.

아누슈카가 그를 흘끗 보더니 진지해졌다. "그래도." 그녀는 말했다. "일본 문화는 정말 중요해요."

"문화?" 잉게가 말했다.

"있잖아요. 박물관이랑 뭐 그런 것들."

막 잠이 들려던 찰나 퍼뜩 깬 듯한 베수비가 아누슈카를 돌아보았다. "네가, 박물관 안까지 들어갔다고?" 그가 말했다. "그럴 리가."

아누슈카는 깜짝 놀란 표정을 지었다.

"촬영하러 간 거겠지." 그가 말했다.

"촬영 안 했거든요! 놀러갔어요. 내가 뭘 하는지 어떻게 알아요?"

어깨를 으쓱하고 의자에 등을 기대는 베수비의 나른한 눈은 재미있어 죽겠다는 기색으로 가득했다. 아누슈카는 목까지 붉어졌다. 홍조가 화려한 얼굴과 따로 노는 것 같았다. 그녀는 난감해하며 스테이시를 돌아보았다. "일본 가봤어요?" 그녀가 물었다.

"가보고 싶죠."

"그럼 밀라노는 가봤겠죠?"

"아뇨." 스테이시가 말했고, 로리는 스테이시의 술잔이 거의 빈 것을 알아차리고 놀랐다. 평소 칵테일 한 잔으로 밤을 지새울 수 있을 만큼 아주 조금씩 홀짝거리던 그녀였다.

"파리는?"

스테이시가 고개를 저었고, 로리는 자기가 더 잘나가는 것을 알아챈 아누슈카의 표정이 달라졌음을 놓치지 않았다. 다른 사람들은 잠자코 있었다. 베수비는 몸을 앞으로 내밀고 흥미진진한 표정으로 아누슈카와 스테이시가 눈앞에서 포즈를 취하고 있는 것처럼 차례로 주시했다.

"파리에서 일한 적 없다고요? 다들 파리에서 일한 줄 알았는데."

"파리는 가본 적도 없어요." 스테이시가 말했다.

"런던은요? 뮌헨은?" 아누슈카가 다른 여자들을 돌아보며 자기가 얼마나 놀랐는지 굳이 확인시켜주었다. 로리 쪽은 눈길도 주지 않았지만 이 모든 게 그를 염두에 둔 행동임을 알기에 그녀와 야릇한 공모라도 하는 느낌이라 그는 죄책감이 들었다. 잔을 드는 스테이시의 손이 떨리는 것을 보자 아누슈카를 향한 느닷없는, 맹렬한 적개심이 엄습했다—누군가를 이토록 미워하기는 난생처음이었다. 그는 그녀를, 물결치는 머리칼을, 한 대 맞은 것처럼 보이는 입술을 노려보았다. 오늘 스테이시가 만났던 남자의 표현대로라면 못생긴 얼굴이었다. 아름답게 못생긴 얼굴. 로리는 혼란스러워 시선을 거두었다.

"그러면." 아누슈카가 말했다. "지금까지 어딜 가봤는데요?"

처음에 스테이시는 대답이 없었다. 유연하게 몸을 꺾어 앉은 자세가 꼭 줄을 놓아 관절이 아무렇게나 겹쳐진 마리오네트 같았다.

"뉴욕에 가봤죠." 그녀가 말했다.

잠깐 침묵이 흘렀다. "뉴욕." 아누슈카가 말했다.

베수비가 웃기 시작했다. 귀청이 떨어져라 큰 소리로, 격하게 웃어서 로리도 처음에는 깜짝 놀랐다. 그렇게 웃는 건 한 번도 들어본 적이 없었다. "뉴욕!" 베수비가 외쳤다. "천만금을 줘도 가기 어렵지!"

스테이시가 미소 지었다. 다른 사람들과 마찬가지로 그녀도 놀란 눈치였다.

베수비는 의자에 앉은 채 몸을 앞으로 흔들고 무거운 부츠 발로 바닥을 굴러댔다. "멋져." 그가 말했다. "뉴욕. 금의환향이 따로 없군." 아누슈카는 그를 빤히 보기만 했다.

그러자 정말 웃긴 것 같았다. 밑도 끝도 없이.

다들 전류가 통한 것처럼 낄낄대기 시작했다. 로리마저 어느새 영문도 모른 채 웃고 있었다. 베수비가 알고 있으면 그것으로 충분했다. 그의 상사는 촬영이 순조로울 때 모델들을 바라보던 다정한 눈으로 스테이시를 응시했다. "죽여주는 동네야, 뉴욕은." 그가 말했다. "안 그래?"

"최고죠." 스테이시가 말했다.

"하지만 여기 말곤 가본 데가 없는 거잖아요!" 아누슈카가 따지듯이 말했다. "그런데 그걸 어떻게 알죠?"

"아, 알고말고요." 로리가 말했다. 아누슈카의 화를 돋우겠다는 일념에 이성을 잃고 어질어질해졌다. "무슨 말인지 이해 안 되죠?" 그가 말했다.

"아무것도 없는데 뭘 이해해요?" 아누슈카가 쏘아붙였다. 정작 표정은 자신이 없어 보였다.

베수비가 제대로 떠지지도 않는 눈 주위를 냅킨으로 가볍게 두드렸다. "다음에 뉴욕에 가면." 그가 스테이시에게 말했다. "나도 데려가줘요."

아누슈카에게는 가혹한 상황이었다. "집어치워!" 그녀는 소리치며 벌떡 일어났다. "난 뉴욕에 있어. 당신들도 뉴욕에 있고. 여기가 뉴욕이잖아!"

하지만 웃음판으로 변해버린 테이블에서 아누슈카의 항변은 상황을 악화시킬 뿐이었다. 다들 웃어대는 가운데 그녀는 속수무책으로 서 있었고 그런 그녀를 옴짝달싹 못하게 할 작정으로 로리는 더 크게 야유했다.

"됐어." 그녀가 말했다. "나 갈래."

"일본으로 돌아가요!" 로리가 외쳤다. 숨이 제대로 쉬어지지 않았다.

아누슈카가 로리를 뚫어져라 바라보았다. 화장 때문에 눈가는 불타는 듯했고 홍채는 선명하고 맑은 초록색이었다. 로리는 문득 그녀가 미친 짓을 저지를지도 모른다는 생각이 들었다—헤어진 남자친구에게 포크를 집어던져 윗입술에 구멍을 냈다는 이야기를 들었다. 그는 웃음을 그치고 불시의 반격에 대비해 테이블 가장자리를 움켜잡았다. 놀랍게도 아누슈카의 까맣게 화장한 눈에 눈물이 그렁그렁 차올랐다. "너무해요, 로리." 그녀가 말했다.

그녀는 테이블 밑에 있던 가방을 홱 낚아채 어깨에 걸쳤다. 의자에서 재킷을 잡아 빼는 동안 긴 머리칼이 눈물 젖은 뺨에 들러붙었다. 로리는 고등학교 시절의 구내식당을 떠올렸다. 정신 나간 듯 성큼성큼 걸어가며 식판을 쨍강거리던 여자애들, 굽 높은 구두를 신고 미끄러지듯 나아가던 길고 깡마른 다리. 그리움에 가슴이 뭉클했다. 아누슈카도 그냥 어린애인데—그보다 한참 어린 나이의 여자애.

"얘." 베수비가 말을 건네며 자리에서 일어나 양팔로 아누슈카를 얼싸안았다. "얘, 우린 그냥 농담이나 하자는 거야."

"그딴 농담은 지옥 갈 때나 챙겨요." 그녀가 고개를 돌려버려서 아무도 우는 모습을 보지 못했다.

베수비가 그녀의 등을 토닥였다. "자, 이제 그만." 그가 말했다.

잘못했다는 생각에 다들 말없이 앉아 있었다. 스테이시와 로리는 눈빛을 교환하고 자리에서 일어났다. 그들이 재킷을 걸치는 동안 아무도 말리지 않았지만 로리가 두 사람의 술값을 내려고 지갑을 열자 베수비가 움찔해선 손사래를 쳤다. 아누슈카는 여전히 그에게 기대 목에 얼굴을 묻고 있었다.

베수비는 목소리를 낮춰 스테이시에게 말했다. "딱 맞는 촬영이 곧 잡힐 거야." 그가 말했다. "어디랑 일한다고 했더라?"

에이전시 이름을 대며 스테이시는 기쁜 내색을 애써 감추었다. 로리는 비참한 심정으로 듣고 있었다. 베수비는 만나는 여자들에게 늘 그렇게 말했고 그러고선 바로 잊어버렸다. 어디까지나 헤어질 때 기분좋으라고 던지는 빈말일 뿐이었다.

그들은 식당을 나와 이스트빌리지로 향했다. 로리는 스테이시의 손을 잡고 싶은 마음이 굴뚝같았지만, 골똘히 생각에 잠긴 지금 그녀는 그에게서 멀리 떨어져 있는 느낌이었다. 시장에서 남자애 하나가 스툴을 밖에 내놓고 앉아 콩나물 대가리를 따고 있었다. 한 이발사는 수북한 짙은 색 머리털 뭉치를 가게 한구석으로 쓸었다. 머리 위 창문에서 음악이 흘러나와 로리가 목을 빼고 올려다보니 불붙인 담배를 든 누군가의 팔이 있었다. 이 모든 익숙한 광경이 그에게 사랑스럽고도 아프게 다가왔다. 그는 불 꺼진 가게 진열창에서 무언가를, 그들을 제외한 세상 모든 것의 중심에 있을 궁극의 무언가를 찾았다. 하지만 그 자신과 스테이시가 반사되어 보일 뿐이었다. 유리에서 두 사람의 눈이 마주쳤다가 휙 사라져버렸다. 문득 이것이 뉴욕이라는 생각이 들었다. 가까이 가도 멀리 떨어진 채 빛을 발하는 곳.

그들은 층계를 네 개 올라 로리의 아파트로 갔다. 문 아래 틈으로 빛이 새어나왔고, 그건 찰스가 돌아왔다는 말이었다. 들어가보니 찰스는 부엌 테이블 앞에 서서 붉은 고기 한 조각을 종이타월로 닦아내고 있었다. 토치는 벽 콘센트에 꽂아 충전중이었고 연기탐지기가 분해된 채 발치에 뒹굴고 있었다.

"불쌍하기도 하지." 스테이시가 그렇게 말하며 찰스의 뺨에 입을 맞추었다. "밤낮으로 일만 하는구나."

찰스의 입은 고양이처럼 작고 양쪽 끝이 살짝 올라가 있었다. 그래서 기분이 좋지 않을 때조차 만족스러워 보였다. "내가 고기 요리는 젬병이잖아." 그가 말했다. "내일 스테이크 촬영이 잡혔어."

찰스는 일찌감치 머리가 벗어지고 있었는데 덕분에 고난 끝에 승리한 것 같은 인상이라 로리는 여간 부러운 게 아니었다. 얼마 전 자기도 머리가 벗어질 조짐이 없는지 이마 언저리를 살폈지만, 금발 서퍼의 사자 갈기 같은 머리칼은 더없이 풍성해 보였다. 제일 얄궂은 건 산타크루즈에서 나고 자란 사람은 그가 아니라 찰스라는 사실이었다.

"자, 이제 갑니다." 찰스가 토치를 점화하고서 말했다. 로리와 스테이시는 그가 고깃조각 위에서 잔디를 깎듯이 토치 불꽃을 천천히 왔다갔다 움직이는 것을 지켜보았다. 표면이 옅은 회색으로 변했다. 한쪽 면이 다 구워지자 찰스는 스테이크를 뒤집어 나머지 면도 살짝 구웠다.

"이런." 스테이시가 말했다. "아직도 완전히 날고기인데?"

"기다려." 찰스가 말했다.

그가 쇠꼬챙이를 들어 불꽃에 대고 새빨갛게 달구다가 고기에 가져다댔다. 식식 소리가 나면서 고기 굽는 냄새가 풍겼고 쇠꼬챙이를 떼자 스테이크에 길고 거무스름한 줄무늬가 찍혀 있었다. 그는 몇 번이나 쇠꼬챙이를 달궈가며 나란히 간격을 두고서 고기에 대고 눌렀다. 그러자 그릴에서 바로 구워낸 미디엄레어 스테이크라고 해도 속아넘어갈 만큼 감쪽같아졌다. 차가운 날고기라는 걸 알면서도 로리는 걷잡을 수 없이 식욕이 동했다.

스테이시가 냉장고 문을 열었다. 로리는 그녀를 위해 늘 콜라를 준비해두었다. 다이어트 콜라는 물론 일반 콜라를 마셔도 되는 날인데 아직 마시지 않은 경우를 대비해 그것도 몇 개 쟁여두었다. 놀랍게도 그녀는 일반 콜라 캔을 꺼냈다.

"아, 몰라." 스테이시가 말했다. "그냥 하는 말이 아니라, 마신다고 뭐가 달라지겠어?"

로리는 그녀를 빤히 보았다. 그녀가 지금껏 그런 식으로 말한 적은 한 번도 없었다. "베수비는 어쩌고?" 그는 말해놓고 곧바로 후회했다.

"베수비는 나한테 전화 안 해. 당신이 제일 잘 알잖아."

스테이시는 그에게 미소 짓고 있었다. 로리는 자신의 거짓말하는 속내를 그녀가 고스란히 들여다보고 있었던 느낌이었다. "베수비는 쥐뿔도 몰라." 말은 그렇게 했지만 자신에게조차 별로 와닿지 않았다.

스테이시는 창문을 밀어 열고 비상계단으로 나갔다. 유황색으로 물든 하늘이 생경하게 느껴졌다—아름답지만 자연과 동떨어져 보였다. 아파트 건물 뒤편의 볼품없는 나무는 잎사귀 하나 없이 하늘을 향해 가지를 뻗은 모양새가 꼭 유리에 금이 간 것 같았다. 스테이시는 콜라를 신중하게, 찔끔찔끔 마셨다. 로리는 창문 너머 실내에 어쩔 줄 모른 채 서서 그녀를 바라보고 있었다. 그녀에게 무슨 말이든 해야 했다. 그건 그도 알았지만 방법을 몰랐다.

담뱃갑을 흔들어 한 개비를 꺼내 입에 물었다. 찰스는 두번째 스테이크를 굽고 있었다. "있지." 그러면서 턱짓으로 로리의 머리 근처 한 곳을 가리켰다. "같이 먹으려고 케이크 구웠어—진짜 케이크."

로리는 깜짝 놀라 돌아보고 냉장고 위에 있는 접시를 들어올렸다. 가장자리를 따라 큼지막한 물방울 모양의 휘핑크림을 얹은 크고 근사한 케이크였다. "찰스." 로리가 어리둥절해져서 말했다. "이번주 내내 죽어라 일만 했잖아."

"그랬지." 찰스가 말했다. "하지만 모르는 사람들을 위한 음식이었잖아. 먹으려고 만드는 것도 아니고."

찰스는 스테이크 위로 몸을 숙이고 축축한 고기에 토치 불꽃을 갖다대 식식 소리 내고 있었다. 진짜 케이크를 더 좋아하는 게 웬만해선 털어놓고 싶지 않은 약점이라도 되는 양 머쓱해 보였다. 찰스의 정직함이 로리를 부끄럽게 만들었다—찰스는 남들에게 어떻게 들릴지 상관하지 않고 자신이 느끼는 대로 말했다.

로리는 창문 밖으로 나가 스테이시 옆에 앉았다. 청바지에 닿는 비상계단 난간이 차가웠다. 스테이시는 한 손에 콜라를 들고 다른 손으로 로리의 손을 잡았다. 그들은 노란 하늘을 바라보며 맞잡은 손에 힘을 주었다. 곧 무슨 일이 일어나기라도 할 것처럼.

로리의 심장박동이 빨라졌다. "그럼 안 될 수도 있는 거네." 그가 말했다. “모델 일. 아예 성사 안 될 수도 있는 건가.”

그러고는 놀란 기색인지 그녀의 표정을 살폈지만 아무 변화도 없었다. 그녀는 차분히 그를 바라보았고, 로리는 처음으로 스테이시가 자기보다 나이가 많다는 사실을, 그녀의 마음에는 그가 결코 알지 못하는 부분이 있다는 것을 절감했다. 그녀가 자리에서 일어나 콜라 캔을 로리에게 건넸다. 그러고는 비상계단 난간을 잡더니 그대로 물구나무를 섰다. 로리는 숨을 죽인 채 가느다란 지팡이 같은 그녀의 몸이 노란 하늘을 배경으로 가만히 흔들리는 광경을 불안과 경외에 차서 지켜보았다. 그녀는 전혀 어려움 없이 균형을 잡고 긴 시간이 흘렀다는 느낌이 들 만큼 한참 그렇게 거꾸로 멈춰 있다가 마침내 허리를 구부리고 다리를 내려 다시 똑바로 섰다.

“이도 저도 안 되면.” 그녀가 말했다. “그때는 세상을 달리 보게 되겠지.”

그녀는 양손으로 로리의 얼굴을 감싸고 입을 맞추었다—힘껏, 열렬하게, 곧 기차에 오를 사람처럼 다정하고도 절박하게. 그러고는 등을 돌려 하늘을 바라보았다. 로리는 그녀를 뚫어져라 보며 묘한 두려움에 사로잡혔다. 그녀는 정말로 그렇게 할 것 같았다, 뭔가 방법을 찾아낼 것 같았다. 그는 스테이시가 멀리서 돌아보는 모습을 그려보았다. 그녀는 그를, 그들이 함께한 이쪽 세상을, 자신이 한때 믿었던 환하고 반짝이는 꿈인 것처럼 돌아보고 있었다.

“나도 데려가.” 그가 말했다.

스타일리스트

마침내 모래언덕에 도착하자 포토그래퍼 얀이 은색 조명우산을 펼친다. 오늘 촬영의 마지막 차례다. 쨍쨍한 햇빛이 비스듬히 떨어진다. 반짝이는 모래언덕이 유리침니 더미들 같다.

소녀가 발끝으로 모래를 건드린다. 짧은 면 치마에 헐렁한 티셔츠 차림이다. 1미터쯤 떨어져 서 있는 스타일리스트가 디자이너 수영복이 가득 든 여행가방을 내려놓자 가방이 모래 속으로 푹 꺼진다. 스타일리스트의 이름은 버나뎃이다. 몇 년째 이 일을 해오고 있다.

"여기." 버나뎃이 소녀에게 비키니 한 벌을 건넨다. 광택 있는 소재의 빨간색 수영복이다. 소녀가 얀을 흘끔 보니, 그는 카메라에 필름을 넣느라 정신없다. 소녀는 치마를 입은 채 팬티를 벗고 수영복 하의를 입는다. 아직 스무 살이 채 되지 않은 나이다.

"표지 촬영이에요?" 이름이 앨리스인 소녀가 묻는다. 촬영할 때마다 빼놓지 않고 하는 질문이다.

"두 달 전에 어디 있었지?" 스타일리스트가 말한다.

"무슨 뜻이에요?" 앨리스는 얼굴이 다이아몬드형이다. 눈은 황금빛이다.

"말 그대로, 두 달 전에 어디 있었어?" 버나뎃이 다시 묻는다.

"집에요. 발굴되기 전이라서."

"집은 어디인데?"

"일리노이 록퍼드."

"표지든 아니든." 버나뎃이 소녀에게 말한다. "내가 보기에 너 아주 형편없는 것 같지는 않구나."

이 말에 앨리스는 놀란 기색이다. 무슨 말을 할 듯 입을 열다 말고 등을 돌려 티셔츠를 머리 위로 벗는다. 어깨의 움직임에서 체념 같은 것이 느껴진다. 작은 가슴을 빨간색 수영복 상의 앞면으로 가린다. 버나뎃이 끈을 묶어준다. 앨리스는 잠시 파도를 바라본다. 담청색의 거친 바다.

"여기가 어디라고 했죠?" 그녀가 묻는다.

"라무." 버나뎃이 말한다.

헤어와 메이크업 담당 스태프들이 도착한다. 걸어오느라 숨을 헐떡이고 있다. 메이크업 담당 닉은 앨리스의 눈화장부터 시작한다. 앨리스는 양팔로 제 몸을 감싼다.

"어제 간 덴 어디였어요?" 그녀가 묻는다.

"몸바사." 버나뎃이 말한다.

포토그래퍼가 준비를 마쳤다. 은색 조명우산을 높이 올려 빛을 모은다. 그가 앨리스의 가슴께 노출계를 갖다댄다. 헤어와 메이크업 담당은 담배 한 대를 나눠 피운다. 이번 촬영 여행에 동행한 다른 모델 두 명은 지금 멀찍이 떨어져서 지켜보고 있다. 바다가 모래언덕에 부딪히며 웅얼거린다. 옷을 입은 사람들에게 둘러싸인 앨리스는 유독 벌거벗은 듯 보인다. 아직 햇병아리 모델이라 카메라 앞에 서는 게 두렵다. 얀이 트라이포드에서 카메라를 떼어 그녀의 얼굴 가까이로 가져간다. "이 얼굴." 그러고는 잠시 멈춰 다른 사람들을 흘긋 본다. "이 얼굴 좀 봐줄래요?"

그들은 본다. 새장처럼 섬세한 얼굴. 얀은 카메라를 다시 얼굴에 대고 한쪽 눈을 감는다. 셔터의 리듬이 부서지는 파도 소리와 뒤섞인다. 그 리듬에 맞춰 소녀가 움직이기 시작한다.

"그렇지." 얀이 소리친다. "바로 그거야!"

그들은 다시 본다. 버나뎃도 보고 그것을 깨닫고, 다른 사람들도 마찬가지라는 게 느껴진다. 빛이 떨어지는 각도에 따라 시선을 잡아끄는 것이 있다. 소녀의 불안한 손놀림, 슬픈 입매. 정적이 내려앉는다. 소녀는 바닷가에 선 말라깽이 여자애 이상의 존재, 긴 머리에 슬픈 얼굴로 어렴풋한 수평선을 응시하는 세상 모든 소녀의 표상이다. 카메라가 찰칵거린다. 그리고 그 순간은 지나간다.

앨리스는 앞으로 허리를 숙여 무릎을 긁는다. 버나뎃은 고개를 돌려 얀을 찾고 그가 미소 짓는 것을 본다.

"빙고." 그가 말한다.

시내는 바람이 불어 먼지와 얇은 사탕 포장지가 가득 날린다.

라무에는 남편과 사별한 여자가 많다. 바람에 날아갈까 검은 베일을 움켜쥔 허리가 구부정한 노파들. 시장 광장에서 그들은 말린 과일, 씨앗, 자주색 곡식이 든 바구니들 옆에 쪼그려앉아 있다. 공기 중에 탄내가 섞여 있다.

일행은 해안지구—피아노 연주자와 조국의 안녕을 위해 건배하는 거친 남자들이 절로 떠오르는 곳—근방의 오래된 이층짜리 호텔에 머물고 있다. 버나뎃은 신혼여행지였던 뉴올리언스의 호텔을 떠올린다. 그곳처럼 이 호텔에도 천장에 대형 선풍기가 달려 있다. 어젯밤 그녀는 방에 누워 천장에서 돌아가는 선풍기만 하염없이 보았다.

저녁을 먹은 후 앨리스가 모델로 발굴된 사연을 이야기한다. 쇼핑몰에서였다고 그녀는 말한다. 모든 소녀가 포즈를 잡고 걸었다. 스냅사진도 가져가야 했다. 그녀는 오빠가 목말을 태워주는 사진을 가져갔다. 다른 모델 둘은 이야기가 지루한 모양이다.

버나뎃은 담배에 불을 붙인다. 잡지를 휙휙 넘기고 있는 얀을 돌아본다. "자긴 지금 이걸 보고 떠오르는 거 없어?" 그녀가 말한다.

얀이 고개를 들고 금빛 눈썹을 치켜세운다. 점잖은 인상에 동화책 속 바이킹처럼 건장한 체격이다.

"뭘 보고 떠오르는 게 없느냐는 거야?" 그가 말한다.

"이거. 우리 모두."

얀이 못 알아듣는 눈치여서 그녀는 덧붙여 설명한다. "여기 모두가 서로를 눈곱만큼도 좋아하지 않는다는 거 눈치 못 챘어?" 그녀가 말한다. "가족 같잖아."

그는 재미있는 모양이다. 맥주를 길게 쭉 들이켜더니 양손으로 머리칼을 쓸어넘긴다. "남 말 하고 있네."

버나뎃은 웃음을 터뜨리지만 이내 정색한다. "우리를 하나로 묶어주는 건 뭘까?" 그녀가 묻는다.

"그건 쉽지." 얀이 그렇게 말하며 몸을 한껏 뒤로 젖히자 싸구려 나무의자가 삐걱거린다. "생각할 필요도 없어."

"나 좀 웃겨달라고." 버나뎃이 말한다.

그가 몸을 앞으로 숙여 기름 먹인 테이블보에 양 팔꿈치를 괸다. 좁은 거리에서 나울대는 음악이 바람결에 실려온다. 모델들은 슬렁슬렁 돌아다니고, 새까만 피부가 조명 아래 푸르스름하게 빛나는 사람들이 그 안을 가득 메우고 있다.

"우리가 패션촬영중이라는 것." 그가 말한다.

그는 양 손바닥 사이에서 성냥갑을 굴리다가 웨이터에게 손짓해 맥주 두 잔을 더 주문한다. 테이블 가장자리에 파리들이 내려앉는다. 그가 버나뎃을 바라본다. "끝내주는 사진을 위해 건배." 그러고는 맥주잔을 든다. 어딘가 불편한 말투다. 버나뎃은 고개를 뒤로 젖히고 맥주병을 기울여 마신다. 그녀의 목은 길고 하얗다. 얀은 꿀꺽거리며 맥주를 넘기는 그녀의 목을 바라본다.

"우리를 먹여 살리는 손을 위해 건배." 그녀가 말한다.

이제 어린 모델들이 우르르 달려나간다. 어딘가로 춤추러 가고 싶은 것이다. 몸바사에서 갔던 어느 디스코텍은 젊은 아프리카인 매춘부들이 발 디딜 틈 없이 들어차서는 흐느적거리며 춤을 추면서 건수를 기다리고 있었다. 그 광경에 어린 여자애들은 대책 없이 매혹되었다.

"라무에선 아니지." 얀이 말한다. "기억하지? 자동차도 없는 데잖아."

앨리스는 대놓고 하품하는 모습이 꼭 고양이 같다. 이에 조명 불빛이 맺힌다. 그녀는 몸을 숙여 얀의 어깨에 머리를 기댄다. 속수무책으로, 십대 여자애답게, 처음 본 순간부터 얀에게 반했다.

"졸려요." 그녀가 말한다.

얀은 버나뎃을 흘긋 보더니 앨리스를 끌어당겨 무릎에 앉힌다. 손바닥으로 부드러운 머리칼을 쓸어내려주자 그녀는 그대로 온몸을 그에게 맡긴다. 바닥을 향해 떨어진 긴 두 다리가 벌어진다. 다들 말이 없다. 소녀는 꼼지락거리며 머리를 움직인다. 두 달 전만 해도 아버지에게 안녕히 주무시라는 인사를 하고 있었을 시간이다. 그녀가 무릎에서 내려오며 일어선다. "나는 이만." 그렇게 말하며 얀과 버나뎃을 차례로 바라본다. "내일 봐요."

그녀는 자기만 놔두고 가버린 다른 두 모델을 찾아 이리저리 돌아다닌다.

"가엾은 것." 얀이 말한다.

자리를 뜨는 앨리스를 함께 지켜보면서 버나뎃은 테이블 밑으로 손을 뻗어 얀을 만진다. 처음에는 부드럽게, 차츰 대담하게. 어처구니없지, 그녀는 생각한다. 다른 사람에게 다짜고짜 이런 행동을 할 수 있다니. 도둑질하고 뭐가 다른지. 다행히 어린 여자애들은 눈치채지 못한다.

얀이 그녀를 보더니 침을 삼킨다. 그녀는 그가 생각했던 것보다 더 젊다고 단정한다. 스모키한 맛이 나는 맥주를 홀짝이면서도 손을 치우지 않는다. "이러면 뭐가 떠올라?" 그녀가 말한다.

그는 고개를 흔든다. 뺨이 온통 발갛다.

"위층으로 가자." 버나뎃이 말한다.

그들은 바를 나와서 호텔방으로 이어지는 비좁은 층계를 올라간다. 버나뎃은 손바닥으로 벽을 짚는다. 생각보다 많이 취했다. 맨 위쪽에서 둘 다 잠시 멈춰 선다. 벌레들이 전구에 몸을 부딪는다. 얀은 그녀의 청바지 허리춤 뒤에 손가락을 집어넣어 가만히 끌어당긴다. 욕망, 시큼하고 쇠맛 나는 욕망이 그녀의 목구멍에서 치밀어오른다.

"당신 방?" 그녀가 말한다.

얀의 침대는 깔끔하게 정돈되어 있고, 모기장 커튼이 둘둘 말려 머리 위쪽으로 걷혀 있다. 그가 욕실로 들어가 문을 닫는다. 버나뎃은 창가에 선다. 창유리 없이 나무로 된 덧문이 열려 밤바람이 들어온다. 달이 밝아 바다에 은빛 윤슬이 반짝인다. 바닷가에는 페인트칠한 돛배들이 한 줄로 늘어서 있다.

변기 물이 내려가는 소리를 듣고도 그녀는 창가에 그대로 서서 얀이 등뒤로 다가오리라 기대한다. 그는 기대를 저버린다. 그의 무게에 눌려 침대가 삐걱인다.

"하나 떠오르는 게 있긴 하네." 여전히 바다를 바라보며 그녀가 말한다. "지금 이걸 보니."

"뭘 보든 떠오르는 게 있나봐?" 그가 말한다.

"맞아. 조만간 그게 뭔지 알아낼 거야."

"좋은 수라도 있나보지?"

"없어." 그녀가 팔을 쭉 뻗자 배가 당겨진다. "내가 지금까지 본 적도 해본 적도 없는 것일 테니까."

얀은 말이 없다. 버나뎃은 그가 모기장을 내렸는지 궁금하다.

"그렇다면." 그가 말한다. "알아보는 건 어렵지 않겠네. 그런데 나타나줘야 할 텐데."

버나뎃은 셔츠를 머리 위로 벗는다. 검은색 브래지어와 함께 그 안의 풍만하고 하얀 젖가슴이 드러난다. 부담될 정도로 살집이 실팍하다. 전에도 그랬고 지금도 그렇지만, 엉덩이가 금 하나 그은 것 같고 배는 텅 빈 얕은 접시 같은 여자애들에게 하루종일 옷을 입히고 나면 자신의 그런 몸이 놀랍게 다가왔다. 그녀는 얀을 돌아본다. "찾아내면 알아볼 거야." 그녀가 말한다. "다른 게 떠오르지 않을 테니까."

그는 양손을 머리 뒤에서 깍지 끼고 누워 있다. 포토그래퍼의 눈으로 그녀를 바라본다. 그녀는 자기 몸이 지나치게 풍만하고 매력 없이 느껴진다. 셔츠를 벗지 말걸.

"눈감으면." 그녀가 말한다. "그 몸이 다 그 몸이야."

얀은 고개를 설레설레 젓는다. 천장의 선풍기가 빙글빙글 돌아가면서 그 바람이 버나뎃의 맨어깨를 어루만진다. 그녀는 화장대로 가서 이리저리 흩어져 있는 동전, 필름통, 담뱃갑을 본다. 담배 한 개비를 꺼내 불을 붙인다. 폴라로이드 사진들이 있다. 두 장은 오늘 아침 시내에서 찍은 것이고, 한 장은 부두에서 찍은 것이다.

모래언덕에서 앨리스를 찍은 사진이 눈에 띄어 집어든다. "이 아이 어떻게 생각해?" 그녀가 말한다.

"귀엽지." 얀이 말한다. "그런데 뻣뻣해. 신참이니까."

"얘가 당신한테 반했던데." 버나뎃이 말한다. "물론 당신도 눈치챘겠지만."

"불쌍한 것." 얀이 말한다. "고등학교 댄스파티에나 가서 놀아야 할 나이에."

버나뎃은 사진을 다시 한번 들여다본다. 햇빛에 물든 소녀의 머리칼. 눈처럼 하얗고 눈부신 모래밭, 청록색 바다. 불현듯 사진 속 모래언덕에 가고 싶어 애가 탄다. 마치 그 비슷한 곳도 가본 적이 없는 것처럼. 자신도 사진 프레임의 바깥에 서 있었다는 사실을, 다름 아닌 자신이 모델에게 수영복을 골라주었다는 사실을 되새겨야 할 지경이다.

"이런 것들이 의미 있다고 새삼 깨달은 적 없어?" 그녀가 묻는다.

얀이 웃음을 터뜨린다. "새삼 깨달은 적 있느냐니?" 그가 말한다. "내가 찍은 사진인걸."

버나뎃은 사진을 다른 사진 더미에 휙 던진다. 그녀의 목소리가 다정해진다. "내 말은 일반적인 의미에서."

"일반적인 의미에서." 얀이 말한다. "대단하지."

방은 느른한 빛으로 가득하다. 버나뎃은 침대로 간다. 어처구니없네, 그녀는 생각한다. 욕정과 짜증이 뒤섞여 다른 사람에게 들이대다니. 그녀는 침대에 앉지만 이내 그대로 문으로 향했어야 했다는 후회가 밀려온다. 그에게서 나가달라는 말을 들으려고 뭐라도 하고 싶었다. 그랬다면 그도 나가달라고 했을 텐데, 그녀는 생각한다.

비틀리듯 돌아가는 선풍기 아래 누운 그의 옆에 그녀도 몸을 쭉 펴고 눕는다. 가위 한 벌이 떠오른다. 그들은 서로에게 손을 대지 않는다.

"그래서." 그녀가 선풍기에 시선을 둔 채 말을 건다. "단물은 빨아먹을 셈이야?"

"단물?"

"앨리스 말이야."

그의 팔이 뻣뻣이 굳는다. "늘 이런 식이야?"

"내 제일 좋은 면을 당신이 끌어내줄 수 있을까." 버나뎃이 말한다.

그녀는 양손으로 그의 얼굴을 감싸고 키스한다. 시큼한 맛이 차올라 그녀의 잇몸과 이를 적신다. 얀도 그 맛을 느꼈는지 궁금하다. 그녀는 그의 몸에 배를 바짝 붙이고 티셔츠를 머리 위로 끌어올린다. 옷을 벗기는 건 쉽다—그 일로 벌어먹고 산다. 얀에게서 바닷가 냄새가 난다. 가슴에는 털이 거의 없다.

"왜 그래?" 그가 말한다.

그의 눈은 흐릿하고 작아 보인다. 그가 그녀를 눕히고 위로 올라가 청바지를 다리 한 짝씩 벗긴다. 그녀는 그의 팔을 바라본다. 지난 며칠 동안 그가 카메라를 들고 있을 때 눈여겨보았던 근육과 혈관이 실처럼 꼬인 팔. 그 팔에 손톱을 대고 지그시 눌러 작고 하얀 초승달 모양의 자국을 낸다. 그는 순순히 몸을 맡기고 있다. 이제 그는 그녀의 것이다. 그녀도 안다. 하지만, 그런다고 달라지는 게 있을까?

잠시 후 섹스를 끝내고 바의 떠들썩한 소리가 잠잠해진 후에도 얀과 버나뎃은 가만히 누워 있다.

"이 방은." 그녀가 말한다. "신혼여행 간 곳과 아주 비슷해. 뉴올리언스."

"신혼여행?" 그가 말한다.

"그래. 70년대 초반에 달리 할 만한 게 있었던 줄 알아?"

얀은 아무 말도 하지 않는다.

"그땐 나도 예뻤어." 그녀가 덧붙인다. "머리를 여기까지 길렀지."

그리고 몸을 살짝 틀어 척추 아래쪽을 가리킨다. 피부가 땀에 젖어 있다.

"지금도 예뻐." 얀이 말한다.

"왜 이래."

그가 한 손가락으로 그녀의 뺨을 쓸어내린다.

"하지 마." 그녀가 말한다.

"왜?"

"늙은 피부는 언제 봐도 눈물에 젖은 것 같거든."

"몇 살인데?" 그가 묻는다.

"서른여섯."

그가 웃음을 터뜨린다. "서른여섯. 맙소사. 우리가 일하는 업계는 도대체 어떤 동네인 거야?"

버나뎃은 얀의 손가락이 닿았던 자리를 따라 뺨을 만진다. 결점을 찾아내려는 듯 힘주어 누른다.

"십육 년을 스타일리스트로 일했어." 그녀가 말한다. "처음엔 어린 여자애들에게 경쟁심이 들더라. 지금은 엄마의 마음으로 대하지만."

"십육 년." 얀은 그렇게 말하고 고개를 절레절레 흔든다.

"요새 애들은 더 어려." 그녀가 말한다. "당신도 잘 알겠지만."

"걔네도 나이를 먹지. 그게 걔네한테 어떤 의미일지 생각해봐."

"어떻게 알겠어? 다 사라져버리는데."

"그러니까." 얀이 말한다.

그들은 잠자코 누워 있다. 버나뎃은 자기 방으로 돌아가기로 한다. 대화를 나눈다는 것은 어디건 도달한다는 뜻인데, 그녀와 얀은 이미 도달했고 끝나버렸다.

"웃긴다." 그가 말한다. "당신이 결혼했다니 상상이 안 돼."

"사실 결혼이라 말하기도 뭐해. 일 분 만에 끝났으니까."

"어떻게 끝났는데?"

"미치겠다!" 그녀가 말한다. "지금 여기서 내가 무슨 헛소리를 하고 있지?"

"얘기해줘."

그녀는 눈을 가늘게 뜨고 자리에서 일어나 앉는다. 발끝으로 바닥을 이리저리 디디며 샌들을 찾는다.

"단순한 질문인데 대답을 못하네." 얀이 말한다. "못할 거 있어?"

버나뎃은 손가락 관절로 입술을 문지른다. 침대에서 문까지는 대략 3미터. 옷을 걸치고 있었으면 좋을걸.

"내가 한시도 가만있지 못했어." 그녀가 말한다.

"한시도 가만있지 못했다." 얀이 말한다.

"왜 한시도 가만있지 못했게? 머릿속으로 계속 그 생각만 했어. 세상에 갈 곳이 얼마나 많은지."

얀이 웃음을 터뜨린다. "지금 일이 천직이네."

"그런 것 같아." 버나뎃이 말한다. 그녀는 손을 더듬거려 라이터를 찾는다. "그건 그렇고." 그녀가 말한다. "당신은 질문이 너무 많아."

그녀가 담배에 불을 붙여 한껏 빨아들인 후 내뱉자 연기가 코로 훅 뿜어나오고 입에서도 몽글몽글 나온다. 새삼 담배 없이는 살 수 없다는, 담배가 없었으면 지금 대화도 전혀 다른 방향으로 흘러갔을 거라는 생각이 든다.

"그래서." 그녀가 조개껍데기 한쪽을 엎어놓은 모양의 재떨이에 담배를 비벼 끄는데, 그가 입을 연다. "생각만큼 좋았어? 그렇게 찾아간 곳들이?"

"당연히 좋았지. 정말 좋았어. 여기도 좋아." 그녀는 한 팔을 들어 천장을 향해 흔든다. "안 가본 나라가 없어. 당신도 그렇겠지만. 안 그래?"

"그렇지." 얀이 말한다.

그녀는 어깨를 으쓱하고는 샌들을 꿰신고 마지막 담배에 불을 붙인다. 떠나는 길에 한 모금, 그녀는 생각한다.

"딱 하나 후회되는 건." 그녀가 말한다. "내 사진이 거의 없다는 거야. 내가 스타일링한 사진밖에 없어."

얀이 고개를 끄덕인다. "딴사람의 사진첩을 통해 보는 것 같지."

버나뎃은 고개를 돌려 그를 본다. 멋진 얼굴이야, 새삼 생각한다. "맞아." 그녀가 말한다. "바로 그거야."

그녀는 반쯤 피운 담배를 비벼 끈다. 십 분 전에 방을 나갔어야 했다. 삼십 분은 더 있겠지, 그녀는 생각한다.

그녀는 도로 얀을 보고 눕는다. 그의 어깨에서 밀랍처럼 은은한 단내가 난다. 그녀는 그의 배에 손바닥을 댄다. 하지만 손을 움직이려 하자 얀의 손이 덮어 잡는다.

"지금까지 갔던 곳 중에서." 그가 말한다. "어디가 제일 좋았어?"

버나뎃은 한숨을 내쉰다. 질문에 지쳤다. 그런데 이상하게도 얀 이전에 누가 이런 질문을 했는지 기억이 나지 않는다. 말이 돼? 그녀는 놀란다. 틀림없이 물어본 사람이 있었고, 그녀도 틀림없이 대답했다. 그녀가 다시 손을 움직이려는데 얀은 놓지 않는다.

"다 좋았어." 그녀가 말한다.

"뺑치시긴."

그녀는 여태 여기 있다는 데, 이런 대화에 붙들려 있다는 데 후회가 물밀듯 밀려온다. 얀이 그녀의 손을 자기 가슴으로 가져간다. 그의 가슴은 배보다 더 따뜻하고 뼈가 느껴진다. 고동치는 심장을 느낄 수 있다.

"그래도 유난히 좋았던 데가 있을 텐데." 그가 말한다.

버나뎃은 망설인다.

"뉴올리언스." 그녀가 말한다. "내 신혼여행지."

그녀가 생각해낼 수 있는 유일한 곳. 갑자기 울음이 터질 것만 같다.

얀이 손을 놓아준다. 그가 모로 눕고, 이제 그들은 마주보고 있다. 그들의 허리께가 맞닿는다.

"아주 대단한 곳이었겠네." 그의 목소리는 이제 다정하다.

버나뎃은 그에게서 등을 돌린다. 주체할 수 없다. 얀이 양손으로 그녀의 머리를 잡아 그를 보게 한다. "자." 그가 말한다. "지금은 뭐가 떠올라?"

장난기가 동해 놀리는 것이다. 그는 사슬 모양의 가느다란 은목걸이를 하고 있다.

"아무것도 안 떠올라." 그녀가 말한다. 뭔가 목구멍에 걸려 있다.

잠시지만 둘 다 움직이지 않는다.

"알았어." 얀이 말하며 그녀를 끌어당긴다. "여기 우리가 있지, 그러니까."

다음날 아침, 그들은 기진맥진해 어지러운 나머지 휘청거리며 모래언덕을 오른다. 이른 아침이어서 빛이 희끄무레하고 서리는 걷히지 않았다. 그 탓에 파도마저 본래의 색을 잃었다. 얀은 면도를 하지 않은 얼굴이다. 그런 그에게서 버나뎃은 눈을 떼지 못한다.

그들은 늦었다. 다른 일행은 바닷가 부근에서 안절부절못하며 서성이다가 고개를 돌려 모래밭을 가로지르는 그들이 얼마나 왔는지 확인한다. 창백한 아침햇살에 모델들 얼굴이 유령처럼 보인다. 어쩌면 눈치챘는지도 몰라, 버나뎃은 생각한다. 그랬으면 좋겠다.

"이상해." 그녀가 말한다. "돌아가다니."

"저 사람들한테 돌아가는 게?" 얀이 일행을 가리키며 묻는다. "아니면 되돌아가는 게?"

"둘 다." 그녀가 말한다.

오늘 느지막이 그들은 비행기를 타고 나이로비로 갈 예정이다. 내일 아침은 뉴욕. 지금부터 이 주 후 그녀는 아르헨티나로 떠난다.

"다른 곳에 가면 그 즉시 모든 게 희미해져." 버나뎃이 말한다. 이런 말을 하다니 실수다. "희미해져."

얀은 카메라 케이스를 다른 어깨로 옮겨 멘다. 턱의 다박나룻이 땀에 젖어 반짝인다.

"어떤 건 지워지면 안 돼." 그가 그녀를 향해 싱긋 미소 지으며 말한다. "안 그러면 당신이 스타일링하고 내가 촬영한 사진 말고는 남는 게 없을 거야."

헤어 담당과 메이크업 담당이 손을 흔든다. 다른 사람들은 모래밭에 발을 구르며 짐짓 초조한 척한다. 모래밭에서 발을 굴러봤자 아무 소리도 나지 않는다.

"저 사람들만으론 안 돼." 버나뎃이 말한다.

"안 되지." 얀이 말한다. "저 사람들만으론."

그녀가 눈을 맞추려 하지만 그는 서두르고 있다. 일단 그가 말을 꺼냈다, 그녀는 생각한다. 하지만 대화를 이어나갈 수가 없다. "저 사람들만으론 부족해." 그녀가 다시 말한다.

그들은 일행이 있는 곳에 이른다. 모두가 둘을 빈틈없이 살펴본다. 버나뎃은 자신에게 쏟아지는 관심을 뻔뻔하게, 고등학교 이후로 느껴본 기억도 나지 않는 유치한 방식으로 즐긴다. 궁금증을 불러일으키는 대상이 되는 기분이 근사하다.

첫번째 촬영은 앨리스다. 그녀는 노출이 많은, 금사를 짜넣은 검정 원피스 수영복을 입는다. 버나뎃이 제일 좋아하는 것이다.

"내가 입었을 때보다 훨씬 예쁘네." 그녀는 삐져나온 실오라기를 잘라내며 말한다. 앨리스의 가슴이 너무 작아서 버나뎃은 수영복을 뒤로 잡아당겨 핀으로 고정한다. 앨리스는 미소로 화답하지 않는다. 오늘 그녀의 눈이 이상해 보인다. 한숨도 자지 않은 것 같다.

메이크업 담당 닉은 그 눈에 아이섀도를 아무리 펴발라도 성이 차지 않는 것 같다. "부었네." 그가 그녀에게 말하며 마스카라를 덧칠한다.

"부었다니." 버나뎃이 코웃음 친다. "이십 년만 기다려봐."

닉의 마음에 흡족하도록 메이크업이 끝나자 앨리스는 물가로 간다. 다른 모델 둘이 그 옆으로 가서 카메라를 등지고 선다. 앨리스는 양팔을 살짝 뻗어 발레 포즈를 취한다. 얀이 촬영을 시작하자 양팔을 서서히 들어올린다. 버나뎃은 얀 옆에 서 있다. 그녀의 눈에 깡마른 아이, 이제 겨우 가녀린 곡선을 그리기 시작한 몸이 보인다. 이 소녀의 얼굴에는 뭔가 여리여리한 것이, 뭔가 쉽게 상처받는 것이 있다. 소녀는 얀을 보고 있다.

"눈에 힘을 더 줘." 그가 말한다. "더 강렬한 눈빛을 연출해봐."

소녀는 턱을 치켜들어 가는 턱선을 더욱 날카로워 보이게 한다. 눈은 선명하고 가늘다. 얀과 버나뎃을 바라보는 그 눈은 가질 수 없음을 잘 아는 대상을 바라보는 사람의 슬픈, 격렬한 감정이 담겨 있다.

얀이 흥분한다. "꼬마! 바로 그거야." 그가 크게 소리친다.

해냈어, 버나뎃도 동감한다. 삼 년 후면 유명한 모델이 될 것이다. 라무 따위 기억 못할 테고, 이 바닷가에서 찍은 사진을 우연히 보게 되더라도 누가 찍었는지 헛갈릴 것이다.

촬영이 끝나자 앨리스는 바다로 어슬렁어슬렁 다가가 파도를 헤치고 걷기 시작한다. 여전히 검정 수영복 차림으로 혼자 서 있는 모습은 금방이라도 물속에 몸을 던지려는 십대 여자애 같다. 다른 모델들에게 옷을 갈아입히고 나서 버나뎃도 따라 들어간다. 두 사람은 말없이 파도를 헤치며 걷는다.

"집에 가고 싶어요." 앨리스가 말한다. 눈이 벌겋게 충혈되어 있다.

"24시간만 참아." 버나뎃이 말한다.

"내 말은 집, 우리집요."

"일리노이 록퍼드?"

소녀는 고개를 끄덕인다. "외로워요." 그녀가 말한다.

놀라워, 버나뎃은 생각한다. 애들은 어쩜 아무렇지도 않게 이런 말을 하는지. 어찌나 쉬운지.

"우린 아프리카에 있는 거야." 그녀가 어린 여자애에게 말한다.

앨리스는 어깨를 으쓱하고 바닷가를 바라본다. 모래언덕 뒤로 기이한 모양의 나무들이 솟아 있다. 얀은 다시 촬영중이다. 다른 모델들이 모래밭에 팔다리를 뻗은 채 누워 있다.

"아프리카에 있을 때만큼 집이 좋게 느껴지는 때도 없지." 버나뎃이 말한다.

그녀를 돌아보는 앨리스는 눈이 부신지 가늘게 뜨고 있다. "무슨 뜻이에요?"

"네가 원하면 지금 당장 집에 갈 수 있다는 뜻이야." 버나뎃이 말한다. "아무도 안 막아."

소녀는 심란한 눈으로 수평선을 응시한다. 바닷물이 녹은 은처럼 걸쭉해 보인다. 버나뎃의 허벅지에 와닿는 물은 따뜻하다.

"언제든 집에 가도 돼." 버나뎃이 말한다.

앨리스는 손가락을 바다에 담갔다가 팔뚝에 물줄기를 그린다. 다른 말을 해주길 기대했는지 실망한 표정이다.

"하지만, 넌 이미 한번 맛을 봤으니." 버나뎃이 말한다. "집에 가지 않겠지."

그녀는 잠시나마 자신이야말로 스스로 삶을 일구었다는 자부심을 느낀다. 난 집으로 돌아가지 않았어, 그녀는 생각한다.

"절대 안 가요." 앨리스가 말한다.

소녀의 입가에 어렸던 긴장이 풀어진다. 한결 마음이 놓인 모습이다. 특별한 인생을 살 수 있는 기회를 거절하기란 쉽지 않다.

"아무튼." 버나뎃이 말한다. "너에게 힘이 되는 한마디는 해줄 수 있겠다."

앨리스는 우울에서 쉽게 벗어나지 않겠다는 듯이 어깨를 으쓱한다. 하긴 십대 소녀 아닌가.

"우리가 좀전에 찍은 사진—널 찍은 사진 있지?" 버나뎃이 말한다. "그게 표지야."

소녀는 한 손으로 머리칼을 쓸어올린다. 입술이 벌어지고 눈에 눈물이 고인다. 애써 미소를 감추고 있다.

목소리가 들려 그들은 고개를 돌린다. 얀이 그들을 향해 달려오고 그 뒤를 닉이 따라오고 있다. 촬영을 마친 것이다.

"당신 사진을 찍고 싶은데." 얀이 버나뎃에게 말한다. "찍어서 한 장 줄게."

버나뎃이 앨리스를 흘긋 본다. 소녀는 어느새 고개를 돌린 채 물에 젖은 양손을 축 늘어뜨리고 있다.

"우리 셋이 같이." 버나뎃이 말한다.

얀은 카메라를 닉에게 건넨다. 그가 버나뎃 옆으로 오고, 그녀는 그와 소녀 사이에 서서 두 사람과 어깨동무를 한다. 앨리스의 새처럼 연약하고 따스한 어깨뼈가 느껴진다. 그녀는 소녀의 얼굴에 흘러내린 머리칼을 쓸어올려준다.

"웃어요." 닉이 말한다.

정적이 흐르고, 멈춰 선 한순간이 봉인된다. 버나뎃은 살랑거리는 미풍을, 발가락을 간질이는 물결을 의식한다. 가슴 무지근한 그리움을 느낀다. 얀은 그녀의 등에 얹은 손에 힘을 준다. 그들 사이를 이어주는 건 서로 엮인 몇 가닥의 가느다란 실, 거미집이다. 버나뎃은 이 순간이 그리워진다, 이미 지나가버린 것처럼, 일어날 법도 했던 일인 것처럼. 하지만 이 순간은 지금 여기 있다.

한 조각

오빠는 모델 조립이 취미다. 플라스틱 조각을 조립해 배와 비행기, 경주용 차를 만들고, 투명한 인체모형 안에 심장과 위장 같은 장기를 만들어 넣는다. 나는 오빠를 도와 조각들을 정리한다. 몇 년 동안 우리의 일상은 변함없이 고요하게 흘러갔다. 잔디깎이 소리, 이웃집 잔디밭에서 들려오는 아이들의 웃음소리, 아빠가 혼자 있는 서재에서 희미하게 흘러나오는 텔레비전의 스포츠 중계 소리. 해를 달리하며 플라스틱 모델은 더 복잡해진다.

육 년 전 브래들리가 열 살, 내가 일곱 살이던 그날, 어머니는 장을 보러 가려고 우리를 차에 태웠다. 차고에서 후진해 나오다가 식료품점 쿠폰을 챙기지 않은 것이 떠올라 어머니가 집안으로 가지러 들어간 사이, 오빠와 나는 시동이 걸린 차에 있었다. 무더운 날이었고, 공기 중에 하얀 홀씨가 잔뜩 흩날리고 사방 어디나 아래쪽에서 메뚜기가 몸을 부딪는 소리가 들리는 오후였다. 어쨌든, 지금

내가 기억하는 그날은 그랬다.

브래들리는 앞좌석에 앉아 있었다. 어머니가 없는 틈을 타 옆으로 넘어가서 핸들을 이리저리 돌리며 운전하는 시늉을 했다. 전동차고문은 닫혀 있었다. 쿠폰북을 찾아온 어머니는 운전석에 타려고 차고문과 자동차 보닛 사이로 들어왔다. 어머니는 허둥대고 있었다. 밀짚모자 아래로 흘러내린 머리칼이 앞을 가리고 있었다. 어쩌면 그 모자 때문에 브래들리를 보지 못했을지 모른다. 아니면 브래들리를 봤지만, 그리로 가도 안전할 거라고 생각했을지 모른다.

차가 덜컹하더니 그대로 돌진해 차고문을 들이받았다. 과연 그 정도 사고로 사람이 죽을까 싶지만, 병원에서는 내출혈이라고 했다. 때때로 나는 오빠 방에서 플라스틱 인체모형들의 저마다 다른 부위를 보며 어머니는 몸속 어디에 피가 났을까 궁금해한다.

나는 멋지거나, 길어서 잊히지 않는 꿈처럼 어머니를 기억한다. 어머니를 떠올리면 내 쪽으로 기울어지던, 아마도 요람 가장자리 너머에서 내려왔을 아름다운 그림자가 눈에 선하다. 어머니가 노래를 자주 불렀던 기억도 나는데, 목욕을 시키고 물기를 닦아줄 때는 다정한 채소와 농장 동물들이 운율에 맞춰 떠드는 실없는 노래를 불렀다. 성가대원이었던 어머니를 따라 아침에 온 가족이 눈을 헤치고 교회로 향하기도 했다. 너무 환한 햇빛에 눈을 뜰 수 없을 때면 나는 어머니 손을 잡았고 그 손에 이끌려 빙판길을 지났다.

어머니에 관한 기억 가운데 자꾸만 꿈에 나오는 장면처럼 유독 자주 떠오르는 순간이 있다. 어머니는 멋진 구두에 팬티스타킹까지 신은 차림으로 공항에 가는 길이었고 나는 세발자전거를 타고 있었다. 확실히 기억하는데 내가 네 살 때였다. 나는 차로 걸어가는 어머니 뒤에서 페달을 밟아 속도를 높였고, 결국 자전거가 어머니의 발목을 치는 바람에 스타킹이 찢어지고 피가 났다. 그건 사고가 아니었다. 나는 무슨 일이 일어날지 알면서도 그럴 리 없다고 생각했다. 그래서 계속 페달을 밟았다.

고개를 돌려 나를 보던 어머니의 표정이 지금도 기억난다. 입을 다물지 못한 채, 잠시 그대로 서서 머리를 매만졌다. 그러더니 허리를 숙여 피가 흐르는 상처에 손을 갖다댔다. 나는 치인 사람이 나인 양 울어댔다. 지금도 그때를 생각하면 울고 싶다.

브래들리와 차 안에 앉아 있던 그날도 그랬던 것 같다. 그런 생각이 든다.

브래들리는 위험을 즐긴다. 모험 말이다. 그는 오토바이 경주를 하고, 비행기에서 낙하산을 메고 뛰어내렸다. 기차 지붕 위를 달리고, 행글라이더를 타고, 태풍경보가 내린 날 혼자서 미시간호에 배를 띄웠다. 그런 그를 나는 한결같이 지켜보았다. 우리에게는 굳이 소리 내 말할 필요가 없는 비밀이 있다. 내가 지켜봐주면 그는 무사하다는 점이다. 설령 오빠가 지구 끝까지 가도 내가 줄곧 지켜보고 있으면 한자리에서 움직이지 않은 것이 된다. 내가 가진 재능인 것 같다. 마법이라고나 할까. 어머니가 거기로 걸어들어간 그날은 아마도 엉뚱한 곳을 보고 있었던 것 같다.

벨슨 가족이 바비큐를 먹으러 오는 날, 나는 작년부터 새엄마가 된 페기와 파이를 만들고 있다. 주방 창문 밖에서 브래들리가 의붓 동생 실라와 메그가 탄 타이어 그네를 밀어주고 있다. 페기는 초조한지 그들에게서 한시도 눈을 떼지 못한다. 그 옆에서 아빠는 버거에 넣을 양파를 다지고 있다.

"재가 너무 세게 미네." 페기가 말한다.

아빠가 밖을 내다보고 나도 따라 본다. 각각 여섯 살, 일곱 살인 실라와 메그는 페기가 첫번째 결혼에서 낳은 딸들이다. 아빠는 미소 짓는다. "브래드는 애들을 잘 다뤄." 그러고는 다진 고기를 치댄다.

"내 말은 그게 아니야."

아빠는 말이 없다. 나는 파이 반죽의 공기구멍을 응시한다. "나더러 어쩌라고?" 아빠가 말한다.

페기가 웃는다. "어쩔 수 없겠지." 그렇게 말하고는 얇게 저민 사과에 밀가루를 섞은 설탕을 붓는다. "내가 할말을 해도 아무것도 아닌 게 되니까."

그녀는 양손을 유리그릇에 넣어 재료를 섞기 시작한다. 결혼반지가 유리에 부딪히며 딱딱 소리를 낸다. 아빠는 다진 고기 범벅인 손을 움직이지 않는다. 그는 브래드를 바라보고 있다. "난 저애의 판단을 믿어." 아빠는 그렇게 말하지만 슬프게 들린다.

"나도." 내가 말한다.

페기가 우리를 차례로 보고 다시 창밖을 내다본다. 그녀는 고개를 설레설레 젓는다. 그 순간 그녀가 미워진다.

파이 반죽을 미는데, 온몸의 무게가 실려 사람이 떨어지는 묵직한 쿵 소리가 들린다. 실라가 타이어 그네 아래 땅바닥에 누워 있다. 그네에 매달린 메그는 얼이 빠져 보고 있다. 순간적으로 세상이 멈추고 밧줄에 매달린 타이어만 끽끽거리며 앞뒤로 흔들린다. 곧이어 페기가 버터와 주스를 사방에 흩뿌리며 밖으로 달려나가 실라 위로 몸을 숙인다.

아빠가 페기를 뒤쫓아 달려나간다. 그는 덩치가 크고 대체로 무던한 편이다. 하지만 오늘은 얼굴이 시뻘겋게 달아오르고 눈은 코끼리처럼 작고 사납다. 그는 브래드의 양어깨를 움켜쥐고 세게 흔든다. "빌어먹을!" 아빠가 말한다. "페기가 널 믿고 애들을 맡겼는데……"

"그만!" 내가 주방에서 소리친다.

아빠는 자기 몸안에 갇혀 속수무책이고 굼떠 보인다. 아빠가 확 밀쳐 브래드는 잔디밭에 나동그라진다. 그제야 아빠는 멈칫하지만 어찌해야 할지 모르는 것 같다. 몸을 일으키려는 브래들리에게 손을 내밀다가 도중에 멈춘다. 그리고 도로 주방으로 들어가 두 주먹으로 햄버거 고기를 펵펵 짓찧는다.

실라는 조리대에 앉아 코를 훌쩍이고 페기는 아이의 까진 무릎에 백틴을 바른다. 아빠는 고개를 설레설레 젓는다. "돌발사고였어, 오케이?"

페기는 대답하지 않는다. 고개를 숙여 실라의 무릎을 들여다보며 탈지면으로 닦는다.

"내 말은 저애가 일부러 그런 게 아니라고." 아빠가 말한다.

"일부러 그랬을 리 없지."

아빠는 여전히 해결하지 못한 문제가 있는 것처럼, 아내와 실라를 지켜본다.

"딱 보고 내가 사고 날 줄 알았어." 페기가 말한다.

실라는 또래인 벨슨네 딸들에게 반창고를 붙이고 주황색으로 물든 무릎을 자랑하듯 내보인다. 페기가 파이를 오븐에 넣고 아빠는 숯이 달궈져 고기를 구울 수 있게 되자 얼빠져 보이는 주방장 모자를 쓴다. 그리고 닐 벨슨 아저씨와 벡 맥주를 홀짝이며 시카고 컵스가 월드시리즈에 진출할지를 놓고 공방을 벌인다.

나는 아빠의 팔에 몸을 기댄다. 아빠가 크고 단단한 팔로 안아주면 앞뒷문이 잠긴 집 안에 있는 것처럼 안심된다. "요것 봐라, 아가씨." 아빠는 말하고, 뒤집개로 기름이 튀는 고기를 꾹 누른다. "요것한텐 내가 꼼짝 못한다니까." 그가 닐 벨슨에게 말하며 맥주병을 들어올린다. "평생, 언제나."

둘은 함께 웃는다. "누가 뭐라나?" 벨슨 씨가 말한다. 당황한 나는 눈에 연기가 들어가서 비비는 척한다.

가끔 내가 하는 지극히 사소한 행동에도—껌 씹기, 잔디밭에서 재주넘기, 하다못해 손톱 물어뜯는 것까지도. 손톱 물어뜯는 건 안 하려고 나도 노력중이다—아빠가 행복감에 젖어 벅차오르는 게 느껴진다. 눈빛이 부드러워지면서, 장담하는데 내가 무슨 부탁을 해도 아빠는 금방 '해줄게'라고 말할 것이다.

"아빠 부탁 하나만 들어줄래, 아가?" 아빠가 말한다. "네 마법으로 오빠에게 힘 좀 불어넣어봐."

내 딴은 한다고 한다. 브래들리에게 내 피클을 주고, 햄버거도 자기 게 있지만 내 걸 좀더 나눠준다. 딱 하나 기억나는 '죽은 아기 농담'*도 건다. 하지만 입술을 깨문 채 손만 응시하는 오빠는 뭔가 문제의 해답을 구하는 것처럼 보인다.

"브래들리는 괜찮아?" 점심을 먹으면서 실리아 벨슨이 페기에게 묻는다. 페기가 몸을 기울여 실리아에게 속닥거린다. 그러고는 둘이 굳이 말하지 않아도 안다는 듯한 눈길을 주고받아서 나를 놀라게 한다.

"소프트볼시합 할까?" 아빠가 양팔로 나를 뒤에서 감싸안고는 아이들에게 말한다. 아빠에게서 맥주와 빵의 기분좋은, 훈훈한 냄새가 풍긴다. 아빠는 시합을 좋아한다. 풋볼, 축구, 파치지**, 달리 할 게 없으면 틱택토라도 했다. 엄마도 그랬다. 살아 있을 때 아빠와 밤늦도록 진 러미***를 했다.

브래들리는 빠지겠다고 말한다.

"그러지 말고, 브래드." 아빠가 구슬린다. "네 파워 안타 없이 어떻게 하라고." 아빠는 화해하고 싶지만 방법을 모른다. 양손을 축 늘어뜨린 모습이다.

"아뇨." 브래들리가 말한다. "정말 하기 싫어요."

또다시 페기와 실리아가 재빨리 시선을 교환하는 것을 나는 놓

---

* 질문으로 시작해 그로테스크한 펀치라인으로 끝나는 수수께끼 형태로 주고받는 농담.

** 인도에서 유래한 보드게임의 일종.

*** 둘이서 하는 카드놀이의 일종.

치지 않는다. 브래드도 본다.

나와 오빠는 시합에서 빠진다. 내가 시합을 구경하는 동안, 브래들리는 잔디 이파리를 두 갈래로 찢어 발치에 쌓는다. 모든 것이 잘못되어 있다. 1루에 선 아빠는 어깨가 축 처져 있다. 페기는 타석에 설 차례를 기다리며 얼굴을 찌푸리고 있다. 실리아 벨슨은 자꾸 오빠와 나를 힐끔거린다. 나는 브래드가 모험을 할 때 지켜봐주듯이 그들을 한 명 한 명 응시한다. 하지만 나아지는 건 없다.

가끔 이런 생각을 한다. 남자들이 서로 총질하는 전쟁터 한복판으로 걸어들어가 멈추게 하는 상상을 해본다. 그곳으로 걸어나가는 것만으로, 의미심장한 눈빛으로 그들을 응시하는 것만으로, 양팔을 들어올리는 것만으로. 얼마나 조용할지 상상을 해본다. 수백 명의 사람에게 동시에 무슨 일이 일어나는 영화 장면처럼. 내 머릿속 장면에서는 군인들이 총을 버리고 반가운 소식을 들은 남자들이 그러듯이 서로 등을 두드린다. 그들은 경외에 차서 나를 바라본다.

"파이 가져올게." 나는 브래들리에게 말한다.

나는 집안으로 달려들어가 오븐을 연다. 가장자리에서 설탕 거품이 보글거리는 파이는 먹음직스러워 보인다. 접시가 뜨거워서 오븐용 장갑을 끼고 꺼낸 다음 김이 피어오르는 파이의 냄새를 맡는다. 이거라고, 더도 덜도 말고 딱 우리에게 필요한 거라고 생각한다.

나는 서둘러 잔디밭으로 돌아간다. 햇살이 눈부신데다, 아무래도 타석에 브래드가 서 있는 것 같아 눈을 몇 번 깜빡거린다. 나는 어디를 향하는지도 모른 채 파이를 들고 계속 걸어간다. 오빠는 머리 끝까지 화가 난 표정이다. 바득바득 이를 가느라 턱이 씰룩거리고, 나는 저들이 뭐라고 했길래 오빠가 시합에 합류한 건지 궁금하다.

아빠가 공을 던지고 있다. 내 쪽에선 아빠의 등만 보인다. 아빠가 공을 던지고 나서야 비로소 나는 어디 서 있는지 깨닫는다. 모두가 동시에 본다. 그 순간이 느린 동시에 빠르게 펼쳐진다. 아빠가 공을 던진 후 부모와 아이들이 "브래들리, 기다려!"라고 소리치기까지, 그리고 브래드가 이제껏 본 적 없을 만큼 경악에 찬 표정을 짓기까지 시간이 충분할 만큼 느리다. 브래드는 마치 지구상에서 가장 끔찍한 광경을 피할 도리 없이 목도하고 있는 사람 같다. 공을 맞을 사람이 다름아닌 브래드 본인인 것 같다.

나는 파이를 들고 거기 그냥 서 있다. 무슨 일이 일어날지 나는 안다. 전에 이미 본 것처럼.

다음 순간, 브래들리가 나를 미친듯이 흔들고 그 바람에 내 머리가 잔디밭을 찧는다. "일어나." 그가 소리친다. "너 때문에 다들 겁먹었잖아."

머리가 어질어질하다. 구운 사과와 당의糖衣 냄새가 난다. 사람들이 외친다. "그냥 놔둬!" 하지만 브래들리는 내 팔을 잡고 계속 흔들어대고, 팔이 어깨 관절에서 빠질 것 같다.

나는 자리에서 일어나 얼굴에 흘러내린 머리칼을 쓸어넘긴다. 브래들리는 한 팔을 내게 두른다. "봤죠? 얘 괜찮아요." 그는 가느다란 목소리로 선언한다. "괜.찮.다.고.요. 괜찮다고."

다들 말없이 우리를 빙 둘러싸고 서 있다.

브래드가 내 손을 잡고 앞으로 당긴다. "자." 그가 말한다. "너 물 좀 마셔야 해."

나는 걸어보려 하지만 제대로 움직여지지 않는다. 발이 몸에 붙어 있지 않은 것 같다.

"얼른!" 브래들리가 채근하며 내 팔을 잡아당긴다. 나는 그의 얼굴에 시선이 못 박혀 떨리는 입술을, 겁먹고 희번덕거리는 눈을 보고 어떻게든 따라가려고 애쓴다. 하지만 그가 다시 잡아당겨 잔디로 고꾸라지고 아까보다 더 큰 비명이 들린다. 아빠의 목소리가 거기 있는 사람들의 목소리를 다 합친 것보다 크다. "걔한테서 떨어져!" 아빠가 목이 터져라 외치는 소리가 마지막으로 귓전을 때린다.

나는 가벼운 뇌진탕을 일으켰고, 관자놀이 부근의 연둣빛 멍과 심한 두통 정도로 그럭저럭 끝났다. 일주일을 꼼짝없이 침대에 누워 지내고, 그런 나를 브래들리가 매일 문가에 서서 들여다본다.

"나 괜찮아." 그를 보자마자 나는 말한다. "아무렇지도 않아." 그는 고개를 끄덕이고는 하고 싶은 말이 있지만 어떻게 꺼내야 할지 모르는 사람처럼 나를 바라본다.

어느 날 그가 방안으로 들어온다. 침대 가장자리에 앉아 내 얼굴을 말끄러미 들여다본다. "얼마나 기억나? 엄마 말이야." 그가 말한다.

그런 질문을 한 건 그때가 처음이다. 나는 내 위로 드리워지던 엄마의 그림자, 엄마가 부르던 노래에 대해 얘기한다. 세발자전거로 엄마를 다치게 했던 일도 얘기하고 싶지만 어쩐 일인지 그러지 않는다.

"엄마 정말 예뻤어." 그가 말한다. "천사 같았어." 그러더니 지친 표정으로 팔꿈치를 대고 몸을 뒤로 기댄다. "그거 알아?"

"뭐?"

"아빠가 너한테 말했을지도 모르겠네. 백번은 말했을지 모르지. 하지만 난 한 번도 말한 적 없어."

"뭘 말이야?"

"너 똑같이 생겼어. 엄마랑."

오빠는 나를 빤히 본다. 입 주변은 파르스름한 빛을 띠고, 늦은 밤 거울을 들여다볼 때처럼 겁먹은 눈빛이다. 나는 이불만 본다. "아니." 나는 말한다. "아빤 그런 말 한 적 없어."

나는 어머니의 사진을 떠올리며 나와 비교해본다. 하지만 정작 내가 어떻게 생겼는지 기억나지 않는다.

"똑같이 생겼어." 오빠가 말한다. "농담 아니야."

나는 이불 끝자락을 돌돌 말아 토끼 머리 모양으로 만든다.

브래드가 헛기침을 한다. "아빠가 네 곁에 가지 말래." 오빠가 말한다. "그렇게 시켰어. 다른 사람들이 보는 앞에서 내 멱살을 잡고. 이렇게." 오빠가 몸을 앞으로 숙여 내 잠옷 윗도리를 움켜쥐고 잡아당긴다. 그 순간 내가 식겁한 게 분명하다. 오빠가 곧바로 손을 놓았기 때문이다. 그러고는 "이런 젠장!" 하고 소리치더니 제 손을 누구 것인지 모르겠다는 양 흔들어댄다. "정말 돌아버리겠다!"

"괜찮아." 나는 오빠에게 말하고 베개에 등을 기댄다. 하지만 내 심장은 마구 뛰고 있다.

브래드는 호주머니에서 배 모형을 꺼내 손바닥에 툭 던진다. 작고 쭈글쭈글한 튜브 접착제를 쥐고 플라스틱 노 두 개에 조금씩 바른다. "저기, 홀리." 그가 말한다. "저번 일 미안해."

그는 조심스럽게 노를 배에 붙인다. 오빠가 이만 나가주었으면 좋겠다.

잠시 후 브래들리가 고개를 들어 나를 본다. "너도 거기 있었어." 그가 말한다.

"어디?"

그는 절박한 표정으로 나를 응시한다. 그러자 나는 그가 어디를 말하는지 알아차린다. 자동차 안, 육 년 전.

"무슨 일이 있었던 거야?" 그가 말한다. "나한테 얘기해줘."

"몰라. 기억 안 나."

브래드가 눈을 가늘게 뜬다. "넌 알고 있어. 말하기 겁나서 그러는 거지."

"아, 아니야." 그 이야기를 하다니 생각만 해도 무섭다. 나는 숨을 고르기 위해 애쓰고 그 바람에 어지러워진다. 브래드는 나보다 더 겁이 난 표정이다.

"너 봤잖아." 그가 말한다. "진짜 무슨 일이 일어났는지 알고 있잖아."

세발자전거 일을 말해야 한다는 걸 나는 안다. 때로 일부러 한 일이 최악의 결과를 가져오기도 하지만 그건 그 사람 잘못이 아니라고 말해야 한다. 진짜 무슨 일이 일어났는지 내가 알아도 그건 중요하지 않다고 말해야 한다.

대신, 나는 그냥 자리에 누워버린다.

그날 이후 브래드는 확실히 나와 거리를 둔다.

오빠 방과 내 방은 벽 하나를 사이에 두고 있다. 귀를 기울이면 오빠가 정확히 어디 있는지, 서 있는지 앉아 있는지, 뭔가를 만들고 있는지 침대에 누워 천장을 보고 있는지 알 수 있다. 오빠가 방 안을 서성이면 내 발아래 바닥의 진동이 느껴진다. 앞이 보이지 않는 사람들이 그렇듯, 보고 있지 않아도 오빠가 보이는 것 같다. 때로 너무 잘 보여서 내가 뭘 하던 중인지 잊어버릴 정도다.

친구들이 전화한다. 수영 파티, 테니스 경기 등등 여름을 나는 온갖 것으로 나를 불러낸다. 나는 거의 응하지 않는다. 방에 틀어박혀 브래들리의 일거수일투족에 귀를 기울인다. 눈으로 지켜보던 때와 똑같이. 그가 어디 있는지 알 수 없으면 걱정되기 시작한다.

어느 날 그의 방문을 노크하고 들어간다. 아폴로 13호 모델을 조립하는 오빠는 한창 발사대를 만드는 중이다. 나는 같은 알파벳으로 표시된 조각끼리 정리한다. E는 E 조각들과 같이, G는 G 조각들과 같이, 크고 작은 조각들이 제각기 쌓인다. 그렇게 해주면 오빠가 좋아한다.

"멋지네." 우주선 모형을 보며 내가 말한다.

브래들리는 어깨를 으쓱한다. 나는 유광 페인트를 칠한 비행기들과 배들, 경주용 자동차들과 스테이션왜건들을 둘러본다. 오빠는 그것들을 실로 천장에 매달아놓았다. "다 멋지다." 나는 오빠에게 말한다.

브래드는 얼굴을 찌푸린다. 문득 두어 달 전 낙하산을 타려는 오빠를 따라갔던 기억이 난다. 바람이 많이 부는 날이었고, 나는 키 큰 시든 풀들이 다리를 때리는 활주로 가장자리에 서 있었다. 브래들리가 비행기에서 내게 손을 흔들고, 뒤이어 문이 닫혔다. 오빠의 표정을 보니 뉴스에 나왔던 우주로 가기 직전의 우주비행사가 떠올랐다. 무사 귀환에 성공하면 영웅이 된다고 생각하는 표정. 그래서 브래드가 낙하산을 질질 끌고 비틀비틀 키 큰 풀을 헤치며 다가왔을 때 나는 박수치기 시작했다. 그는 얼굴에 줄무늬처럼 흙먼지가 묻었고 다리를 절뚝거리고 있었다. 멈춰 서서 드물게만 보여주는 듯한 미소를 짓자, 잠시 내 눈에는 달 착륙을 마치고 돌아온 사람으로 비쳤다.

"봐봐, 내가 뭐 만들고 있게?" 오빠가 발사대에서 눈을 들고 말한다. "근데 왜 만드는지도 모르겠다? 그냥 이것들이 다 박살나 있고 그걸 고치는 게 내가 할 일 같아." 그는 재미없고 이상하기만 한 농담이라는 듯이 웃는다.

"무슨 말인지 알아."

진심이다. 하지만 브래드는 위로하려는 말이라고 생각하는지 고개를 젓는다. 그러고는 다시 접착제를 바르기 시작한다.

벨슨 가족에겐 여름 별장이 있다. 미시간호에 자리해서 선창과 작은 해안이 있고 휜칠한 나무들이 모래사장 위로 가지를 드리우고 있다. 그중 아무 나무나 타고 높이 올라가면, 벨슨네 별장보다 큰 집들이 늘어선 영 딴판인 해안이 눈에 들어온다. 브래드는 삼 년 전 내게 나무 타는 법을 가르쳐주었다. 이제 오빠는 그 정도쯤 눈감고도 올라간다.

"난 집에 혼자 있을게요." 우리가 벨슨네 별장으로 떠나기 전날 오빠가 아빠에게 말한다. 나는 주방에서 귀를 쫑긋 세우고 듣는다.

아빠가 앉은 의자의 가죽이 뿌드득거린다. "브래드, 얘기 좀 하자." 그가 말한다. "그럴 때가 된 것 같다."

"홀리 얘기라면 안 해도 돼요." 브래드가 말한다. "홀리가 내 방에 오는데, 문을 잠그고 못 들어오게 할 순 없어요. 무슨 말인지 알죠? 어쩔 수 없는 게 있다고요."

"홀리 얘기가 아니야."

"시킨 대로 하고 있어요." 말을 잇는 브래드의 목소리가 더 커진다. "아빠 말대로 곁에 안 간다고요." 그는 두 번 픽픽 웃는다. 나는 주방 창문 너머 무더위 속에 매달린 타이어 그네를 응시한다.

"내가 위험하다고 생각하죠." 브래들리가 말한다.

"그게 무슨 말도 안 되는 소리야."

"내가 재앙을 몰고 다니는 사람이라고 생각하잖아요."

"브래들리." 아빠가 하소연한다. "아들, 그런 소리 하는 거 아냐."

"아빠 말이 맞으면 어쩌죠? 내가 정말 그런 사람이면?" 목소리가 가늘고 높아서 우는 것처럼 들린다. "내가 방에 들어가면 페기는 나한테 맞기라도 할까봐 움찔해요, 그런데 이거 알아요? 나도 때리고 싶어요! 페기가 기절하도록 패고 싶다고요, 완전히 돈 거죠. 그러니 그 말이 맞는지도 몰라요!"

"브래드, 그만, 그만, 브래드, 말도 안 되는 소리야." 아빠가 의자에서 일어나는 기척이 들린다. "우리가 겁을 좀 먹은 거야, 모두가. 도대체 왜 그랬을까." 아빠는 씨근대며 말한다. "난 네가 미시간호로 같이 갔으면 좋겠어." 그가 말한다. "이 문제를 다 함께 정리해야 해. 제대로 해결해야 해."

브래드는 대답하지 않지만 나는 안다. 오빠는 갈 것이다.

차를 타고 가면서 우리는 스무고개, 자동차 번호판 빙고 게임을 한다. 아빠가 주유소를 몇 번 지났는지 경합을 벌이고, 브래드가 이긴다. 자동차 거울에 비친 아빠가 미소 짓고 있다.

차로 세 시간을 달린 후 우리는 그늘진 길가에 주차하고 부드러운 땅을 가로질러 벨슨네 별장으로 향한다. 브래들리는 아빠를 도와 차에서 먹을 것과 슬리핑백을 내려 주방으로 옮겨놓고 점심을 먹기 전에 수영하러 다녀오겠다고 말한다. 실라와 메그도 수영하고 싶어한다.

"지금은 못 데려다줘." 페기가 실리아 벨슨의 치킨 샐러드에 넣을 양파를 다지며 말한다. "브래드, 괜찮으면—" 말이 끊기고, 주위가 일순 고요해진다. 아이들마저 입을 다문다. 페기는 양파만 내려다보다, 자신의 젖은 손을 보며 눈을 깜빡인다. 뛰쳐나가는 브래드 뒤로 방충망 문이 닫힌다.

"—애네도 데려가줄래?" 페기는 아무 일도 없었던 양 말을 마저 잇는다.

나는 페기에게 걷잡을 수 없이 화가 치밀어 혀를 꽉 깨문다. 그녀가 들고 있는 칼을 노려보면서 그걸 그녀의 팔에 휘두르고 싶어진다. 하지만 아빠를 바라보는 그녀의 표정에서 스스로에게 화가 났다는 걸, 나보다 더 화가 났다는 걸, 아빠에게 무슨 소리를 들을지 두려워하고 있다는 걸 알아챘다.

"미안해." 그녀가 속삭인다. 얼굴에 눈물이 흘러내리지만 양파 때문일 수도 있다. 닐과 실리아 벨슨은 쓰레기를 주워모아 더 큰 봉지에 넣느라 분주하다. 아빠가 다가와 페기의 목을 쓸어준다. 그러고는 실라와 메그에게 점심을 먹고 나서 데려다주겠다고 말한다.

나는 브래드를 쫓아간다. 별장과 해안 사이에 있는 모래언덕은 거친 갈대로 뒤덮여서 그곳을 지날 때면 다리를 할퀸다. 브래드는 갈대가 종아리를 세차게 때려도 아랑곳 않고 모래언덕을 타넘어 달려간다. 그리고 호수에 첨벙 뛰어들어 헤엄치기 시작한다.

일직선으로 쭉쭉 나아간다. 나는 내내 지켜보고 있지 않았다면 사람인지 분간할 수 없을 만큼 브래드가 작아질 때까지 눈을 떼지 않는다.

"돌아와." 내가 큰 소리로 외친다.

하지만 오빠는 계속 앞으로 나아간다. 나는 우리가 올라가던 나무, 모래사장으로 가지를 뻗었고 몸통에 널빤지 몇 개를 못으로 박아놓은 높은 나무로 황급히 달려간다. 손안에서 나무껍질이 자꾸 벗겨져 떨어지지만, 그래도 일단 첫번째 큰 가지까지 올라가자 기어오르기가 한결 수월해진다. 다시 오빠가 보인다. 마치 거대한 잿빛 거미집 위를 기어가는 거미처럼 움직이고 있다. 높이 오를수록 더 잘 보여서 바닥이 아득히 멀게 느껴질 때까지 계속 올라간다. 위쪽 가지는 연해서 삐걱거리는 소리가 자주 들린다. 나는 가지 하나에 걸터앉아 몸통에 등을 기댄다. 한순간도 눈을 떼지 않고 브래들리를 지킨다.

그때 아래쪽 해안에 나와 서 있는 아빠가 보인다. 아빠는 물가까지 가서 내다본다. 잠시 후 페기가 그 옆에 와서 선다. 뭔가를 냅킨에 싸서 가져왔는데, 아빠는 한입 베어물더니 그녀가 보지 않는 틈을 타 모래밭에 뱉어버린다. 그들은 그렇게 마냥 서서 호수를 응시한다.

나는 그들이 걱정하게 내버려둔다. 속 끓여도 싸다.

브래드는 이제 물에 둥둥 떠서 하늘을 보고 있다. 나도 눈을 들어 잠깐이나마 머리 위 얇게 깔린 구름을 흘낏 본다. 다시 돌아보니, 브래드가 사라지고 없다. 마지막으로 그를 봤던 곳을 응시하며 숨을 참지만 몇 초 버티다가 헐떡이고 만다. 마침내 브래들리도 물을 흩뿌리며—아주 오래 물속에 있었던 것처럼 사방으로 흩뿌리며—수면으로 올라온다. 그리고 다시 헤엄치기 시작한다.

물 밖으로 나오는 브래드를 다 함께 맞이한다. 그는 한 번도 고개를 들지 않는다. 아빠는 물에 젖은 아들의 등을 어색하게 찰싹 치고는 손목시계를 본다. "거의 한 시간을 물속에 있었네." 아빠가 말한다.

"물에 떠 있는 시간이 많았어요."

"점심 남겨놨어." 페기가 말한다.

주방에서 나는 브래드를 붙잡고 아무에게도 말소리가 들리지 않는 곳으로 끌고 간다. "다들 겁나서 죽을 것처럼 굴더라." 나는 말한다.

"너는?"

나는 고개를 내젓는다. "나무에 올라가서 오빠를 지켜보고 있었거든."

브래들리는 슬며시 미소 지으며 내 얼굴에서 모래를 털어준다. "계속 물에 떠 있기를 잘했네." 그가 말한다.

그날 밤 닐 벨슨 아저씨가 모닥불을 피운다. 그는 나무토막과 가지와 마른풀을 모아다가 모래밭에 쌓는다. 딸들이 제 딴에 주워 온 땔감을 보고는 그가 큰 소리로 고맙다고, 이제 모닥불에 넣으라고 말한다. 실리아는 포일에 싼 감자와 끝이 뾰족한 구이용 꼬챙이를 가져온다.

우리 모두 주위에 둘러앉아 타오르는 모닥불을 바라본다. 불길에 휩싸인 나무토막과 나뭇잎이 바스러져 사라진다. 그때 꼭 웃음소리 같은 것이 난다. 벨슨 씨는 양쪽에 앉은 딸들을 팔로 감싸고 페기는 실라와 메그에게 찰싹 붙어 있다. 그녀는 불길에 달아오른 딸들의 얼굴을 어루만져준다. 나는 아빠에게 기댄다. "브래들리 좀 봐." 그가 말하고 고래를 설레설레 젓는다.

브래드는 모닥불 너머 저쪽에 혼자 앉아 있다. 우리 사이의 공기가 열에 달아올라 너울대는 모습이 흐르는 물처럼 보인다. 불꽃 너머를 응시하는 아빠는 브래들리에게 활짝 웃어 보이며 표정으로 이리 오라고, 우리 모두 환영한다는 뜻을 전한다.

말로 해요. 나는 아빠에게 명령이라도 하고 싶다. 큰 소리로 부르라고요.

하지만 아빠는 미소만 짓고 있다가, 브래들리가 꼼짝하지 않자 모래밭과 서글픈 농담을 주고받는 것처럼 미소 지은 얼굴을 아래로 떨군다. 그러다 이리저리 돌아다니는 메그를 붙잡아 머리칼을 뒤로 넘겨주고 윗입술에 맺힌 땀을 닦아준다.

나는 자리에서 일어난다. 하나부터 열까지 다 잘못되었다는 생각에 가만히 앉아 있을 수가 없다. 뼛속에서 애벌레가 기어다니는 듯 미칠 것 같은 심정이다. 호수로 향하는 나는 신발이 젖어도 개의치 않는다. 그러다가 모래밭을 마구 내달린다. 모래가 발바닥에 덩이져 달라붙는다. 눈을 들어 내가 오늘 올라간 나무의 가지들이 불빛에 물든 모습을 본다. 한참을 그 나무만 바라본다. 그러고는 별장을 향해 걷다가 중간에 되돌아와 그 나무로 가서 사람들 눈에 띄지 않는 쪽에서 기어오르기 시작한다. 위에서 내려다보고 싶다. 브래들리를 지켜보고 싶다.

몸통에서 처음 갈라져나와 뻗은 큰 가지는 모닥불보다 높고 한쪽으로 살짝 기울어 있다. 나는 배를 깔고 가지 끝까지 기어가 아래를 내려다본다. 아무도 나를 보지 못한다. 연기 기둥이 피어올라 곁을 스친다. 브래들리는 모닥불을 보지 않는다. 그의 시선은 아빠와 페기와 벨슨 가족을 향해 있다.

얼굴에서 땀이 뚝뚝 듣고 옷 속으로도 흐르는 것이 느껴진다. 불은 숨을 할딱할딱하는 소리를 내지만 위에 있으니 아까보다 작아 보인다. 브래들리와 다른 사람들을 지켜보면서 혼자 생각한다.

내가 어떻게 바로잡을 수 있을까? 모델에 대해 오빠가 했던 말이 떠오른다. 다 박살나 있고 그걸 고치는 게 자기가 할 일이라고 했다. 나는 생각한다. 한 조각만 맞추면 모든 게 좋아질 것이다. 전쟁터에서 총을 내려놓는 군인들처럼. 딱 한 조각만 바로잡으면. 그런데 그게 뭘까?

이윽고 브래들리가 고개를 들어 위를 본다. 자기를 지켜보는 내 시선을 느낀 모양이다. 그는 말이 없고, 그렇게 한동안 서로 바라볼 뿐 그도 나도 움직이지 않는다. 모닥불 빛이 그의 얼굴을 비춰 눈이 쑥 들어가 보인다. 나무가 타닥타닥 타는 소리 말고는 아무것도 들리지 않는다.

나는 반쯤 몸을 일으켜 뛰어내린다. 침착하게. 그러나 바로 다음 순간 내 발이 가지에서 떨어지고 거대한 주황색 아가리처럼 나를 향해 달려드는 모닥불이 눈에 들어온다. 사람들이 비명을 지른다. 몸이 땅에 부딪히면서 쿵 소리가 나고 맹렬한, 파문처럼 번져나가는 열기가 머리칼을, 옷을 집어삼킨다. 잠시 후 나는 해안에 있고, 무언가 나를 굴리고 두드려대는 것을 느낀다. 브래들리가 나를 차가운 모래밭으로 밀쳐내고 제 몸으로 감싸 불을 끄고 있다.

모두가 그 이야기를 한다. 그가 눈 깜짝할 사이 나를 끌어내서 불길이 거의 닿지도 않았다고. 내가 떨어질 걸 미리 알았던 것처럼 기다리고 있다가 나를 붙잡았다고.

"예감." 페기는 그렇게 부르며 경탄에 찬 눈을 가늘게 뜬다.

"반사신경이라니까." 아빠가 우긴다.

브래들리는 배에 화상을 입었다. 피부를 이식할 만큼 심하지는 않지만 내 옷에 붙은 불을 끄느라 뻘겋게 달아오르고 물집이 잡혔다. 레이크사이드 메모리얼 병원에선 흰색 붕대를 둘둘 감아주고 휴식을 취하라고 한다. 흉터가 남을 수 있다고도 한다. 브래들리는 그러길 바랄 것이다.

나는 머리칼만 그슬렸을 뿐 멀쩡하다. 지금은 짧게 잘랐는데, 밤이 되어 침대에 누우면 아직도 탄내가 난다.

브래들리는 꼼짝없이 침대 신세다. 나는 바로 옆 의자에 앉는다. 우리는 별말을 하지 않는다. 그의 방에 있으면 머리 위에 매달린 자동차들과 비행기들과 트럭들이 소리 없이 돌아가는 가운데 평온한 느낌이다.

"다음번엔 뭐 만들 거야?" 나는 오빠에게 묻는다.

그는 눈을 들어 몇 년 동안 만든 결과물들을 바라본다. "한동안 쉬려고." 그가 말한다. "새로운 걸 해봐야지."

"모험?"

"그것도 한물갔고." 그가 말한다.

문득 문 쪽을 흘끗하니 아빠가 손에 카드 한 벌을 들고 우리를 지켜보고 있다. 그제야 브래들리가 요새 나보다 아빠와 더 많이 이야기한다는 걸 깨닫는다.

그 순간 말할 수 없이 묘한 기분이 든다. 어머니가 그 자리에 있는 것 같다. 우리 네 식구가 몇 년 만에 처음으로 오빠 방에 모인 것 같다. 아빠가 패를 나누는 동안 어머니가 보인다. 내 옆에 앉아 있는 것 같다. 어머니의 짙은 곱슬머리, 목에 건 동전 모양의 금목걸이, 박하향을 풍기던 담배와 함께. 어머니의 따뜻한 손과 은으로 된 결혼반지의 촉감도 기억난다.

하지만 그중에서도 가장 크게 다가오는 건 내 외모가 얼마나 다른가 하는 점이다. 내 머리칼은 밝은색에 곧고 피부는 어머니보다 어두운데다 약간 반질거린다. 팔에는 주근깨가 있고 노래를 부르면 음정이 하나도 맞지 않는다.

나는 브래들리에게 이 말을 하려고 몸을 기울인다. 오빠가 틀렸어, 나는 말하고 싶다. 그건 오빠 상상이야. 하지만 그의 얼굴에는 이번 사고가 나기 전엔 볼 수 없던 평온함이 감돌고 있다. 오빠도 어머니를 느끼고 있는 게 아닐까. 그는 안다. 어머니는 내 안에 있는 것이 아니라 영영 떠났다는 것을. 그래도 어머니는 우리가 행복하길 바랄 것이다.

묘기를 구경하다

소니는 호수 한가운데로 곧장 보트를 몰고 가서 엔진을 껐다. 그들은 말없이, 미국 중서부 여름의 깊은, 따끔따끔한 정적 속에 흔들렸다. 깔개처럼 잔잔한 호수가 연파란색 하늘의 벽을 배경으로 드넓게 펼쳐져 있었다.

네 명의 일행은 소니와 빌리의 약혼을 기념하고 있었다. 빌리는 머릿결이 부드럽고 남부 억양이 있는 어린 여자였다. 그녀는 다른 사람들과 어울리지 않고 의자에 등을 기대고 앉아 난간에 다리를 올려놓고 있었다. 그녀가 소니를 만난 건 일주일 전으로, 다른 사람과 결혼식을 올리기 전 열린 파티에서였다. 이 난데없는 일의 전개가 다른 사람의 인생이었다면 충격이었겠지만, 소니라면 이야기가 달랐다. 터무니없는 기행을 일삼으며 사는 소니는 사람들을 매혹하거나 불쾌하게 만들었고 다른 사람의 디너파티에서 화제에 오르는 인물이었다. 신부를 가로채는 건 그의 특기였다.

다이애나는 카드 사기꾼이 패를 섞듯 손쉽게 마티니를 배합하고 흔들어 붓는 소니를 지켜보았다. 마흔두 살인 그녀는 거칠해졌지만 예쁜 얼굴이었다. 옆에 앉은 남편 제임스는 이 상황이 재미있다는 표정을 짓고 있었다. 그와 소니는 군대 시절부터 막역한 사이였다. 제임스는 몸을 뒤로 기대고 소니에게서 그의 신부에게로 눈을 돌렸다. "그래, 어쩌다 이렇게 됐는지 얘기해줘야지." 그가 말했다.

소니는 수정처럼 맑고 텅 빈 눈으로 싱긋 웃기만 했다.

빌리는 다리를 빙글 돌려 내리고 상체를 앞으로 숙였다. 그날 그녀가 처음으로 보인 기운찬 동작이었다. 그러고는 마티니를 두 모금 만에 반잔이나 마셔버렸다. "제가 할게요." 그녀가 말했다. "얘기하고 싶어 죽을 지경이거든요."

결혼식 전날 밤, 아버지가 옛날 증기선에서 선상 파티를 열었다고 그녀는 운을 뗐다. 소니가 그녀를 쫓아다니며 혼자 있는 걸 볼 때마다 대놓고 지분거렸고, 곁에 붙어 있지 않을 때도 한눈파는 법 없이 그녀를 주시했다. 그날 늦은 저녁 갑판에 단둘이 남게 되자 그가 느닷없이 롤렉스 금장시계를 끌러 달빛 아래 쳐드는가 싶더니 그대로 물에 던져버렸다. "자기와 함께 있으니." 그가 말했다. "시간이 그냥 멈춰버리는군."

이야기를 하면서 빌리는 눈을 가늘게 떴다. 그녀는 아주 앳되었고 롤러로 구불구불하게 만 머리칼을 나선형으로 꼬인 리본처럼 등뒤로 늘어뜨리고 있었다. "작작 좀 하지, 그런 심정이었죠." 그녀가 말했다. "어쩜 그렇게 진부했을까요? 그런데"—여기까지 말한 그녀는 고심하는 건지 팔을 뻗어 소니의 손을 잡았다—"뭐랄까, 선잠이 들었는데 목소리가 들리는 것 같았어요, 있잖아요, 진짜 세상에서 말을 걸어오는 것 같은. 그래서 그런 생각을 하는 거죠. 안 돼, 난 잠에서 깨고 싶지 않아. 이 꿈을 계속 꿀 거야."

그녀는 잠시 말을 멈추고 그들과 눈을 맞추지만, 제임스도 다이애나도 최대한 거리를 둔 채 보고 있었다. 이런 이야기라면 수년간 버전만 달리해서 여러 번 들어온 터였다—소니가 카알라 피크의 경치를 구경하면서 시카고에 함께 가지 않으면 이대로 뛰어내리겠다고 협박하자 사랑에 빠진 하와이 관광가이드부터, 소니가 다섯 살 때 경비행기 사고로 어머니를 잃었다는 사실을 점괘를 통해 알게 된 순간부터 그에게 집착한 점성술사까지. 지금 타고 있는 보트—크리스크래프트사社의 길이 10미터 플라이브리지*—도 십이 년 전 소니가 간밤에 유혹한 프로 수상스키 선수와 바로 다음날 결혼할 거라는 확신에 차서 산 것이었다. 소니는 그런 사람이었다. 음악이 흐르고 술이 몇 잔 들어가고 조명 빛이 특정한 각도로 떨어지면, 예쁘장한 웨이트리스 누구나 사랑의 맹세와 더불어 그들을 한날 한곳으로 이끈 운명에 관한 열변을 들을 수 있을 것이다. 똑똑한 여자라면 그런 말은 웃어넘기고 거스름돈을 가져다줄 것이다. 소니가 진심이 아니라서가 아니었다—그는 거의 무엇이든 진심이었다. 하지만 주의력이 금세 떨어졌다.

* 더블데크로 이루어져 그 위에 이층 조타석, 라운지 등의 구조물을 올린 모터보트의 형태 또는 그 상층 갑판.

"그래서 우리는 구명정으로 도망쳤어요." 빌리의 이야기가 결말에 이르렀다. "아빠는 화가 머리끝까지 났고요." 더이상 참지 못하고 실실 웃는 그녀는 영락없이 인생의 방향이 별안간 바뀌며 스릴을 좇게 된 어리고 장난기 많은 여자의 모습이었다.

"대단한 사연이네." 제임스가 그렇게 말하며 알 만하다는 표정으로 다이애나를 보았다.

소니는 두번째 칵테일을 만들었다. 8월이었고 무더운, 하늘이 진동하는 느낌이 들 만큼 무더운 날이었다. 다이애나는 수영복만 남기고 훌훌 벗어부치고 싶은 마음이 간절했지만 다리가 창피했다. 최근 몇 년 사이 혈관이 불거졌다. 게다가 길고 반들반들하고 무릎이 치아처럼 섬세한 빌리의 다리가 눈앞에 있는 지금은 더 거슬릴 수밖에 없었다.

"소니와 결혼하고 나면 아빠가 날 용서해줬으면 좋겠어요." 빌리는 갑자기 의기소침해져서 말했다. "그리고 보비도. 내 약혼자요. 5학년 때부터 알고 지낸 사이인데."

"전 약혼자겠죠." 제임스가 상기시켰다.

"아, 네." 그녀가 말했다. "전 약혼자."

제임스와 다이애나 커플이 소니와 친구로 지내면서 맞았던 완벽한 순간은 이십 년 전 1970년대 초반으로, 당시 다이애나는 짧은 폴리에스테르 원피스를 걸치고 연한색 립스틱을 두껍게 발랐다. 소니를 따라 시카고 나이트클럽 원정을 돌면서 입장할 때마다 그녀는 그곳의 모두가 기다리고 있었던 것 같은, 마침내 그들이 왔으니 본격적으로 파티를 시작할 수 있게 된 것 같은 느낌을 받았다. 그 시절 찍은 사진에서 제임스와 소니는 놀랄 만큼 귀가 크고 의욕적으로 보였다. 둘은 IBM 타자기 외판원으로 일하면서 부업으로 신개념 상품을 마케팅하는 사업—태양열 자전거, 스프레이형 태닝 로션—을 시작했으나 출시 상품이 차례로 망하면서 파산 직전까지 갔다. 결국 제임스가 먼저 손을 털고 로스쿨에 들어갔다. 소니는 가능성을 예견하고 일찌감치 투자했던 패스트푸드 사업이 대박 나면서 나중에 크게 한몫 벌었다. 하지만 초창기만 해도 그들은 성공이 눈앞에 있다고 확신하며 두툼한 시가를 입에 문 채 멋진 인생에 대해서 떠들어댔었다. 다이애나는 하루아침에, 거세게 몰아치는 성공에 아찔해하며 휘청이는 그들의 모습을 상상했다. 하지만 대개 그렇듯이 성공은 그들이 생각한 것보다 더디게 찾아왔고, 그저 때가 되어서 왔을 뿐인 것 같았다.

두 잔째 술을 돌리고 났을 때, 다이애나는 선실로 내려갔다. 햇빛 때문에 눈이 아팠다—「앨프리드 히치콕의 영화 속 위기와 카타르시스」라는 논문을 쓰면서부터 쭉 그랬다. 그녀는 영화 보는 시간을 줄이기로 제임스와 약속했지만, 최근 일상의 모든 것—전화 통화, 아들 대니얼이 아버지를 상대로 고전하며 던진 농구공이 끊이지 않고 차고문을 때리는 희망찬 소리, 고지서와 초대장—이 히치콕의 긴장감 넘치고 몽환적인 세계, 심지어 구두굽이 또각거리는 소리조차 의미심장한 세계에서 잠시 눈을 돌리는 것 이상의 의미는 없는 것처럼 느껴졌다. 다이애나는 영화를 보면서 자주 기묘

한 향수에 사로잡혔다. 한때 그녀의 삶도 그랬지만—꿈같고, 총천연색인—다른 누구도 아닌 자신의 실수로 그런 속성들을 잃어버린 느낌이었다.

제임스가 선실로 내려왔다. 그는 갑판 쪽을 흘긋 올려다보며 미소 짓더니 고개를 설레설레 저었다. "어쩜 저렇게 그대로일까." 그가 말했다.

"내가 이상한 건가." 다이애나가 말했다. "그게 아니면, 이번엔 좀더 로맨틱한 건가?"

"당신이 이상한 거야." 제임스가 말했다.

"두 사람이 사랑에 빠지는 건 언제나 낭만적인 거 아냐?" 다이애나가 생각에 잠겨 말했다. "나중에 가서 진짜가 아닌 걸로 밝혀진다 해도."

"나중에 가서!"

"뭐, 그런 적은 한 번도 없었지."

"지난번에 그러고 나서 꽤 오래 잠잠하긴 했지." 제임스가 싱크대에서 손을 씻으며 말했다. "그래서 철이 좀 드나 싶었는데."

"아, 그런 건 바라지도 말자!" 다이애나가 말했다.

제임스가 이상한 눈으로 그녀를 보더니 작은 냉장고 문을 열고 안을 들여다보았다. 미시건대학의 잘나가는 포워드였던 그는 지금도 단단한 근육질의 팔다리에 운동선수처럼 힘줄이 불끈불끈 두드러졌다. 최근 들어 몇 번 다이애나는 한밤중에 잠을 깼다가 눈을 휘둥그렇게 뜨고 있는 제임스를 보았다. "무슨 생각 해?" 그녀가 근심스럽게 재차 물어도 그는 그녀의 빈틈없는 눈길 아래 몸을 비틀 뿐이었다. 그녀는 그가 바람을 피우고 있다는, 아니면 외도를 꿈꾸고 있다는 걱정이 들었다.

"있지." 그녀가 말하며 그에게 다가갔다. "오늘 보면서 옛날 생각이 나더라."

"나도." 제임스가 말했다. 그는 그릇에 이것저것 던져넣는 중이었다. 마요네즈, 케첩, 타바스코, 잘게 썬 셀러리.

다이애나는 그의 얼굴을 유심히 살폈다. "우린 변했어." 그녀가 말했다. "소니보다 더."

"그랬길 바라자고." 제임스가 눈을 들어 그녀를 보았다. "근데 어떻게?"

"잘 모르겠어."

요새 그녀는 자기나 남편이나 단둘이 있을 때보다 다른 사람과 함께일 때 애정 표현을 더 많이 한다고 느끼던 참이었다. 다른 사람의 존재가 둘 사이의 압박감을 덜어주기라도 하는 것처럼. "그러니까, 예전엔." 그녀가 말했다. "우리 인생이 어떻게 풀릴 거라고 예상했던 것 같아?"

제임스는 달걀 하나를 집어들어 양 손바닥으로 번갈아 굴리다가 카운터에 가만히 내려놓았다.

"우린 애였어." 그가 말했다.

몇 년 전 제임스와 사귀던 시절 다이애나는 소니에게 유혹을 받은 적이 있었다. 스물세 살, 막 스미스여자대학을 졸업했을 때였다. 소니는 그녀를 좋아하지 않았다. 그의 마음에 들려고 그녀가 몇 주나 노력했지만 눈치도 못 채는 것 같았다. 그녀와 제임스는 소니가 그해 여름 빌린 이리호의 집에 머물고 있었고, 제임스가 본채에서 저녁으로 가재 스튜를 만드는 동안 다이애나는 소니가 화실로 쓰는 오두막으로 스카치를 가져다주었다. 소니는 모사를 했다. 폴록, 머더웰, 클라인, 데 쿠닝—추상화라면, 농담이 아니라, 닥치는 대로 그렸다(그의 그림 솜씨는 형편없었다). 그가 책에서 찾아낸 작은 복제 사진을 보고 모사한 결과는 희한하게도 그럴싸했다. 그 그림들은 클라크 스트리트에 있는 그의 아파트 벽에 빼곡히 걸렸고, 처음 방문하는 사람들은 그가 수집했다고 믿기에는 말도 안 되게 어마어마한 컬렉션에 입이 떡 벌어졌다.

그날 반색하며 맞이하는 소니를 보고 그녀는 놀랐다. 비가 내리고 있었고, 그녀가 머리칼의 빗방울을 털어내는 동안 소니는 뒤쪽문을 닫고 그녀의 손에서 술을 받아들었다. 그가 술을 홀짝이고는 그녀도 마시라며 건넸다. "난 제임스의 여자친구를 보면 발딱 서는데." 그가 말했다.

"눈치챘어. 그러는 게 방침이야?" 그녀는 긴장해서 술잔을 양손으로 잡았다.

"선을 확실히 긋지. 착각하는 사람이 절대 없게." 그가 말했다.

다이애나는 잠시 후에야 무슨 뜻인지 이해했다. "맙소사. 누구나 그러진 않아." 그녀가 말했다. "내 말은, 당신은 제임스 친구잖아."

"그래서 겁이 나더라고."

그는 창가로 가서 비 내리는 밖을 내다보았다. 다이애나는 건네받은 술을 마시면서 어디까지나 이런 이유로 그가 그녀를 싫어하는 거지 다른 것 때문은 아니어서 마음을 놓았다.

"내가 안심해도 되겠어?" 그가 물었다.

"소니, 약속해줘."

그녀는 방을 가로질러 가서 그의 옆에 섰다. 스카치는 다 마셨고 이제 취기가 올라와 대담해졌다. 유리잔을 발치에 내려놓고 소니의 손을 잡았다. "우리 친구하는 거지?" 그녀가 물었다.

그는 고개를 끄덕였고, 주춤하며 그녀에게 양팔을 둘렀다. 둘이 포옹하고 있는 동안 장난기가 발동한 다이애나는 소니와 섹스하면 어떤 기분일까 상상해보았다. 바로 그때 그가 몸을 뒤로 빼더니 양손으로 그녀의 얼굴을 감싸고 키스했다.

다이애나는 그에게 한 대 맞은 듯 정신이 아찔했다. 살며시 몸을 빼려 했으나, 소니는 둘 사이에 처음부터 합의된 행위인 양 그녀의 등을 더듬으며 목에 키스했다. 그녀는 장난으로 받아넘기려 했다. "자기모순에 대해선 들어봤지만," 그녀가 말했다. "이건 터무니없는걸." 소니는 멈추지 않았고, 얼마 안 가 다이애나는 그의 격렬한 애무에, 생각조차 할 수 없던 일이 실제로 벌어지고 있다는 사실 자체에 휘말려드는 것을 느꼈다. 그것은 딱히 욕망이라고 하긴 힘들었지만, 그 비슷한 느낌이었다. 그래서 소니가 그녀를 콘크리트 바닥에 눕히고 잡지를 접어 머리 뒤에 받쳐줄 때도 가만히 있었다. 그즈음 그녀는 울고 있었다. 눈물이 흘러나와 양쪽 귓가로 떨어졌다. 그녀는 소니를 끌어당겨 그의 척추를 따라서 두툼하게 솟은 근육을 구부린 손가락으로 훑었다. 그녀의 팔에 안긴 그는 무겁고 낯설었다. 그의 허리띠 버클이 콘크리트에 부딪혔다—한 번,

또 한 번, 자꾸 부딪히며 둔탁한 소리를 냈다. 막판에 그녀는 눈을 감고 있었다. 다 끝나자 소니는 일어나 양손을 맞부딪쳐 먼지를 떨어내고 붓을 집어들었다. 피가 났을지도 모른다는 생각이 까닭 없이 들어 다이애나는 몸 아래 바닥을 더듬었다. 그녀는 빗속을 달려 본채로 돌아갔고, 인생이 돌이킬 수 없을 만큼 변했다고 확신했다.

하지만 아무 일도 일어나지 않았다. 누구도 그 일을 입에 올리지 않았고, 사심 없이 애정을 표할 때를 제외하면 소니의 손길이 그녀에게 닿는 일도 전혀 없었다. 딱 하나는 변했다. 그 일이 있고 그는 그녀를 좋아하게 되었다. 마치 그녀가 모종의 시험을 통과한 것 같았고, 그게 아니라면—그래서 애써 생각하지 않으려고 했는데—그녀가 얼마간 그의 여자가 된 것 같았다. 가장 괴로운 건 그녀가 그 일을 잊지 못한다는 사실이었다. 소니라는 사람을 못 잊는다기보다 뿌연 물이 담긴 통마다 꽂힌 붓들, 틀에 고정하지 않은 캔버스 두루마리, 세부적인 하나하나와 함께 찾아드는 빼저린 열망을 이따금 떨쳐내기 힘들었다.

다이애나가 다시 갑판에 올라갔을 때 소니와 빌리는 플라이브리지에 있었다. "우리 배가 오수 깊이를 재네." 소니가 그렇게 말하고는 술을 홀짝였다. "선저폐수*를 펌프로 퍼내는 데가 있어."

"선저폐수가 뭔데?" 빌리가 물었다.

빌리는 선장 모자를 쓰고 있었고, 다이애나는 아들 대니얼이 어

---

* 엔진에서 흘러나온 기름과 바닷물이 섞여 배 밑바닥에 고이는 것.

릴 적 이 배에 탔을 때 썼던 게 아닌가 싶었다. 그때는 대니라고 불렀는데, 지금이야 그렇게 부르면 대니얼이 창피해하지만 다이애나는 내심 아잇적 이름이 더 좋았다. 대니는 높은 의자에 자주 앉아 소니 '삼촌'이 배를 조종하게 해주는 동안 눈이 거의 다 덮이게 모자를 쓴 채 다리를 흔들어댔다. 그럴 때면 소니는 한 손으로 줄곧 키를 잡고 있었다. 매사에 무모한 사람이었지만 대니를 대할 때는 조심스러웠다. "꼬마야, 이 삼촌이 강하게 키워줄게."

다이애나는 선미로 가서 호수를 바라보았다. 그녀는 소니와 빌리를 질투하고 있었다. 당연히 터무니없는 감정이었다—둘은 끽해야 그 주도 못 넘길 것이다. 그런데 어떤 면에서는 바로 그 점이 부러웠다. 환상, 그 희미한 일탈의 기운이. 그녀는 호숫가를 바라보며 소니의 목소리를 차단하려 했다. 좁고 기다란 육지는 안개에 가려 보일락 말락 했지만, 잠시나마 어떤 가능성을 속삭이는 듯했다—테니스코트, 진토닉, 비밀, 화단 뒤에서 벌어지는 땀에 젖은 합일…… 맙소사, 머리가 어떻게 되기라도 한 건가?

제임스가 갑판에 올라오자 소니는 아이스박스에서 샴페인 한 병을 꺼내들고 코르크 마개를 땄다. 그러고는 빌리가 들고 있는 유리잔들에 따라주었고, 샴페인은 그녀의 손가락으로 넘쳐 유리잔의 반투명 다리를 따라 흘러내렸다.

"이 더위에 술을 마시는 건 자살행위지." 소니가 한마디 한마디 음미하면서 말했다.

제임스는 의자에 털썩 주저앉아 참치 샐러드 그릇을 발치에 내려놓았다. "난 더블로 해줘." 그가 말했다.

"자기 좀 무섭다." 다이애나가 말했지만 그는 웃지 않았다.

소니가 술잔을 돌렸다. 하얀 셔츠가 땀에 젖어 속이 비쳤고, 다이애나는 그의 거뭇거뭇한 가슴털, 흉곽 아래 불룩 나온 배를 의식했다. 소니에게 오늘은 기나긴 흥청망청에 더해진 또다른 하루에 지나지 않을 거란 점이 그녀를 위로해주었다. 적어도 어디선가는 파티가 계속되고 있었다.

"제임스, 우리 자기를 위해 건배." 소니가 그렇게 말하며 제임스에게 한 팔을 두르고 등을 탁 쳤다. 제임스의 가라앉은 분위기를 눈치챈 것이 분명해. 다이애나는 생각했다—그런 건 귀신같이 알아차리지. "너한텐 삼십 분 간격으로 네가 천국에서 온 성인이라는 사실을 말해줘야 한다니까." 그는 그렇게 선포하고 숨을 거칠게 몰아쉬었다.

"너랑 결혼했어야 했는데, 소니." 제임스가 말했다.

"빙고." 소니가 말했다. "그랬으면 우리 둘 다 산더미 같은 골칫거리에서 벗어났을 텐데."

"잠깐만, 보자 보자 하니까 정말." 다이애나가 말하고는 웃음을 터뜨렸다.

빌리는 다리를 모아 끌어당겨 턱을 괸 채 넋을 놓고 지켜보았다. "다들 멋진 모험을 했겠네요. 오랫동안 친구로 지내면서." 그녀가 말했다.

"모험이라니, 맙소사." 소니는 그렇게 말하며 의자에 털썩 주저앉았다. 그는 제임스와 다이애나를 돌아보았고, 셋 다 웃음을 터뜨렸다. 셀 수 없이 많은 모험을 떠올리니 억누를 방법이 없었다.

"나도 함께했으면 좋을 텐데." 빌리가 말했다.

소니가 그녀의 손을 잡고 그들의 의자 사이에서 천천히 흔들었다. 그의 손은 작고 근육이 과하게 울툭불툭했으며, 손가락마다 그가 어디선가 밀수입한 보석 반지들을 끼고 있었다. 빌리는 손가락으로 그 반지들을 훑었다.

나른한 침묵이 깔리고, 그들은 의자에 축 늘어져 있었다. 다이애나는 제임스의 손을 잡고 자신의 손안에서 그의 손가락이 긴장을 푸는 느낌을 즐겼다. 그녀는 옛 시절을 생각했다. 그들이 아직까지도 두고두고 이야기하는, 처음 시작은 조용했지만—히치콕의 영화처럼—이윽고 통제 불능이 되어버렸던 파티들. "그냥 내 상상인가." 그녀가 말했다. "아니면 인생이 이십 년 전과 완전히 달라진 걸까?"

소니가 웃었다. "내 인생은 안 그래."

"넌 몸 빼곤 변한 게 하나도 없지." 제임스가 말하며 소니의 배를 토닥였다.

"내 몸이 너 같았으면 재미 좀 볼 수 있었을 텐데, 그건 확실하지." 소니가 말했다.

"지금 몸 때문에 재미없이 산단 말은 아니겠지." 다이애나가 지적했다.

소니가 그녀를 돌아보았다. "내 말은, 제임스가 저런 몸이 왜 필요하냐고? 그 답답한 사무실에 처박혀 있으려고?"

"내가 이래 봬도 꽤 열심히 일하거든." 제임스가 말했다. "믿거나 말거나."

소니가 아이스박스에서 술병 하나를 더 꺼내들고 호수 방향으로 코르크 마개를 땄다. 제임스는 자기 잔을 손으로 덮어 막는데 소니가 손등에 그대로 따라버려서 결국 손을 홱 치우고 샴페인에 젖은 손가락을 털었다. 소니가 넘치도록 가득 따라준 탓에 다들 술잔을 기울여 마시려고 할 때마다 술이 무릎으로 흘렀다. 그의 지칠 줄 모르는 무절제에 다이애나도 덩달아 달떴다. 몇 주 후 다른 디너파티에서 이렇게 말하는 자신의 목소리가 벌써부터 귀에 들리는 듯했다. "우리는 소니의 배를 타고 호수로 나갔어요. 소니랑 도망친 신부도 함께였는데, 소니는 며칠째 술을 마시고 있었어요……"

"결혼하고 나면 두 사람은 뭐할 거예요?" 그녀가 참지 못하고 불쑥 물었다. "어떤 생활을 하게 될까?"

제임스는 믿기지 않는다는 표정으로 그녀를 빤히 보았다.

"파티를 해야죠." 빌리가 말했다. "그렇지?"

"두말하면 잔소리. 하고 또 하고 또 해야지." 소니가 말했다. "매일 밤 파티를 해야지."

"우리도 초대해줄 거고." 다이애나가 말했다.

"당연하지." 소니가 그녀에게 장담했다. "귀빈으로 모실게." 그는 제임스가 말하길 기다렸다. "어이, 이 친구야. 결혼생활 특강 좀 해봐. 개 한 마리 들여? 차고 위쪽에 농구 링도 달아? 치즈 위즈랑 리츠 크래커도 있어야지?"

빌리는 듣다가 얼굴을 찌푸렸다. 분명 그녀가 구상중인 소니와의 결혼생활은 상당히 다른 모습이었기 때문이다.

"본능대로 해." 제임스가 놀리듯이 말했다. "넌 결혼하기 위해 태어난 사람이잖아, 소니. 어딜 봐도 딱 그렇게 쓰여 있다고."

생각지도 못한 비아냥거림에 놀란 소니는 제임스를 유심히 보았다. "그렇게 쉽단 말이지?" 그가 말했다. "그래서 내가 지금껏 너를 숭배해온 거야."

"그걸 지금까지 용케도 숨겨왔군."

"무슨 소리야? 사방팔방 떠들어대는데." 소니가 잔들을 채워주고는 술병을 도로 아이스박스에 찔러넣었다. "옛날 얘기인데." 그가 빌리에게 설명했다. "제임스와 내가 같이 사업을 한 적이 있었어."

"하지 마, 소니." 제임스가 말했다. 새로 채운 잔은 건드리지도 않았다.

"기발한 상품을 몇 개 내놓았지만 세상이 받아들일 준비가 안 됐었어. 그러고는 제임스가 배를 버렸지."

"배가 가라앉고 있었으니까요. 난 처자식이 있는 몸이었고." 그도 빌리에게 말했다. 그녀의 한마디에 결과적으로 누가 더 나은 삶을 살았는지 판가름날 것처럼. 갑자기 주목받게 된 그녀는 얼굴을 붉히며 두 남자를 번갈아 보았다.

"아무튼, 변호사가 되는 것도 나쁘진 않아." 그러더니 소니는 잔을 비운 후 갑판에 내려놓았다. "죽도록 지겨울 뿐이지."

빌리가 자리에서 일어나 소니의 의자 뒤로 갔다. 양팔을 그의 가슴에 두르고 머리를 어깨에 얹고는 눈을 감았다. 긴 머리칼이 그의 무릎에 드리워졌다. 소니는 한 손가락에 머리칼을 휘감았다. 제임스는 시선을 돌렸다.

"죽도록 지겨운 일은 말이야." 제임스가 말했다. "네가 매년 하는 똑같은 거짓말을 듣는 거라고."

소니가 웃음을 터뜨렸다. "진실보다는 덜 지겹지." 그가 큰 소리로 말했다.

"무슨 소리예요?" 빌리는 소니를 안고 있던 팔을 풀고 제임스를 돌아보며 다그쳤다.

제임스는 고개를 저었다. 소니는 계속해서 크게, 억지로 쥐어짜듯이 웃고 있었다. 이제 빌리는 제임스에게 성큼성큼 다가가 그 앞에 섰다. "감히 내 남편을 모욕하다니." 그녀가 말했다. 어디 딴 데서 듣고 그럴싸하다 싶었던 음성을 그대로 흉내내고 있었다.

"아직 당신 남편이 아니지. 나라면 그렇게 서두르지 않겠어."

소니가 후우 하고 외마디를 질렀다. "개자식!"

"제임스." 다이애나가 말했다.

그러나 제임스는 빌리를 올려보고 있었고, 빌리는 두 손을 엉덩이에 올린 채 서서 그를 굽어보고 있었다. 그녀의 양쪽 팔꿈치가 떨리고 있었다. "주말이 되기 전에 당신이 보는 앞에서 이 사람이랑 결혼할 거야." 그녀가 말했다.

"당신더러 나랑 결혼하라고 부탁하는 사람 없어." 제임스가 조용히 말했다.

그들은 서로 노려보았다. 빌리는 어디까지나 떼쓰는 어린애 같았고, 제임스는 이렇게 어리고 아름다운 여자애에게 이는 분노가 스스로도 이해되지 않는 듯 심란해 보였다.

"그전에 내 약혼자에게 돌아가겠지." 빌리가 중얼거렸다.

"그건 생각 좀 해봐요." 제임스가 말했다. "다음달에도 소니가 당신 이름을 기억하고 있다면, 당신은 대부분의 사람들보다 잘해 낸 걸 테니까."

빌리는 거북한 미소를 지으며 머뭇거렸다. 처음엔 제임스의 말뜻을 확실히 이해하지 못하는 것 같았다. 그러다가 말했다. "당신 말 안 믿어. 그냥 질투하는 거잖아."

제임스는 아무 말도 하지 않았다. 별안간 피곤해 보였다.

"그리고 설령 저이가 늘 그랬다고 해도." 빌리는 좀더 목소리를 높였다. "나는 전혀 신경 안 써. 왜냐하면 소니는 날 사랑하거든." 그녀는 소니를 돌아보았다. "그렇지?"

그러나 소니는 눈을 감고 혼자만의 생각에 빠져 있는 듯 보였다. 빌리는 그를 보며 대답을 기다렸다. 마침내 그가 겨우 눈을 떠 그녀가 번쩍이는 포일 조각이라도 되는 양 실눈으로 바라보았다. "맞아, 자기야." 그가 말했다. "이번엔 달라."

그 말이 위안으로 느껴지길 기다리는 듯 빌리는 꼼짝 않고 서 있었다. 그러다가 울기 시작했다. 어깨를 웅크리고 양손을 얼굴로 가져갔다. 다이애나가 의자에서 일어나 안아주었다.

소니는 다시 눈을 감았다. 햇빛이 그의 얼굴로 쏟아졌고 피부 주름이 땀으로 번들거렸다. 그가 눈을 떠 제임스를 보았다. "난 네 아내하고 잤어." 그가 말했다.

다이애나는 흐느끼는 빌리를 안은 채 온몸이 굳었다. 모든 것이 기우뚱해 보이고 목구멍으로 욕지기의 손가락이 쑥 올라왔다. "제임스, 백년 전 이야기야." 그녀가 말했다.

"몇 년 전인지는 기억 안 나." 소니가 말했다. "하지만 그 일이 일어났다는 건 알지."

의자에서 천천히 일어난 제임스는 배의 가장자리로 갔다. 그리고 호숫가를 응시했다. 진정된 빌리는 눈물로 얼룩진, 흥미진진해하는 눈으로 소니를, 그리고 제임스를 보았다.

제임스가 몸을 돌려 소니 쪽으로 홱 움직이더니 반쯤 몸을 일으키던 그의 얼굴을 두 대 갈겼고, 소니는 의자로 쓰러지며 난간에 부딪혔다. 빌리가 비명을 지르며 다이애나에게 매달렸다. 뒤로 자빠진 소니는 입을 벌린 채 코피를 흘리고 있었다.

빌리와 다이애나는 소니에게 가서 팔을 잡고 일으키려 했지만 그는 뿌리치고 천천히 일어났다. 그의 숨결에서 몇 잔 마셔선 어림없는, 찌들고 상해서 나는 들큼한 술냄새가 역하게 풍겼다. 핏방울이 옷깃에 점점이 피어났다. 그는 휘청거리는 걸음으로 서성이며 눈을 가린 머리칼을 걷어냈다. "죽여버릴 거야." 그가 제임스에게 말했다. "반드시 죽여버릴 거야."

"그래보시지." 제임스가 말했다.

소니가 달려들어 어설프게 날린 주먹을 제임스는 가뿐하게 막아냈다. 하지만 거의 동시에 두번째 주먹이 갈빗대 바로 밑에 잽을 날리자 숨이 턱 막히는 것 같았다. 또다시, 이번에는 턱을 얻어맞고 제임스는 비틀비틀 뒤로 물러났다.

"그만해!" 다이애나가 소리쳤고, 빌리와 함께 두 남자 사이에 끼어들어 막으려 했으나 어림없었다. 두 남자는 그들을 밀쳐내고 서로에게 달려들어, 둘 중 하나는 죽어야 끝난다고 믿는 사람들처럼 눈이 뒤집혀선 두들겨패고 으르렁거렸다. 소니는 코피가 흘러

들어 잇새마다 고였다. 숨이 막혀 캑캑거리더니 다시 제임스에게 달려들어 귀를 때렸고, 끝내 제임스도 소니를 붙잡았다. 다이애나가 TV에서 봤던, 권투선수들이 끌어안고 고개를 숙이고 있는 것 같지만 서로 움직이지 못하게 하는 자세였다.

그들 주위로 완벽한 정적이 흐르기 시작했다. 모두가 기다리는 것 같았다. 다이애나는 소니의 새하얀 커프스, 제임스가 농구선수 시절 얻은 귀 뒤쪽 흉터, 그녀의 발치에 깔린 반질반질한 마멀레이드 색의 널빤지가 눈에 들어왔다. 세계가 사라졌다. 들리는 것은 두 남자의 숨소리뿐이었다.

마침내 제임스가 소니를 놓아주고는 여차하면 대응할 자세를 취하고 기다렸다. 하지만 소니는 간신히 서 있었다. 눈물이 흘러내리고 있었다—햇빛 때문일 수도 코를 세게 맞아서일 수도 있었다. 다이애나는 그를 오래 알고 지냈지만 우는 모습은 처음인지라 차마 볼 수가 없었다. 그러나 빌리는 소니에게서 눈을 돌리지 못했다. 그녀는 다이애나가 익히 아는 표정을 짓고 있었다. 자신이 저지른 불장난에 발목이 잡혔고, 이제 인생을 돌이킬 방도가 영영 사라져버린 게 아닌가 생각하는 어린 여자의 환멸과 두려움에 찬 표정.

소니는 의자로 가서 무너지듯이 앉았다. 술잔을 들어 남은 술을 마저 마시고는 더듬더듬 술병을 찾았다. "못 죽이겠다, 인마, 이제 알겠어." 그는 그렇게 말하고 미소를 지으려 했다. "너 없으면 너무 외로울 거야."

제임스가 배의 엔진을 가동하고 나서야 비로소 세계가 다시 움직이기 시작했다. 한줄기 바람이 불어와 배가 흔들렸고, 다이애나는 가솔린 냄새를 맡았다. 갑판에서 그녀는 배를 돌리는 남편을, 키를 잡은 손가락 관절과 셔츠가 들러붙은 척추의 쏙 들어간 부분을 지켜보았다. 그에게 다가가기가 겁이 났다. 소니는 의자에 퍼질러 앉아 꼼짝하지 않았다. 고개를 뒤로 젖히고 빌리가 가져다준 얼음을 싼 수건을 코 밑에 댄 채였다. 한쪽 눈은 벌써 시커멓게 멍들어가고 있었다.

다이애나는 슬금슬금 제임스를 향해 플라이브리지까지 가 그의 뒤에서 망설였다. 그는 소니와 싸운 후 그녀에게 눈길 한 번 주지 않았고 앞으로도 영영 그럴 것처럼 느껴졌다. 마침내 그녀는 그의 앞으로 가서 퉁퉁 붓고 피투성이가 된 뺨을 어루만졌다. 놀랍게도 제임스는 씩 웃었다. 다이애나는 웃음의 의미를 알 수 없어 그의 표정을 유심히 살폈다. "좋았던 시절." 그는 그렇게 말하고 고개를 절레절레 흔들었다. 그가 다이애나에게 한 팔을 두르고 나란히 서서 뱃머리에 혼자 구부정하니 서 있는 빌리를 지켜보았다. 배가 쿵 소리 날 정도로 수면을 때리자 그녀는 앞으로 기우뚱하면서도 양옆으로 갈라져 높이 올라오는 겹겹의 물살을 바라보았다. 곱슬기가 사라지고 쭉 펴진 가는 머리칼이 정신없이 휘날렸다. 다이애나는 그녀에게로 가서 지금은 모든 걸 망친 것 같겠지만 언젠간 감사하게 될 거라고 말해주고 싶었다. 하지만 그녀가 믿을 것 같지 않았다.

그날 이후 일 년은 지나서야 제임스와 다이애나는 소니와 다시 어울리기 시작했다. 그즈음 다이애나는 박사학위를 받고 일리노이 대학 서클 캠퍼스의 영화연구학과에서 교편을 잡았다. 소니는 살이 더 찌고 안색이 생굴 같은 빛을 띠었다. 의사는 거듭 경고했지만 소니의 반응이라야 담배를 가끔씩 피우는 게 고작이었다. 다이애나는 담뱃재가 길어질 새도 없이 그가 끊임없이 재를 떠는 것을 알아챘다.

"내가 너 죽일 뻔했던 것 기억해?" 술이 몇 잔 들어가면 이따금 소니는 제임스에게 물었다. "네가 날 죽이게 놔뒀어야 했는데—뭐가 날 막았는지 모르겠네."

"의지력이지." 제임스가 다이애나에게 씩 웃어 보이며 말했다. "순수한 자제력."

"잘난 척 좀 작작해라, 인마. 처량해 못 봐주겠다."

이것은 제임스와 다이애나가 파티에서 절대 꺼내지 않는 이야기였다. 얘기하더라도 어쩌다가, 소니가 결혼식 전날 밤 신부를 데리고 도망친 도입부까지였다. 뒷부분은 그들만의 비밀로 간직한 채 어지간해선 입에 올리는 법이 없었는데, 옛날 영화와 빛바랜 사진들이 특유의 으스스한 힘을 행사할까봐, 그래서 현실이 시들해 보이는 마력을 발휘할까봐서였다.

때로 다이애나는 빌리를 떠올렸다. 빌리는 원래 약혼자에게 돌아가 그와 결혼했다. 미국 최남단 어딘가에 살고 있을 그애는 전에 미친 남자와 잠깐 눈이 맞아 도망쳤던 이야기를 지금도 종종 사람들에게 들려주겠지, 다이애나는 짐작했다. "정말 끔찍했다니까!"

그녀는 말하리라. “지옥에서 빠져나온 기분이었어.” 그래도 다이애나는 생각했다. 빌리가 삶의 익숙한 굴레를 돌아보며 그 이상했던 날을 떠올릴 때면 가끔은 그리울 거라고.

모자 돌리기

처음 봤을 때 그녀는 체어리프트를 타려고 줄을 서서 기다리고 있었다. "저기 캐서린 블랙이 있다." 누가 말했다. "잭 딜런시의 여자친구잖아." 내 눈에 보이는 건 태닝을 하고 풍만한 몸에 딱 붙는 파란색 스키복을 입은 이십대 후반의 여자(가슴은 진짜인지 보자마자 의심스러웠다)였다. 양쪽 가슴 가운데로 바지끈이 일직선으로 지나갔다. 입매가 시원시원하고 예쁜 그녀는 굳이 직접 만나지 않아도 어떤 사람인지 알 것 같은 인상이었다. 섹시하고 야단스럽고 툭하면 큰 소리로 웃음을 흘리고 만취하도록 술 마시는 사람. 유부남들이 꿈꾸는 여자, 하지만 결혼은 하지 않는 여자. 나는 당연히 처음 본 순간부터 그녀가 마음에 들지 않았다.

잭 딜런시는 남편 테드와 내가 속한 무리, 즉 젊은 증권중개인들과 투자은행가들 그리고 그들의 예쁜 아내 가운데 한 명이었고, 우린 모두 밥벌이를 하고, 자식을 낳고, 앞으로도 이 두 가지를 더 많이 할 작정이었다. 대부분이 따분한 중서부 소도시(우리 부부의 경우 일리노이주 스프링필드)에서 최근 샌프란시스코로 옮겨왔고 이곳에 정착한 것을 간신히 재앙을 모면한 것으로 여겼다. 우리는 들떠 있었다. 동년배들이 베트남전 반대 시위를 벌이고 공동체 실험을 하는 동안, 대저택을 사들여 다시 꾸몄고 무리해서라도 아이들을 사립학교에 보냈으며 벨버디어와 티뷰론에서 여름 파티를 열었다. 파티에서 늦은 밤이면 누군가에게 떠밀리는 바람에 옷을 다 차려입고 손에 술잔을 든 채로 수영장에 빠지기 일쑤였다.

캐서린 블랙은 초창기에 열린 그런 파티들에 대개 참석했다. 기억은 거의 나지 않지만 딱 한 번, 테드와 내가 연 파티에 등이 파이고 높은 칼라가 달린 흰색 여름 드레스를 입고 왔던 게 생각난다. 태닝을 한 등이 무척 매끈했고 탱탱한 피부는 갈비뼈를 따라 조개껍데기처럼 골이 졌다. 우리는 동갑이거나 기껏해야 한두 살 차이였지만, 그녀의 허리에서 엉덩이로 이어지는 완벽한 곡선은 아이를 가진 적 없는 여자만이 누릴 수 있는 것이었다.

"샬럿." 밤이 깊어갈 즈음 그녀가 큰 소리로 말했다. "내가 술잔을 깨뜨렸어요."

그녀가 얼음 날처럼 길고 가늘게 깨진 유릿조각들을 내게 내밀었다. "미안해요." 그렇게 말한 그녀는 취기에 눈이 풀려 미소 짓더니 곧 울상이 되었다.

"괜찮아요." 내가 말했다. "신경쓰지 마요."

나는 그녀에게서 유릿조각들을 받아들었지만 쓰레기통으로 가져가다가 손을 베이고 말았다. 피가 손가락 사이로 흘러 손톱 주변에 스며들었다.

이따금 그날 내가 어떤 디저트를 내놓았는지(듣기에는 고약할 것 같았지만 실제로는 아주 맛있었던 냉동 아보카도 무스였나?), 제일 웃기는 이야기를 한 사람이 누구였는지, 막판에 누가 현관문 밖 담쟁이 화단에 고꾸라지지는 않았는지 떠올려본다. 하지만 기억이 나지 않는다. 피 묻은 손으로 캐서린이 깨뜨린 유리잔을 버리고 난 후의 그날 밤은 다른 때 열었던 파티의 기억과 뒤섞여버렸다—웃음소리와 담배연기로 가득한 거실, 들큼한 진gin 냄새, 땋은 머리에 맨발의 잠옷 차림으로 손님들에게 술을 나르며 뿌듯해하던 우리 딸 제시카. 그리고 지금 여기, 십오 년 남짓 흐른 후 안개 낀 거리에 멈춰 서 있는 나. 곁에서는 여전히 내 강아지라는 사실이 믿기지 않는 검은 털의 래브라도가 낙엽들에 달려들고 있다. 아이들이 몇 년이나 개를 키우자고 졸라도 허락하지 않았었다. 나는 암컷 강아지에게 로버라는 이름을 붙여주었다. 이런 반어법이 자기모순에서 나를 구해줄 거라는 바람을 안고서.

땅거미가 깔리고 있다. 아래쪽의 만은 곱고 물기 어린 빛으로 물들어 있다. 나는 옷장을 비우다 잠시 쉬는 참이다. 지난 몇 년간 비닐봉지에 바리바리 싸놓고서 거들떠보지도 않던 옷들을 끄집어내고 있다. 동부로 돌아가 그곳에서 대학 2학년에 재학중인 제시카에게 보낼 셈이다.

언젠가 저녁으로 수프를 만들면서 냄비를 싱크대 안에 내려놓고 뚜껑을 여는데 테드가 내 뒤로 와 허리에 팔을 감았다. 싱크대 위 회색빛이 도는 검정 사각 면의 창문에 김이 성에처럼 맺혔다. 성에가 녹으며 사라지자 유리에 비친 우리 모습이 보였다. 테드는 여전히 나를 안고 있었다. 머리 위에서 조엘과 제시카의 쿵쾅거리는 발소리가 들렸다.

"쟤들은 대체 저 위에서 뭐하는 걸까, 지옥문이라도 열었나." 그러더니 테드는 유리창에 비친 우리를 보며 씩 웃었다.

"그러게 말이야." 내가 말했다.

우리는 앞뒤로 몸을 흔들며 우리가 만들어내는 이미지를 지켜보았다. 둘 다 아무 말도 하지 않았다. 테드의 심장이 내 갈빗대를 곧장 밀치는 것 같았고, 숨쉴 때마다 그의 배가 내 등의 우묵한 부분을 채웠다. 잠시 우리 삶이 우리를 바짝 조여왔다. 우리가 헤아릴 수 있고 붙잡을 수 있는 삶. 우리는 원하는 것을 가졌다.

지금 어째서 그날 밤을 떠올리는지 나도 모르겠다. 테드와 내가 그 싱크대 앞에 선 것만 해도 백번은 더 될 테고, 수프가 든 냄비 뚜껑을 연 건 이루 다 헤아릴 수도 없다. 한번은 그 부엌 바닥에서 섹스를 한 적도 있다. 그 집에 처음 이사갔을 때로, 이를테면 세속적인 세례식이었다. 그런 일이 있었다는 걸 알지만 기억나지는 않는다. 대신 자꾸만 떠오르고 또 떠오르는 것은 우리 둘이 그 자리에 서서 몸을 흔드는 우리 자신을 보던 장면이다. 물론 기꺼운 마음으로 그 기억을 간직하고 있다. 기억이 떠오를 때면, 내가 생각하기에, 우리 모두 모자를 돌리며 돈을 모으고 있었다.

캐서린 블랙과 잭 딜런시는 이 년 동안 사귀었고, 헤어지고 나서 그는 다른 여자와 결혼했다. 캐서린은 우리 무리에서 몇 남지 않은 미혼남인 척 페이턴과 사귀었고, 그후로 내가 건너 건너 아는 사람들을 전보다 더 짧게 거쳤다. 우리 부부의 친구인 윌리와 클라라 데이비드슨이 별거중일 때 윌리와도 사귀었는데, 둘이 훨씬 오래전부터 내연 관계였다는 소문이 파다했다. 클라라 데이비드슨은 자취를 감추었다. 처음엔 다들 아무렇지 않게 윌리를 대했지만 날이 갈수록 보고 있기 힘들었다—그해 겨울 그와 캐서린은 동에 번쩍 서에 번쩍 나타났고, 파티를 열었고, 파티에 다녔고, 슈거 볼에 있는 윌리 소유의 스키 별장에서 길고 떠들썩한 점심을 즐겼다. 그때 캐서린은 더없이 행복해 보였다. 내 눈에는 우리 같은 부류의 태반이 절대 모르는, 아내가 있는 남자를 빼앗을 때만 맛볼 수 있는 모종의 스릴과 흔치 않은 쾌락을 누리는 것 같았다.

그 겨울, 나는 아는 사람들과 윌리의 사우나에 있었고 그중엔 캐서린도 끼어 있었다. 반짝이는 초록색 비키니를 입은 그녀의 몸통과 팔다리는 몇 해 전 여름에 봤을 때보다 여위어서 힘줄이 드러났고, 피부는 카리브해 휴양지를 뻔질나게 다닌 탓에 가죽 같아졌다. 화이트와인을 마시던 그녀는 잔에 손가락을 담갔다가 쇠살대 안의 달아오른 검은 돌에 대고 튀기기 시작했다. 돌에서 나는 칙 소리와 함께 사우나에 와인향이 밴 증기가 뿜어져올랐다. 목구멍에서 산미가 느껴졌다. 딸아이는 캐서린의 길고 빨간 손톱 하나하나가 불꽃 기둥을 쏘기라도 하는 듯 신기하고 재밌어하며 눈을 휘둥그레 뜨고 지켜보았다.

다음날 아침 아이들을 스키 학교에 보내고 리프트를 기다리는 줄을 섰다가 바로 앞사람이 캐서린 블랙이라는 걸 뒤늦게야 알아차렸다. 우리는 그 우연이 반가운 척하며 진솔한 대화를 나눌 기회를 오랫동안 기다렸던 것처럼 굴었지만 이내 침묵에 빠지지 않으려고 진땀을 뺐다.

"윌리는 어디 갔어요?" 나는 체어리프트가 우리를 지면에서 들어올릴 때 물었다.

"마이크 미네타와 일찍부터 움직였어요." 그녀가 말했다. "시베리아 존에서 스키 타고 있을걸요."

"테드도요." 나는 말했다. "거기 같이 있겠네요."

리프트가 트랙을 따라 살랑살랑 움직였다. 간밤에 내린 눈으로 발자국 하나 없는 아래쪽 언덕은 달걀껍데기처럼 매끄럽고 하얬다. 작은 나무들은 눈의 무게에 휘어 가느다란 줄기가 구부러져 있었다. 나는 캐서린의 허벅지와 내 허벅지를 차례로 보고 그녀의 허벅지가 나보다 살짝 더 굵어서 기분이 좋았다. 그녀는 이른 시간치고 짙은 향수 냄새를 풍겼다.

"우리 딸에게 아주 인기가 있어요." 나는 화젯거리를 찾느라 별말을 다 했다.

"정말요? 제시카한테요?"

그녀가 딸의 이름을 알고 있어서 깜짝 놀랐다. "아, 그럼요." 내가 말했다. "당신이 끝내준다고 생각해요. 캐서린 아줌마는 영화배우 같다고 하던걸요." 나는 스스로에게 감탄했다—싫은 사람에게도 이런 칭찬을 할 수 있다니!

"세상에." 캐서린이 말했다. "말도 안 돼요."

나는 고개를 돌리지 않고 그녀의 넙데데하고 태닝한 얼굴, 그즈음 깊어진 눈가 주름, 화장 때문에 살짝 번들거리는 볼을 훑어보았다. 체어리프트를 기다리며 줄서 있는 그녀를 처음 본 지도 오륙 년이 지났다. 그녀가 잘 늙어가고 있다는 생각은 들지 않았다.

"난 애들을 좋아해요." 그녀가 말했다.

"재미있네요." 나는 말했다. "난 애가 생기기 전까진 좋아한 적이 없거든요."

"아이를 갖고 싶다는 생각은 예전부터 있었어요."

어리둥절했다. 나는 늘 캐서린이 이렇게 사는 건 어디까지나 그녀의 선택이라고 생각했다. 아이에 대한 선호는 그 삶에 어울리지 않는 것 같았다. "그렇다면야." 나는 말했다. "월리와 함께……"

캐서린이 웃었다—큰 소리로, 분별없이 웃어대서 나는 흠칫했다. 거짓말을 들킨 것 같아 목까지 벌게졌다. "왜 이래요. 월리는 나랑 결혼 안 해요." 그녀가 말했다.

"그 생각은 별로 안 해봐서." 나는 말했다. "솔직히 말하면요."

"아무튼, 그이는 절대 나랑 결혼 안 해요." 그녀는 그렇게 말하고 가느다란 타원형 라이터로 담배에 불을 붙인 후 딱 소리 나게 닫았다. "세상 사람이 다 아는 사실이에요."

나는 그녀의 얼굴이 담배를 중심으로 제자리를 찾아가는 것을 지켜보았다. 주름 하나하나가 담배를 피우는 행위로 생겨난 것인 듯했다. 그러자 희한하게도 대학 시절 이후 입에 대지 않았던 담배를 나도 한 대 피워물고 싶어졌다.

캐서린은 이제 웃고 있지 않았지만 언제라도 다시 웃음을 터뜨릴 것 같은 표정이었다. "웃기죠." 그녀가 말하며 눈을 가늘게 떴다. "으레 나한테 일어날 거라 확신하는 일들이 있잖아요. 그러다 어느 순간 깨닫게 되죠. 맙소사. 어쩌면 그러지 않겠구나 하고요."

그녀가 나를 유심히 살펴보았다. 그제야, 그녀의 충혈된 눈을 알아차렸다. 나는 다리 아래에 있는 스키 폴의 위치를 옮겼다.

"그런 걸 느껴본 적 있어요?" 그녀가 물었다.

"딱히 없네요." 나는 불편해하며 말했다. "원했던 건 대부분 이룬 것 같아서."

"운이 좋은 거예요."

나는 그녀의 부러움을, 차가운 공기 중에 퍼지는 그녀의 담배연기처럼 매캐하게 느꼈다. 그때 깨달았지만 우리는 거리가 먼 부류였고, 그 점에 얼마나 안도했는지 모른다.

캐서린은 반쯤 피운 담배를 눈더미에 튀겨서 버렸다. "물론." 그녀가 말했다. "원하는 걸 차지하는 건 시작에 불과하죠. 힘든 건 그걸 계속 붙잡고 있는 거예요."

나는 부아가 치밀어올랐다. "그걸 어떻게 알아요?"

캐서린은 대답하지 않고 뜸을 들였다. 깊은 생각에 잠긴 모습이었다. "그냥 알아요." 마침내 그녀가 말했다.

집으로 가는 길에 나는 어느덧 동네를 눈여겨보고 있다. 이제 영영 떠날 거니까. 지난번 알아차린 후로 집들의 색이 또 바뀌었는데, 처음 이 동네에 이사왔을 때의 그 색조가 아직도 뇌리에 생생해서 앞으로도 거기 사는 이웃들이 진짜처럼 느껴지진 않을 것이다. 근처에 살던 친구들은 대부분 이혼해 다른 곳으로 떠났다. 다른 도시, 다른 나라, 이상하고 믿기 어려운 운명. 케이티 앨리스터의 딸이 괌에서 스트리퍼로 일한다는 얘기를 들었다. 조엘의 유년시절 친구 보비 지머맨은 뉴욕 환락가에서 조명기구에 목을 맨 채 발견되었다. 하지만 이런 것들은 가장 극적인 경우에 지나지 않는다. 대부분의 아이들은 별 탈 없이 대학에 갔고, 그들의 부모는 이혼했으며, 남자들은 젊은 여자와 결혼해 두번째 가정을 꾸렸다. 숱하게 드나들었던 집들의 창문으로 이제는 젊고 낯선 얼굴들이 보이고, 안면 없는 아이들이 차고문에 대고 테니스공을 친다. 그들의 여유로운 모습에 화가 치민다. 이따금 제정신이라고 할 수 없는 충동에 사로잡힐 때면 아이들 중 아무에게나 다가가 이렇게 말하고 싶다. "이건 알아둬, 아가. 넌 여기 진짜로 산다고 할 수 없어. 우리가 살았던 것처럼은 아냐."

우리가 떠난 후 두 가족이 우리집을 거쳐갔다. 두번째인 위즐 가족이 몇 주 전 나를 디너파티에 초대했다. 나는 마땅히 귀기울였어야 할 본능을 무시하고 호기심에 응하고 말았다. 익숙한 방들을 돌아다니면서 테드와 입씨름을 벌였던 페인트와 천조각 견본들을 떠올렸다—모두 사라졌다. 커튼이 없어지고 벽 색깔은 바뀌고 크리스마스트리를 꽂아두던 커다란 중국 항아리도 온데간데없다. 발까지 감싸는 전신 잠옷을 입은 조엘이 종종걸음 치며 방을 가로지르는 소리가 귓가에 들리는 듯했다—똑같은 마루인데! 나는 우리가 살았던 자취를, 실수로 남겨둔 무언가를 찾아 벽과 구석을 살폈다. 하지만 아무것도 없었다. 그날 밤 이전에는 존재한 적조차 없는 집이었는지도 몰랐다. 레몬 무스를 먹는데 똑같은 망각 상태를 간신히 빠져나온 듯 어지럽고 들뜬 기분이 들었다. 와인을 한 잔 더 마셨다. 자정 즈음에는 화장실이 어디냐고 물어야 했다.

캐서린 블랙은 이 년 전 여름 프랑스 남부에서 권총으로 자살했다. 당연히 사람들은 놀랐지만, 그녀가 몇 년 일찍 그랬다면 모를까 크게 충격적인 소식은 아니었다. 들리는 얘기로 내리막길을 걷던 그녀는 혼자이거나 심란해 보일 때가 점점 잦아졌고 유명했던 그 명랑함도 더는 찾아볼 수 없었다. 그녀가 만난 남자들은 하나같이 유부남이었으리라 추측되었다. 최근 나는 그녀가 죽는 광경을 상상해보았다. 어느 남자의 별장에 머물고 있었을까? 그의 요트에 타서였을까? 발작적인 격정에 못 이겨 죽었을까? 아니면 그저 어느 날 파란 하늘을 배경으로 살랑거리는 야자수 이파리를 올려다보다 때가 되었다는 걸 알았을까?

로버와 함께 우회로로 가다가 예전 우리집 앞에 멈춰 선다. 아파트와는 불과 몇 블록 거리지만 이런 일은 좀처럼 없다. 하지만 이틀 후면 이사 트럭이 와서 나를 러시안 힐의 아파트로 데려갈 것이다. 오랫동안 열 블록 반경 안에서 살았던지라 나라를 떠나는 기분이다.

날이 완전히 어두워졌다. 무적霧笛이 울리는 소리가 내 목소리만큼이나 친숙하다. 집은 이제 생경한 금색이고, 담쟁이는 지나치게 많이 다듬어서 우리가 살던 당시의 무질서한 매력은 사라지고 없다. 우리 아이들이 (삼키는 척하고) 등굣길에 던져버린 비타민 때문에 그토록 무성하게 자랐을 것이다. 한번은 폭우가 내리면서 반쯤 녹은 알약 수십 개가 보도까지 쓸려나오기도 했다.

로버가 옆에서 조용히 숨을 할딱이는 가운데 나는 예전 집의 불 밝힌 거실 창을 지켜본다. 젖힌 커튼 너머로 누군가 움직이자, 내심 기대하며 기다린다. 벽난로에 장작을 던져넣는 테드를, 테니스공을 손에 쥐고 달려가는 조엘을 잠깐이라도 보기를. 아니면 석간신문을 읽으며 차를 마시는 나 자신을 보기를. 정말로 우리 가족을 보게 된다면, 순간적으로 믿을 것 같다. 그 시절의 기억이 여전히 현실이며, 여기 바깥의 나는 환영에 불과하다고. 하지만 프랭크 위즐이 조명 불빛 속으로 들어와 전축 볼륨을 조절하는 모습이 보이자 뜻밖에도 안도감이 든다. 나는 무게가 없다. 여기 남은 것은 아무것도 없다—내가 떠나면서 다 가져갈 것이다.

어차피 벌어질 일이 뒤늦게 찾아오면 대개 그렇듯, 삼 년 전 테드와의 이혼은 불쾌했다. 그는 굳이 고백하지 않아도 내가 사는 데 지장 없었을 숱한 사실들을 인정했고, 그중에는 캐서린 블랙과 몇 년에 걸쳐 띄엄띄엄 사귀었다는 것도 있었다.

"몇 년이나?" 나는 물었다.

"정확히는 기억 안 나."

"'몇 년'이라니, 애매하잖아." 나는 말했다. "구체적으로 말해. 이 년? 삼 년? 오 년?"

"진정해." 테드가 말했다. "그게 뭐 중요하다고. 캐서린이 어떤

지 당신도 알잖아. 흘리고 다니는 여자, 아주 헤프다고."

"언제부터였어?"

"몰라. 좀 됐어, 알겠어?"

"'좀'은 꽤 됐다는 뜻이야."

"그게 뭐가 중요해, 샬럿." 테드가 말했다. 그는 점점 이성을 잃어갔다. "영0. 아무것도 아니라고. 우리는 이도 저도 아닌 상태였고, 그 여자도 나 못지않게 잘 알고 있었어."

"더 잘 알았을걸." 나는 말했다.

테드가 나를 흘깃 보았지만, 그 이야기를 이어가기가 두려운 표정이었다. 나는 계속해서 책을 상자에 집어넣고 있었다. 대학 교재들, '이달의 책' 모임의 책들. 아직 읽지 않은 책도 산더미였다. 캐서린과 함께 체어리프트를 탔던 날(육 년 전? 칠 년 전?)을 떠올렸고, 내가 얼마나 등신 같았을지에 생각이 미치자 소름이 끼쳤다—나와 이야기하는 내내 얼마나 나를 비웃었을까. 테드와 헤어진 후로도 몇 달 동안 그 생각이 뇌리를 떠나지 않았다. 하지만 결국은 그때 그들이 이미 몰래 만나고 있었든 말든 궁금하지 않게 되었다. 그게 무슨 상관이람. 체어리프트에 캐서린과 함께 앉아서 내가 느낀 감정은 심술이나 매정함이 아니었고, 우쭐한 만족감은 더더욱 아니었다. 그녀는 나의 세계 밖에 남겨져 있었고, 그게 다였다. 그리고 그녀는 거기서 내 세계가 얼마나 빨리 지나가버릴지 꿰뚫어 보았다.

아파트로 돌아온 나는 포장상자들을 요리조리 피해 부엌으로 가서 샤르도네를 한 잔 따른다. 제시카의 기숙사로 전화를 걸자 놀랍게도 그애가 바로 받는다. “아가, 잘 지내니?” 내가 묻는다.

숨찬 목소리다. 뒤쪽의 음악소리가 들린다. “다들 미쳤어.” 그애가 말했다. “할 게 많아서 감당이 안 될 지경이야.” 딸의 모습이 눈에 선하다. 갈색 곱슬머리를 눈앞에 늘어뜨린 채 무진장 열심히 공부하는 생활에 대해 흥분해서 말하는 모습이. 그애가 누군가에게 “조용히 좀 해!”라고 고함치고, 나는 수화기를 귀에서 뗀다.

“옷 몇 벌 보내주려고.” 나는 딸에게 말한다. “장미색 정장 같은 거. 스웨이드 말이야.”

“그걸 날 주게?” 딸이 깜짝 놀라서 묻는다. “엄마가 오랫동안 보관해온 거잖아.”

“딱 꼬집어서 말해주네.” 나는 잠시 뜸을 들이다가 묻는다. “그래. 아버지한테서 소식은 있고?”

제시카는 주저한다. 내 딴은 무심하게 들리도록 애쓰며 물어보지만, 딸이 “없어. 아빠랑 다시는 말 안 해”라고 대답해주길 바라는 마음이 언제나 묻어나기 때문이다.

“다음 주말에 온대.” 그애가 말한다.

“비어트리스랑 아기까지?”

“그럴 거 같아.” 그애가 말한다. “근데 엄마? 어떻게 지내?”

“잘 지내.” 나는 말한다.

“데이트는 좀 해?”

“가끔.” 지난달 만난 사람 얘기는 하지 않기로 한다. 둘이 와인에 거나하게 취해 내 아파트 소파에서 키스하는데 자기가 전생에

로마의 백부장이었다고 털어놓은 남자였다. "실은, 오늘밤 버드 템플턴과 외출해." 나는 말한다. "기억해?"

"에이미의 아버지?" 그애는 식겁한 눈치다.

"맞아. 두번째 아내랑 헤어졌대."

"에이미 아버지와 데이트를 하겠다고?"

"에이미의 허락을 받았어야 했나?"

제시카는 웃음을 터뜨린다. "아냐, 그냥, 모르겠다. 좀 이상해서, 엄마와 템플턴 아저씨가 데이트한다니까."

나는 어쩔 줄 모르는 자신을 발견한다. 잠시 뜸을 들이다가 대꾸한다. "그러게, 내 생각도 그래, 아가. 하지만 어쩌다보면 그런 일도 있어." 잠시 후 나는 덧붙인다. "그래도, 버드라고 불러."

"응, 좋은 시간 보내." 그애가 말한다. 가능성이 희박하다고 느끼는 게 내게도 전해진다.

우리는 전화를 끊는다. 나는 다시 옷장으로 가서 한 시간 더 정리한다. 오늘밤이 기대된다—나는 버드 템플턴이 늘 마음에 들었다. 몇 년 동안 거의 보지 못했지만. 머릿속에서는 여전히 키가 크고 삐딱한 구석이 있는 신경과 전문의, 학예회에서 플라스틱 컵에 든 와인을 마시며 즐겁게 수다를 떨었던 남자였다. 우리는 딸들이 고아나 미아 역을 맡은 것을 서로 축하하며 한쪽 눈썹을 치켜세우는 것으로 다른 부모와 달리 우리에게는 이 모든 것을 보는 안목이 있음을 드러냈다. 하지만 나중에 밝혀지듯이 나는 안목이 없었으니, 인생이 어린 시절처럼 영원하리라 느꼈었기 때문이다. 젊은 아내이던 시절의 옷은 작아져서 못 입게 되었다. 여름 정장, 무릎을 덮는 길이의 치마, 긴 검정 부츠—하나도 맞지 않았다. 나란 사람은 예전보다 더 작아지고 내가 미처 자각하지 못했던 초창기의 풍요로움에서 정제되었는데 말이다. 그 옷들을 상자에 넣어 치우고 지난주에 산 맵시 있고 통이 좁은 치마를 입으면서 뜻밖의 즐거움을 맛본다. 와인을 들고 창가로 가서 유리 쪽으로 얼굴을 가져간 채 기다린다. 하늘은 맑고 어두우며, 그 아래 도심의 불빛이 일렁인다. 그 광경을 바라보며 수년간 느끼지 못했던 감정에 압도된다. 내게 무슨 일이든 일어날 수 있다는 달콤하고 아찔한 감각.

캐서린 블랙. 가끔 그녀가 그 시절 어디에나 있어서, 말없이 내가 살아가는 모습을 지켜보고 있었다는 상상을 한다. 기다리고 있었다—무엇을? 나는 체어리프트에 탄 우리를, 수북이 쌓인 설탕 같은 언덕에 기다란 잿빛 그림자를 드리운 우리의 스키를 본다. 그녀의 스키는 앞이 약간 안쪽으로 향해 있었던 것 같다. 우리가 거기 있다. 언덕 꼭대기에 시선을 고정한 채 그곳에 다다라 스키를 타고 서로 멀어질 때까지 속으로 시간만 재고 있는 우리 둘이.

푸에르토바야르타

푸에르토바야르타에서 보내는 마지막날, 아버지들이 말을 빌렸다. 엘런의 아버지는 그녀가 따라가도 좋다고 허락했다. 엘런은 고작 열한 살인데다 말을 타본 적도 없었다. 그녀는 내내 아버지 옆에 붙어서 뒷길을 따라 늘어선 양철 오두막들과 줄기가 구부정하니 흰 옥수수 밭을 응시했다. 아버지는 돼지 오줌보에 담긴 와인을 마셨고 그녀가 부탁하자 한 모금 맛보게 해주었다. 와인은 시큼하고 얼얼했다. 아버지는 초록색과 분홍색 꽃이 수놓인 솜브레로를 사서 그녀에게 꼼꼼히 씌워주었다. 그들은 차츰 일행과 멀어졌다.

엘런은 아버지와 단둘이 있을 새가 거의 없었다. 부모님을 따라 멕시코에서 만난 다른 두 가족과 열흘간 크게 무리 지어 동네 카페와 해변을 왁자하게 몰려다녔다. 아버지는 농담을 던지고 식당을 골랐고 사람들이 원하는 건 뭐든 들어주었다. 아버지는 쇼의 진행자였다.

"엄마 만나서 점심 먹는 거 아니에요?" 다져진 옅은 색 흙길이 시내 밖까지 쭉 펼쳐진 곳에 이르렀을 때 엘런이 물었다.

아버지는 고개를 끄덕였다. "돌아갈까?"

"그건 싫은데……" 엘런이 쭈뼛거리며 말하다가 웃었다.

"나도 그래." 아버지가 말했다.

그는 시곗바늘을 뒤로 돌렸다. 순식간에 조그만 시곗바늘들이 빙글빙글 돌고, 그들은 자유로워졌다. 엘런은 나쁜 짓을 저지를 때의 짜릿함을 느꼈다. 어머니는 까맣게 잊고 아버지와 함께 장애물을 뛰어넘었다는 생각뿐이었다. 말을 타고 가면서 그녀는 마른 덤불 하나하나를, 빨빨거리며 돌아다니는 얼룩덜룩한 돼지를 욕심껏 바라보았다.

"내가 열여덟 살 때는 말이야." 아버지가 말했다. "오토바이 한 대를 사서 몇 달 동안 유럽을 일주했어."

엘런은 처음 듣는 이야기였다. "재미있었어요?" 그녀가 물었다.

"미친놈처럼 살았지."

엘런은 그 말이 좋은 뜻인지 나쁜 뜻인지 잠시 가늠해보았다. "재미있었어요?" 그녀는 다시 물었다.

"재미. 재미있었냐고?" 아버지는 몇 킬로미터에 걸쳐 펼쳐진 마른 풀밭을 바라보다가 고개를 저었다. "내 인생 최고의 시절이었지."

엘런은 문득 수줍어졌다. 아버지의 시선을 좇아 지평선을 바라보았다. 흐릿한 땅이 흐릿한 하늘을 밀어내는 곳. 마치 무언가 감춰져 있는 끄트머리이자 아버지가 혼자 탐험했던 곳 같았다.

"가요." 그녀가 조랑말의 북슬북슬한 옆구리를 차면서 말했다.

조랑말이 발을 구르며 뜨겁고 메마른 바람 속을 달릴 때, 다시는 돌아가고 싶지 않다는 갈망을 느꼈다.

"넌 깡패야." 그녀를 따라잡은 아버지가 웃음을 터뜨리며 말했다.

"난 미친놈이에요." 엘런이 말했다.

해가 저물 무렵에야 그들은 해변으로 돌아왔다. 엘런의 어머니 비비언은 차갑게 식은 모래사장에서 기다리고 있었다. 그녀는 그들을 보고 펄쩍 뛰어올랐다. "맙소사!" 그녀가 외쳤다. "강도라도 당한 줄 알았잖아."

"망할 놈의 시계 때문에." 엘런의 아버지가 말했다. "농담이 아니라 이놈의 시계가 거꾸로 간다니까."

"됐고, 여기 점심 있으니까 배고프면 먹어." 엘런의 어머니가 말했다. "그러고 나서 짐을 싸는 게 좋겠어."

엘런은 모래사장에 퍼질러 앉아 정신없이 먹기 시작했다. 더위 속에 몇 시간이나 있었던 샌드위치는 뜨뜻미지근했다. 어머니는 엘런과 아버지에게 어디 갔었느냐고 묻는 대신 그저 바다 멀리 시선을 주었다. 휴가 마지막날이었다.

"미안, 엄마." 엘런은 입안에 샌드위치가 잔뜩 든 채로 말했다. "엄마 혼자 둬서 미안해."

아버지가 헛기침을 하더니 자리에서 일어섰다.

어머니는 호기심 어린 표정으로 엘런을 보았다. "괜찮아." 그리고 미소 지으며 말했다. "네가 뭘 할 수 있었겠니?"

그것을 끝으로 오 년 동안 가족 여행을 가지 못했다. 엘런의 아버지는 출장이 지나치게 잦았다. 올해 그는 디트로이트 상가의 바닷가재 요리점 '토미스'의 프랜차이즈체인 영업을 했다. "진짜 버터—달콤한 버터를 사용합니다." 그는 유망한 투자자들에게 곧잘 말했다. "그런 질 좋은 요리는 이제 어디 가서 맛보기 힘들어요." 엘런은 토미를 아버지가 전처와의 사이에서 낳은 자식으로, 지금은 다른 주에 사는 예술 신동이라고 상상하곤 했다.

한때는 어머니가 아버지의 출장에 몇 번 동행하기도 했었다. 하지만 요새는 집에서 헤어 컨디셔닝을 하고 물을 받은 개수대에 보스턴 고사리를 담그며 지냈다. 어머니는 점점 여위어가며 가족 여행의 추억에 젖어들었다.

"자메이카에서 하마터면 죽을 뻔했잖니." 어느 날 아침식사 때 어머니가 말했다. "네 아빠가 배에서 멀리까지 헤엄쳐갔는데 바람이 막 부는 거야. 그래서 내가 배를 몰아 바다로 더 나갔어." 어머니는 처음 이야기하는 사람처럼 긴박한 어조였지만, 엘런은 수없이 들은 이야기였다.

"말도 마, 얼마나 무서웠다고." 아버지가 신문에서 눈을 들고 말했다. "배를 어찌나 빨리 몰던지 따라잡을 수가 없었어. 주변에서 이리저리 헤엄치며 배를 어떻게 돌리라고 소리쳤는데, 당신은 듣지도 못하고."

"그래서 어떻게 됐어요?" 엘런은 저도 모르게 이야기에 빠져들어 큰 소리로 말했다.

"내가 바다에 뛰어들었어." 어머니가 말했다. "네 아빠한테 헤엄쳐 갔지. 배는 저 혼자 계속 가고." 부엌 개수대에서 사과를 씻던 어머니는 물이 흐르는 수도꼭지 아래 소쿠리를 든 채 아버지를 돌아보았다. 서로 마주보는 두 사람 사이에 흐르는 기류를 감지하고 엘런은 흠칫 놀랐다.

잠시 후 그들은 눈길을 돌렸다. 어머니는 흐르는 물에 소쿠리를 흔들었다. 엘런은 사과끼리 부딪치는 소리를 들었다. 아버지는 코트를 걸치고 팔을 살며시 흔들어 소매를 정돈했다. 이제 공항으로 가서 오스트레일리아행 비행기를 타야 했다.

"좋은 생각이 있어." 아버지가 어머니와 엘런에게 입을 맞추고는 말했다. "부활절이 육 주 남았잖아. 우리 푸에르토바야르타에 다시 가자."

아버지가 오스트레일리아에 있는 동안, 엘런은 친구 레나타와 함께 글렌코에 있는 멕시코 식당 마마 산토스에 갔다. 기차로 시카고 외곽까지 가야 했지만, 레나타의 오빠인 에릭이 그곳에서 바텐더로 일하는데다 그들에게 술을 내놓기로 약속했다. 술집이 처음인 엘런은 작은 우산들이 잔뜩 꽂힌 럼칵테일을 주문한 다음 순진한 티를 감추려고 몸을 뒤로 기대고 다리를 꼬았다. 그 순간 피쿠스 나무에 반쯤 가려진 구석 테이블에서, 아버지를 보았다.

그녀는 최대한 기척을 내지 않고 빨대를 문 채 상황을 이해해보려고 애썼다. 아버지는 엿새 전 오스트레일리아로 떠났고 앞으로 나흘 더 있다 올 예정이었다. 그는 남자 한 명, 여자 두 명과 함께였는데, 그중 한 여자는 엘런이 작년 크리스마스에 아버지에게 선물한 줄무늬 테니스 스웨터를 입고 있었다. 연어색 립스틱을 바른 그녀는 아버지의 어깨에 손을 얹은 채였다.

엘런은 조심스럽게 술잔을 내려놓았다. 그러고는 바를 따라 두른 황동 띠에 번지듯이 비친 자신을 보고 눈을 깜박거리다가 다시 아버지를 돌아보았다. 아버지의 얼굴은 트럼프의 스페이드처럼 크고 정력적이었다. 눈은 은회색이었다. 새삼 아버지가 참 잘생겼다는 생각이 들었다—버스나 슈퍼마켓에서 우연히 마주치는 잘생긴 사람들처럼. 가슴속이 지독히도 휑한 느낌이었다. 아버지는 잘생긴 친구들에게 둘러싸인 식당 안에서도 잘생겨 보였다. 엘런은 떠드는 아버지, 손을 움직이는 아버지를 지켜보다 자신은 여기 있을 권리가 없다는 생각이 들었다. 아버지는 어디 있든 그곳에 완벽히 녹아드는 사람이었다.

일행이 자리에서 일어서자 그녀는 바 쪽으로 돌아앉아 술잔 위로 몸을 숙였다. 레나타는 화장실에 갔고, 에릭은 개수대에서 설거지를 하고 있었다. 바로 뒤에서 아버지의 호탕한 웃음소리가 들린 순간, 느닷없이 꿈결 같은 적요가 엘렌을 덮쳤다. 마치 그녀의 일부가 차단되거나 잠든 것 같았다. 차 한 대가 식당 밖에 멈춰 섰다. 보도로 나선 신발 소리, 웃음소리, 문 닫히는 소리. 왼쪽 뒷문이 걸려 열리지 않아 두 번 쾅쾅 치길래, 그것이 아버지 차라는 걸 알았다. 엿새 전 아버지는 그 차를 몰고 공항으로 갔었다. 그때 엘런은 선팅이 된 앞유리 너머에서 손을 흔들며 인사를 했다.

더는 아무 소리도 들려오지 않자, 엘런은 스툴에서 미끄러져내려가 밖으로 나갔다. 숨이 가쁘고 심장박동 소리에 어지러웠다. 해질녘이었다. 식당 문을 향해 아치형으로 뻗은 곡선 진입로 뒤로 교외 주차장이 드넓게 펼쳐져 있었다. 엘런은 그 너머를 바라보았다. 지나가는 차들을, 아스팔트 위로 떠오르는 창백한 달을 응시했다. 몸속 어딘가 아픔이 느껴졌지만, 정확히 알 수가 없었다. "어디가 아파?" 어머니가 옆에 있었다면 그렇게 물어볼 것이다. "어디가 제일 아픈데?" 엘런은 온몸 구석구석이 아프다고 생각했다. 그 정도로 아픈 건 어림없었다.

그녀는 주차장 주위에 듬성듬성 서 있는 나무들을, 황혼이 짙은 하늘을 찬찬히 살폈다. 두 시간 전만 해도 레나타와 함께 이 주차장을 팔짝팔짝 뛰어다녔고, 캐딜락을 손으로 쓸어가며 무슨 술을 마실지 떠들썩하게 입씨름을 벌였다. 마티니? 블러디 메리? 피냐콜라다? 지금 생각하니 고릿적 기억, 어린 시절의 한 장면 같았다. 그 기억이 끝나버린 지점을 찾아내 계속 이어가고 싶은 마음이, 에릭과 레나타랑 어울리며 그 속에 숨어들고 싶은 마음이 간절했지만 이젠 불가능할 것 같았다. 아버지는 떠났다. 금발 여자와 친구들을 차에 태우고 가버렸다. 엘런에게는 이 식당, 이 주차장, 이 진줏빛 하늘을 남긴 채. 이런 것들이 뭐라고.

다시 시카고로 돌아오는 동안 엘런은 에릭의 차 좌석에서 몸을 들썩이며 얼른 어머니 품에 뛰어들어 위로받고 싶어서 안달했다. 길고 시원한 손과 사자 갈기 같은 머리칼을 가진 어머니. 지구상에서 가장 위로가 되는 사람이었다.

엘런은 머리에 스카프를 두르고 거실 바닥에 앉아 있는 어머니를 보았다. 혼자서 몇 시간을 보내고 나면 자주 보이던 몽롱한 표정을 짓고 있었다. "다시 정리하는 중이야." 어머니가 말했다. "먼지 좀 떨어내고."

어머니는 여러 여행지에서 사온 물건들을 주위에 늘어놓고 있었다. 무늬를 새긴 나무 궤, 옥수수껍질 인형, 상아를 조각한 동물상. 유리 접시 하나에는 어머니가 아버지와 함께 피렌체에서 산 색색의 대리석 달걀이 담겨 있었다. 엘런은 갈비뼈 아래가 신경과민으로 두근거리는 느낌이었다.

"갈피를 못 잡겠네." 어머니가 말했다. "좀 달라진 것 같니?"

엘런은 무릎이 까져서 어머니가 핀셋으로 돌조각들을 빼줄 때 창피한 줄도 모르고 빽빽 소리지르던 나이로 돌아가고 싶었다. 지금 어머니는 들고 있는 갈색 유리 화병만큼이나 섬약해 보였다.

"엄마." 엘런이 말했다.

어머니가 고개를 들었다. 거실은 더없이 고요했다. 엘런은 오래된 집의 무게를, 고밀도 커튼과 깨끗이 치운 부엌의 무게를 느꼈다. 어머니의 세계는 순수하고 변함없고 기품이 있었다. 하지만 아버지는 그걸로 성이 차지 않았다.

"무슨 일이니?" 어머니가 물었다.

엘런은 바닥에 주저앉아 접시에서 진홍색 달걀을 집어들었다. 섬뜩한 힘이 느껴졌다. 칼이나 가위를 쓸 때 이따금 느껴지는 종류의 힘이었다. 언젠가 셀러리를 다지다가 어머니의 창백한 팔을 언뜻 보고 저 부드러운 살을 간단히 칼로 그어버릴 수도 있겠다는 생각이 들어 소름끼친 적이 있었다. 선명한 색의 피가 흘러내리고,

어머니가 고통에 깜짝 놀란 표정을 짓는 광경을 상상했었다. 그 생각에 잠시 괴로워하다 칼을 내려놓고 어머니를 힘껏 끌어안았다. 그녀가 안자 어머니는 웃기 시작했다. "이런." 어머니가 말했다. "내가 뭘 잘했길래 이런 애정을 다 받니?"

"아, 아버지가 아까 밤에 전화했더라." 지금에야 어머니는 말했다. "시드니에서. 뽀뽀를 보낸대."

엘런은 어머니를 빤히 보았다. "어떻게 지낸대?" 그녀는 간신히 그렇게 물었다.

"외롭대." 어머니가 말했다. "그래도 날씨는 좋다는구나."

엘런은 손을 뒤로하고 몸을 젖혔다. 어머니의 기다란 목 근육, 가냘픈 턱선을 바라보다가 마냥 속고 있는 어머니에게, 자기보다 더 모르고 있는 어머니에게 별안간 화가 치밀었다. "요즘엔 왜 아빠랑 같이 안 가?" 엘런이 따지듯이 물었다.

어머니는 어깨를 으쓱했다. "아빠가 바쁘잖니." 그리고 달걀을 하나 더 윤나게 닦은 다음 다시 엘런을 보았다. "그건 왜 물어봐?"

그러자 엘런은 죄책감이 밀려들면서 아버지와 짜고 어머니를 속이는 기분이 들었다. 그녀는 어머니의 눈을 피했다. "몰라."

"아빠가 일을 좀 열심히 해야지." 어머니가 말했다.

아버지는 엘런에게 캥거루 모양의 유리 문진과 'SYDNEY'라고 프린트된 티셔츠를 사다주었다. 시드니에서 구경했다는 포도밭과 그 붉은 흙과 포도가 익어가며 풍기는 알싸한 향에 대한 이야기를 들으며 엘런은 무감각하고 얼빠진 안도감을 느꼈다. 마마 산토스에서의 밤은 별개의 것, 차단된 것이었다. 전혀 문제될 게 없었다. 계속 그 생각을 했다.

엘런 가족은 부활절 이틀 전 비행기를 타고 푸에르토바야르타로 갔다. 도시 외곽의 작은 집을 빌렸는데, 꽃들이 절벽을 따라 쏟아져내리듯 무더기로 화사하게 피어 있었다. 여행 첫날 아침 바깥 테라스에 앉아 맛있는 멕시칸 롤을 먹고 커피를 마셨다.

"에드 모건 기억나?" 아버지가 말했다. "그 친구가 지금 언덕에 콘도를 짓고 있거든. 한번 들르긴 해야겠지. 궁상맞은 놈."

어머니가 눈을 굴렸다. "에드 모건이라." 그녀가 말했다. "그럼 나랑은 이따 시내에서 만나."

엘런은 아버지를 살펴보았다. 요즘 들어 안절부절못하거나 지루한 기색은 없는지 내내 그렇게 아버지를 살폈다. 아버지의 눈은 접착제를 덕지덕지 발라 고정해놓은 것처럼 균열이 가고 번들거려 보일 때가 잦았다. 아버지는 다른 곳에서 일어나는 사건을 좇듯 시계를 훔쳐보았다. 엘런은 끊임없이 그의 주의를 돌려 딴생각할 틈을 주지 말아야 한다고 생각했다.

"나랑 같이 가." 엘런이 말했다.

"거기 위는 더워, 다람쥐야."

"그래서?"

부모님은 놀란 표정을 주고받았다. 엘런은 어머니의 시선을, 식탁처럼 딱딱하고 여윈 얼굴에 자리한 자애로운 눈빛을 느꼈다. 주말이면 어머니가 침대에서 코코아 한 잔과 아버지가 프랑스 빵집에서 사온 크루아상을 먹던 때가 아직도 기억났다. 어머니의 배를 베고 누운 아버지는 어머니가 흘린 빵부스러기가 눈에 들어온다고 투덜거리곤 했다. "아, 쉬잇." 어머니는 그렇게 대꾸하며 손가락을 하나씩 핥았다. 하지만 지금의 어머니는 달랐다. 다른 사람들이 연례휴가를 즐길 때 홀로 남겨지는 사람이었다.

엘런은 아버지와 함께 덜컹거리는 지프차를 타고 산길을 올라갔다. 아버지는 한쪽 팔꿈치를 차창 밖으로 내놓고 있었다. 엘런도 똑같이 팔꿈치를 내밀었다. 시선은 내내 붉은 흙에서 싹터 물기를 머금고 구불거리며 뒤틀린 초목을 향해 있었다. 그들 옆으로 절벽이 곧장 바다로 내리달았다.

"내가 엄마랑 닮았어?" 그녀가 물었다.

"어떤 면에선." 아버지가 말했다. "그래도 모험을 좋아하는 건 날 닮았지—그건 달라." 아버지는 한 손가락으로 핸들을 돌렸다. 엘런은 올해 운전을 배우면 꼭 저렇게 할 작정이었다.

"그래서 골치 아플 때도 있을 거야." 아버지가 씩 웃으며 덧붙였다.

엘런은 바람을 맞으며 미소 짓느라 입술과 이가 바싹 마르는 느낌이었다. "그랬으면 좋겠네." 그녀가 말했다.

에드 모건은 기름 낀 크림색 턱수염에 아무리 볕을 쪼여도 벌게지기만 하는 피부를 가지고 있었다. 그는 김이 오르는 둔덕들을 넘어 조심조심 그들 쪽으로 왔다. 부지에는 집의 골조들이 점점이 흩어져 있었다. 한낮의 햇살에 반짝거리는 산뜻한 연한색의 널빤지들. 불도저의 열기에 아지랑이가 피어났다.

"딸이 있는 줄 몰랐는걸." 에드가 야외에 놓인 엉성한 탁자에서 보드카를 한 잔씩 따라주며 말했다.

아버지가 껄껄 웃었다. "숨겨놓은 딸이지."

"왜 아니겠어." 에드가 그렇게 말하고 엘런에게 술잔을 건네며 한쪽 눈을 찡긋했다. 그에게선 햇살에 살의 일부가 익기라도 한 것처럼 고기 냄새가 풍겼다. 엘런은 짙은 머리칼이 열기를 품고 달아올라 기절하기 일보 직전이었다.

"술은 건너뛰고 싶지 않니, 다람쥐야?" 아버지가 말했다.

그는 딸이 잔을 기울이는 모습을 지켜보았다. 아버지가 초조해하는 것을 눈치챈 엘런은 드물게도 미미하나마 주도권이 자신에게 있다는 느낌이 들었다. 그녀는 들이켜다시피 한 모금을 마셨다. "맛있네." 그녀가 말했다.

아버지는 불편한 기색이 역력한 미소를 짓더니 손목시계를 들여다보았다. "오며 가며 들를게." 그가 말했다.

"긴장 풀고." 에드가 아버지에게 말했다. "좀더 있다 가."

에드가 엘런의 잔을 마저 채워주었다. 넘치도록 따르는 바람에 보드카가 그녀의 손가락으로 흘러내렸다. 그녀는 에드와 건배하고 술을 들이켰다. 보드카가 목을 타고 내려가자 속이 메슥거렸다. 그녀는 미미한 차이로 아버지보다 우위를 점한 상황을 어떻게든 지키려고 안달나 수단과 방법을 가리지 않을 기세였다. 그런 그녀를 지켜보며 아버지는 자세를 고쳐앉았다.

"법적 분쟁은 어떻게 돼가?" 아버지가 에드에게 물었다.

에드는 한숨을 쉬었다. "똑같지 뭐. 변호사들만 이득이지."

엘런은 한 모금 더 마셨다. 눈물이 날 만큼 독했다.

"이것 좀 보게." 에드가 놀란 눈으로 엘런을 보며 말했다. "그 아버지에 그 딸일세."

아버지가 힘없이 웃었다. "망할. 그렇지 않길 바라자고."

너무 더워서 가만히 앉아 있기 힘들어지자 에드는 그들을 건설 현장으로 안내했다. 엘런은 겨우겨우 균형을 잡고 열기에 달아오른, 무른 땅을 올라갔다.

"아빠 팔 잡아, 다람쥐야." 아버지가 걱정스러운 눈으로 그녀를 살피며 말했다. 엘런은 그가 이곳을 벗어날 궁리만 하고 있음을 알았다. 그래서 최대한 뭉그적거리기 위해 생각나는 질문을 있는 대로 던졌다.

마침내 그들은 지프를 세워둔 곳에 이르렀다. 진홍빛으로 달아오른 에드의 얼굴에서 비 오듯 땀이 흘렀다. 금방이라도 쓰러질 것 같은 모습이었다. 엘런은 자신의 공범이 되어준 이 무해하고 광대 같은 남자에게 느닷없이 애정이 샘솟았다. 그와 헤어지는 게 아쉬웠다. 두 남자가 악수를 하자 그녀는 작별의 뜻으로 에드에게 입을 맞추었다.

차를 타고 산을 내려가면서 아버지는 양손으로 핸들을 움켜쥐었다. "낮 열두시에 보드카를 마시는 건 좋은 생각 같지 않구나, 다람쥐야." 그는 편하게, 농담을 던지듯이 말했다. 하지만 얼굴은 웃고 있지 않았다.

"아빤 마셨잖아요." 엘런은 머리를 힘없이 좌석에 기댄 채 말했다. "아빠는 술고래면서."

"엄마가 안 좋아할 거야."

"엄마한테 말할 거예요?"

아버지는 엘런을 흘끗 보았다가 다시 길을 보았다. "아, 아니." 그가 말했다. "안 그러는 게 좋겠다."

엘런은 한동안 바다를 보았다. 머리가 핑핑 도는 느낌이었다. "에드 아저씨의 법적 분쟁은 무슨 얘기예요?" 그녀가 물었다.

아버지는 시카고에 있는 에드의 회사가 삼 년 전 파산했다고 말했다. 지금은 이전 투자자들에게 고소당한 상태였다.

"아저씨 잘못이에요?" 엘런이 물었다.

아버지는 주저했다. "그 친구가 거짓말을 너무 많이 했어." 그가 말했다. "얼마간 사실대로 말하고 부담을 덜었으면 지금 이 정도로 곤란해지진 않았을 거야."

그래서 에드 잘못이라는 건지 엘런은 아리송했다. "무슨 뜻이에요? '거짓말을 너무 많이 했다'?"

"사람들이 납득할 만큼 얘기를 했어야 했는데." 아버지가 설명했다. "정직하다는 생각이 들 정도만."

엘런은 말없이 고개를 끄덕였다.

"가급적 말을 아끼되 그래도 뭔가 말은 하는 거야."

"무슨 뜻인지 알겠어요."

"거짓말을 할 수밖에 없는 상황이면, 이미 위험한 거야."

그들은 잠자코 차를 달렸다. 시내에 도착하기 직전 엘런은 아버지를 보고 엔진음에 묻히지 않도록 목소리를 높였다. "아빠, 엄마랑 결혼하고 나서 다른 사람이랑 데이트한 적 있어요?" 그녀가 물었다.

아버지의 잿빛 눈은 길에 붙박여 있었다. "당연히 없지."

"있었으면, 나한테 말해줄 거예요?"

아버지는 한숨을 내쉬었다. "아니, 다람쥐야." 그가 말했다. "말 안 할 것 같은데."

"그럼 아빠도 위험한 거네요. 맞죠?"

아버지는 대답하지 않았고, 엘런도 더는 캐묻지 않았다.

어머니는 만나기로 한 카페에 없었다. 아버지는 양손을 호주머니에 찔러넣은 채 부서지는 파도를, 그곳에서 오르락내리락하는 아이들의 머리를 응시했다. 그가 손목시계를 보았다. "우리가 늦었네."

그들은 말없이 앉아 있었다. 아버지는 맥주 한 병을 주문해 재빨리 마셨다. "좀 둘러보자." 그가 말했다.

길거리는 휴일을 맞아 놀러 나온 멕시코 가족들로 북적였다. 검은색 면원피스 차림의 여자들, 하이힐을 신은 가느다란 다리가 흙투성이가 되도록 진창길을 뒤뚱거리며 걷는 소녀들이 있었다. 공기 중에 쌉쌀한 멕시코 맥주 냄새가 섞여 있었다.

아버지는 엘런 옆에 바짝 붙어 북새통을 뚫고 지나갔다. 그는 목을 길게 빼고 어머니를 찾다가 재빨리 엘런을 돌아보길 거듭했다. 엘런이 자꾸만 곁을 벗어나 돌아다니면서 뜬금없는 호기심에 가게 진열창을 들여다보고 있으면 허둥지둥 찾으러 오기도 했다.

급기야 아버지는 한 팔을 그녀에게 두르고 손바닥으로 어깨를 감싸 끌어당겼다. 그의 손은 크고 따스했고 엘런은 그 손아귀 힘이 주는 안도감에 긴장을 풀었다. 그녀의 손에 이끌려 들어간 과자가게에서 아버지는 열기에 콘이 흐물흐물해진 커피아이스크림을 사주었다. 은세공 장신구 가게의 진열창에서는 청록색 귀걸이가 그녀의 눈을 사로잡았다.

"이건 나중에 집에 돌아가서 하는 게 좋겠다." 아버지는 그렇게 말하고는 지폐를 세며 껄껄 웃었다. "좀 화려해."

엘런은 상냥하게 미소 지으며 귀걸이를 끼었다.

아버지의 과도한 관심에 진이 빠지고 뱃속에서 아찔한 전율이 솟아올랐다. 귀걸이가 달랑거려 뺨에 닿도록 고개를 흔들어댔다. 그녀는 어머니를 찾으면서도 그러지 못하길 바랐다.

결국 그들은 멈춰 섰다. 아버지는 손그늘을 만들어 제자리에서 한 바퀴 돌며 군중 너머를 둘러보았다. 한 떼의 아이들이 파란색 당나귀 모양의 피냐타*를 끌고 우르르 지나가며 흙먼지를 일으켰다. 청년들은 문가에 기대서 있다가 무리 지어 배회했다. 엘런은 그들 중 몇몇의 시선을 느끼고 자신의 가느다란 맨 팔을, 허벅지의 솜털을 의식했다.

"좋은 생각이 있어." 아버지가 말했다. "저 가게 주인에게 엄마를 봤는지 물어볼게. 네 엄마가 딱 좋아할 만한 곳이야." 그는 설탕물처럼 보이는 얇고 투명한 유약을 뿌린 점토 항아리들을 파는

* 멕시코를 비롯한 중남미 국가의 축제 때 볼 수 있는 전통 인형.

가게를 가리켰다. 그 너머에는 맨발에 모자를 쓴 남자 몇 명이 벽에 기대서 있었다.

"나는 여기 밖에서 기다릴게요." 엘런이 말했다.

"이리 와, 다람쥐야. 얼마 안 걸려." 아버지가 팔꿈치를 잡았지만 엘런은 훌쩍 물러섰다.

"기다릴래요." 그녀는 목까지 빨개진 채 고집을 부렸다.

아버지는 거리를 재빨리 훑어보았다. "여기서 꼼짝하지 마." 그러고는 가게로 천천히 뛰어갔다. "아빠 말 들어, 다람쥐야. 가만히 있어야 해."

아버지가 자리를 뜨자마자 엘런은 벽에 기대선 남자들에게 다가갔다. 몇 명이 손그늘을 만들어 그녀를 올려다보았다. 그들은 흙먼지 속에 쪼그려앉아 병 하나를 돌려가면서 마시고 있었다. 그녀는 짝다리로 서서 그들의 어깨 사이 회반죽이 거의 다 벗겨진 벽을 응시했다. 심장이 빠르게 고동치고 있었다. 아버지가 나오지는 않았는지 가게를 힐끗 돌아보았다. 그의 스페인어는 형편없어서 대화하는 데 시간이 좀 걸릴 것이다. 이런 장난이 참을 수 없이 재미있게 느껴져 이를 악물고 웃음을 참았다.

그들은 얼굴이 매끄럽고 살짝 수줍음을 타는 청년들이었다. 그들이 스페인어로 말을 걸었지만, 엘런은 미소 지으며 무슨 뜻인지 모른다는 의미로 어깨를 으쓱했다. 그들은 웃으며 고개를 저었다. 엘런은 그들의 눈동자에 비친 자신을 언뜻 보았다. 검은 머리를 길게 늘어뜨리고, 남자들 앞에 자기를 드러내 보이고 싶어 왕래하는 사람들을 가로막고 선 깡마른 열여섯 살 여자애. 어리석고 우스운 광경이었다. 그녀는 울고 싶었다.

남자 한 명이 천천히 일어나 다가왔다. "올라, 치카(안녕, 아가씨)." 그가 말했다.

엘런은 미소를 지어 보였다. 알 수 없는 힘이 작용하기라도 하는 듯 숨이 차고 어지러웠다. "올라." 그녀도 말하며 방금 서로 자기소개를 한 양 한 손을 내밀었다.

그는 그녀의 손을 잡고 꽉 조였다. 엘런이 손을 빼려고 하자 아플 정도로 더 세게 쥐었다. 그는 이를 드러내며 웃고 있었다. 엘런은 그의 손을 통해 약동하는 피를, 그와 그녀의 피부 사이에 고이는 땀을 느꼈다. 그녀는 위험을 감지하고 얼어붙은 채 난감한 미소만 짓고 있었다. 다른 남자들이 손뼉을 치고 소리지르며 발을 굴러댔다. 음악소리가 더 커진 것 같았다. 그녀의 손을 잡은 남자가 손아귀 힘을 조절하며 그녀를 길거리로 끌어당기기 시작했다.

엘런은 저항했고, 그가 거칠게 팔을 잡아당기는데도 가까스로 움직일 수 있었다. 머릿속에서 생각이 핑핑 돌아갔다. 어쩌자고 이런 짓을 했을까? 무슨 일이 벌어지고 있는 거지? 거리에서 모르는 남자에게 끌려가는 이 상황이 몇 주째 내면에 도사리고 있던 방탕의 절정인 것 같았고, 지금은 움찔하며 그것으로부터 뒷걸음치고 있었다. 역겨웠다.

뒤에서 달려오는 소리가, 아버지의 고함소리가 들렸다. 아버지는 청년을 밀쳐 흙바닥에 내동댕이쳤다. 한 바퀴를 구른 청년은 아버지가 뒤쫓아가자 벌떡 일어나 웅크린 자세를 취해 보였다. 그의 손에 칼이 들려 있었고, 기다란 날은 아버지의 심장을 똑바로 겨누었다. 아버지는 그 자리에 얼어붙고 말았다. 엘런이 흐느껴 우는 소리에 아버지가 뒤돌아보았다. 칼을 든 청년은 인파 속으로 미끄러지듯 사라졌다.

아버지가 붙잡고 거칠게 끌어당기는 바람에 그녀의 머리가 그의 갈비뼈에 부딪혔다. 그제야 자신이 울고 있음을 알아차렸다. 목구멍에 남아 있던 보드카와 아이스크림의 단맛을 침과 함께 꿀꺽 삼켰다. 아버지가 머리를 쓰다듬어주었다. 아버지의 갈비뼈 너머로 다급히 뛰는 심장 소리가 들렸다.

뒷골목에서 어머니가 어슬렁거리며 나타났다. 종이로 포장한 꾸러미를 들고 천천히 걷고 있었다. 신문지를 원뿔형으로 만 포장에 싸인 건 크레이프지로 만든 꽃다발이었다. 바삭한, 색색의 꽃잎들이 철사로 엮여 있었다.

"비비안!" 아버지가 외쳤다. "맙소사, 어디 가 있었어?"

"왜 이렇게 늦게 왔어." 그녀가 반색하며 말했다. "기다리다 지쳤잖아."

어머니가 정수리에 입을 맞춰주자, 엘런은 몸을 기대며 긴장을 풀고 어머니가 돌아왔다는 안도감을 느꼈다. 두려움에 가득찬 그녀는 충격의 여파로 동요하고 있었다.

"두 사람 따라다니는 게 이만저만 힘든 게 아니야." 아버지가 말했다.

"안 해 버릇하니까 그렇지." 어머니가 말했다.

아버지는 그들에게 양팔을 두르고 바닷가 쪽으로 갔다. 그는 둘을 꼭 붙들었고, 엘렌은 바로 지금 오랜 시간을 통틀어 어느 때보다도 더 그의 보살핌을 받고 있다는 생각이 들었다. 아버지는 겁이 난 것이었고, 엘런은 그게 슬펐다.

아버지는 그들을 이끌고 바닷가 근처 식당으로 들어갔다. 맹렬한 태양이 수평선 가까이 걸려 있었고, 대기는 푹푹 쪄서 갑갑한 느낌이었다. 아버지는 몸을 젖히고 머리 뒤에서 두 손을 깍지 꼈다. 그랬다가 테이블에 양 손바닥을 대고 손가락을 벌렸다.

"고백할 게 있는데." 아버지가 말했다. "나 바람피운 적 있어. 한 번. 십팔 년의 결혼생활 중에 한 번이야."

엘런과 어머니는 그를 빤히 보았다. 그는 냅킨을 펼쳤다 접었다 했다. 손가락 사이의 냅킨이 파르르 떨렸다. 그가 갑자기 시선을 드는 바람에 엘런은 미처 피하지 못하고 눈이 마주쳤다. "이 년 전." 엘런을 똑바로 보며 아버지가 말했다. "미주리주 캔자스시티. 여점원이었고, 휴식시간이었어."

엘런은 엮어서 짠 테이블 매트를 보며 자신의 심장 소리에 귀를 기울였다. 무섭게, 불규칙적으로 쿵쾅거렸고, 그래서 궁금해졌다. 내 나이에도 심장발작을 일으킬 수 있을까.

어머니는 등을 꼿꼿이 세우고 앉아 있었다. "도대체 왜 이제 와서 그 이야기를 하는 거야?" 그녀가 물었다.

아버지는 대답하지 않았다. 여전히 엘런에게 시선이 머물러 있었다. 엘런은 아버지가 시곗바늘을 뒤로 돌렸던 날을, 아버지의 공모자가 되어 기분좋았던 일을 떠올렸다. 이제 눈앞의 아버지를 바라보았다. 잘생기고 근엄하고 뉘우치는 그를. 아버지를 따르는 게 제일 속 편한 선택이었고, 그녀는 몇 년째 그러고 있었다. 하지만 그래서 어디에 이르게 될까?

"거짓말이야." 엘런이 말했다.

어머니의 입이 벌어졌다. 조명이 아랫니를 비추었다.

엘런은 자리에서 일어섰다. "거짓말." 그녀는 다시 말했다. 말이 거품처럼 입에서 흘러나왔다. "아빠는 오스트레일리아에 안 갔어. 어떤 여자랑 식당에 있는 걸 내가 봤어."

그 말을 끝으로 엘런은 돌아서서 바닷가를 향해 걸었고, 산들바람이 그녀의 귓속을 채우며 다른 모든 소리를 차단했다. 바다는 거칠었고, 포말이 이는 물결의 끝자락이 그녀의 발을 뒤덮었다. 엘런은 철썩이는 바닷물이 정강이를, 이어서 허벅지를 씻어내릴 때까지 몇 걸음 더 나아갔다. 옷을 입은 채로 헤엄치고 싶었다. 따스한 조류에 몸을 담그고 옷자락이 둥둥 뜨는 것을 느끼고 싶었다.

천천히 앞으로 나아갈수록 물이 점점 차올랐다. 이윽고 파도가 눈앞에서 솟아오르자 그 속으로 뛰어들었다. 거센, 짭조름한 타격이 머리에 전해졌고, 그녀는 부서지는 파도 너머에 있었다.

몇 분 후 바닷가에 나와 있는 어머니가 보였다. 엘런은 목청껏 어머니를 부르며 양팔을 흔들었다. 당장 뭍으로 나오라는 소리를 듣게 되겠지 생각하면서. 정작 어머니는 엘런에게서 눈을 떼지 않은 채 바다 쪽으로 다가왔다. 아주 조심스럽게 파도치는 바다로 발을 내딛는 어머니는 모래 속에 날카로운 물체라도 숨겨져 있을까봐 두려운 것처럼 보였다. 얼마 안 가 어머니의 원피스 자락이 허리 주변으로 둥둥 떠올랐다. 그렇게 서 있으니 어머니가 어린 소녀처럼 보였고, 엘런은 새삼 어머니도 자기와 똑같은 나이였던 때가 있었다는 생각이 들었다. 지금 어머니의 창백하고 고운 얼굴뼈에서, 찰싹 달라붙은 젖은 머리칼에서 그것이 보였다.

"헤엄쳐." 엘런이 어머니에게 외쳤다.

어머니는 주저하다가 몸을 앞으로 맡겼다. 그리고 수영장에서처럼 크롤을 하면서도 순조롭게 헤엄쳤다. 파도에 떠밀려 깔끔한 동작이 흐트러졌다.

마침내 엘런이 있는 곳까지 왔을 때, 어머니는 좀처럼 가시지 않는 놀라움에 눈썹을 치켜세우고 있었다. 젖어서 미끈거리는 머리칼이 달라붙어 머리통이 자그마해 보였다. "너나 나나 정신 나갔어." 그러더니 어머니는 높고 신경질적인 웃음을 터뜨렸다.

아버지는 까맣게 잊고 있음을 깨닫고 엘런은 미약하나마 해방감을 느꼈다. 어머니는 선헤엄을 치며 하늘을 올려다보았다. 그러다 갑자기 엘런을 돌아보더니 물속에서 그녀의 손을 잡았다. 어머니의 움직임이 잦아들다가 잠잠해진 느낌이 들었다. 이윽고 어머니는 엘런의 손을 놓고 다시 뭍으로 헤엄치기 시작했다. 엘런도 뒤따랐다.

파도가 그들을 해안으로 떠밀었고, 엘런은 어느새 어머니 옆 모래사장에 널브러져 있었다. 아버지는 어디에도 보이지 않았다. 어머니는 원피스가 젖어 연약한 팔다리가 고스란히 비쳤다. 자신의 멕시칸 셔츠를 내려다보니 밝은 분홍색과 녹색 물이 빠진 채였다. 돌연 절망감이 엄습했다. 그녀는 두 발을 모래에 파묻고서 축축하고 깔깔한 모래를 양손에 한 움큼씩 쥐었다. 입에도 좀 넣어 그 거친 알갱이를 빨아보고 싶은 충동이 일었다.

"앞으로 어떻게 될까?" 그렇게 묻는 목소리가 떨려 겸연쩍었다.

어머니는 무릎을 꿇은 채 살짝 떨고 있었다. 엘런의 양어깨를 한 팔로 감쌌다. "숙소로 돌아가 몸을 말려야지." 어머니가 말했다. "그게 앞으로 있을 일이야."

엘런은 자신을 부축해 일으켜세우는 어머니의 팔심에 새삼 놀랐다. 그녀는 어머니에게 몸을 의지한 채 모래사장을 걸어나갔다. 수평선 너머로 해가 저물어 있었다.

"그러고 나선 여길 벗어나는 거야." 어머니가 말했다.

스페인의 겨울

이혼 후 나는 비수기 여행자가 되었고 올겨울에는 스페인에 왔다. 내겐 남자가 따라다닌다. 마드리드발 기차에서 만난 남자는 구리제품 외판원이었다. 신경쓴 티가 역력한 콧수염을 기른 그는 구리선, 구리원반, 얇게 두들겨 펴 잘 휘어지는 구리판 따위의 샘플을 가지고 다녔다. 나는 그가 주는 것들을 다 받아서 가방에 넣었다. 코르도바에서 만난 남자는 식당 주인이었고, 식당의 차양에서 떨어져내리는 빗물을 지켜보던 나에게 시즐링 비프 요리를 몇 접시고 가져다주었다. 나는 얼굴에 경련이 일 때까지 먹고 또 먹었다. 어느덧 윗입술에 땀방울이 맺혔다.

"세뇨리타. 정말 배가 고픈가봐요." 내 잔에 레드와인을 따라주면서 그가 말했다. "세뇨리타는 영양실조였군요."

대학 때 배운 게 전부인 스페인어로 떠듬거릴 수도 없을 만큼 배가 불러서 나는 고개만 끄덕였다.

사실, 나는 주는 것은 뭐든 받을 작정이다.

바로 전에 머물렀던 톨레도에서 만난 남자는 키가 크고 금욕주의자처럼 피골이 상접한 모습이었다. 흰색 터틀넥 스웨터 차림의 남자는 중앙광장에서 아이들에게 네모난 마지팬*을 먹여주고 있었다. 자정이 다 된 시간이었다. 인근 강에서 올라온 안개 때문에 대기가 부유스름했다. 가지만 남은 나무들마다 자잘한 흰 조명들이 달려 있었다.

나는 벤치에 앉아 기다렸다. 아이들이 가고 나자 남자가 다가와 내 옆에 앉았다. 그는 비참한 얼굴이었다. 수척하고 지치고 서글퍼 보였다. "혼자인가요?" 그가 스페인어로 물었다.

"과자 남은 것 있어요?" 내가 물었다.

그가 투명한 색비닐로 싼 과자 하나를 내밀었다. 그렇게 부드러운 마지팬은 처음이었다. 톨레도의 명물이 될 만했다. 나는 오래오래 음미할 생각으로 아주 조금씩 깨물어 작은 조각을 혀와 이 사이에서 녹여가며 먹었다. 무슨 일이 벌어질지 알았지만, 고대하지는 않았다.

남자의 시선은 내게서 떨어질 줄 몰랐다. 광대에게서 볼 수 있는 솔직하고 서글픈 눈. 내가 다 먹자 그는 자리에서 일어나더니 손을 뻗어 내 손을 잡았다. 나는 그를 따라 광장을 벗어나 비좁은 골목을 내려갔다.

---

* 아몬드와 설탕, 달걀을 섞어 만든 과자.

그의 집은 성당 근처에 있었다. 조상 대대로 수세기에 걸쳐 살아온 장중하고 퇴락한 집이었다. 입구에 엘 그레코의 그림이 걸려 있었다. 죽은 친척의 초상화였다. 처음엔 그 남자인 줄 알았다.

"톨레도가 엘 그레코의 고향인 거, 알아요?"

나는 물론 알고 있으면서도 고개를 저었다.

"정말요?" 그의 목소리가 높아졌다. "톨레도가 왜 유명한데요. 내일 꼭 가봐야 할 데가……"

나는 벨벳 의자 깊숙이 몸을 묻고 그의 가르침을 경청했다. 나는 충고를 반기는 편이다. 딱히 필요가 없을 때조차도.

"왜 이런 계절에 스페인에 온 거죠?" 그가 물었다. "스페인 사람들도 도망치고 싶어하는 때인데."

"박물관이 붐비지 않으니까요." 내가 농담으로 말했다.

"외로운 거군요. 얼굴을 보면 알아요."

"새로운 일이 일어나길 기다리고 있어요."

그가 몸을 앞으로 숙여 네 개의 기둥에 붉은 벨벳천을 둘러친 침대를 응시했다. 기둥마다 말을 탄 뚱뚱한 기사들의 행렬이 돌아 내려와 새틴 시트 쪽으로 행진하는 모습이 조각되어 있었다. "차이가 있나요?" 그가 물었다.

뼈만 남은 서늘한 손이 내 무릎에 와닿았다.

다음날 일찍 나는 그라나다행 기차에 올랐다.

겨울철의 스페인은 위험하고 아름답고 공허하다. 수를 놓은 듯한 석조 궁전 알람브라를 혼자 헤매다보니 둥근기둥과 벌집 모양의 내부, 색색의 타일들에 머리가 어지럽다. 한 남자가 모래처럼 깔끄럽고 달콤한 설탕에 범벅을 해 구운 땅콩을 판다. 한 봉지를 산다. 벤치에 앉아 눈을 감고 얼굴에 쏟아지는 겨울 햇살을 그대로 받아들인다.

나는 서른두 살이다. 서른두 해가 될 때까지 대학에 다녔고, 결혼을 했고, 딸을 낳았다. 막 베어낸 나무의 단면처럼 밝은색에 부드러운 머릿결을 가진 내 딸 페니. 페니는 아빠와 살겠다고 했다.

남편을 만난 건 멕시코의 한 해변에서였다. 졸업을 하자마자 여대생 클럽의 친구 몇 명과 같이 간 곳이었다. 그때 내 모습이 어땠는지 거울을 보듯 선명하게 기억난다. 치맛자락에 전복을 담는 키 큰 안짱다리 소녀.

"조수潮水 웅덩이에 가봤어요?" 미래의 남편이 내게 물었다.

그는 대학 시절 내가 알고 지냈던 그 어떤 남자보다도 나이가 많았다. 나는 그를 따라 야트막하게 바다로 뻗은 바위곶으로 갔다. 그 끝에서 파도가 부서졌다. 바윗돌이 날카로워서 우리는 천천히 걸었다. 나는 발치의 얕은 웅덩이마다 성게와 앙증맞은 바닷게, 바닷물이 들어올 때마다 부드러운 촉수를 착착 뻗는 화려한 말미잘이 바글거리는 장관에서 눈을 떼지 못했다. 반짝거리는 껍데기를 입은 전복이 끝도 없이 있었다.

"믿어지지가 않아요!" 나는 소리쳤다.

무릎을 꿇고 앉아 그 보물들을 주워올리기 시작했다. 미래의 내 남편은 나를 내려다보며 미소 지었다. 이윽고 그도 바위에 쪼그리고 앉아 숨어들어간 성게를 캐내는 일에 합세했다. 그러더니 이내 부서지는 파도와 맞붙기라도 하듯 더 깊숙이 뛰어들어갔다.

"이것 봐요!" 그가 주황색 불가사리를 흔들어 보이며 소리쳤다. "요놈 때문에 하마터면 죽을 뻔했어요!"

나는 그의 호주머니를 가득 채웠고, 그 바람에 그의 카키색 바지가 흠뻑 젖었다. 내 선드레스는 물이 뚝뚝 떨어지는 바다생물이 가득한 넓은 바구니였다. 맨다리에 와닿는 따뜻하고 축축한 산들바람을 만끽하며 걸어서 돌아가는 길에 나를 주시하는 그의 시선이 느껴졌다. 울퉁불퉁한 곳이 나올 때마다 그가 내 어깨를 꽉 잡아주었다. 난 부러 비틀거렸다. 그는 서른다섯, 나는 스물한 살을 눈앞에 두고, 우리는 결혼했다.

알람브라에서 오솔길을 따라 내려오는데, 남자애 둘이 숲속에서 튀어나와 내 앞을 막는다. 키가 크고 깡마른 체구에 뾰족한 턱엔 수염 한 올 없다. 한 명이 잭나이프를 들고 있다. "다 내놔." 그 애가 말한다.

나는 소년에게 지갑을 건넨다.

"가진 거 전부 다." 다른 소년이 낮은 소리로 말한다.

"이게 다예요."

칼날이 번득인다. 소년이 내 가방끈을 자르더니 지퍼가 달린 주머니들을 열어보기 시작한다. 칫솔과 파우더퍼프와 일전에 기차에서 만난 남자에게서 받은 구리제품들이 있을 것이다. 소중하고, 무의미한 것들. 돌려받고 싶다.

"값나가는 건 하나도 없어요." 나는 소년에게 말한다.

번득이는 일격과 함께 칼을 들지 않은 소년이 내 목에 걸린 금목걸이를 낚아챈다. 남편이 선물해준 진짜 금이다. 소년이 세게 잡아당기는 바람에 가느다랗게 쓸린 상처가 남는다. 둘은 마른 낙엽 위를 미끄러지듯 도망친다. 나는 내 가방이 나무줄기 사이를 누비다가 사라지는 것을 지켜본다.

터벅터벅 걸어 되돌아가는 나의 마음은 울적한 승리감에 차 있다. 시름을 덜어낸 기분, 불가항력에 한 걸음 더 다가서는 것으로 시름을 덜어낸 기분이다. 저항하길 관둘 때의, 포기할 때의 쾌감.

사람들이 북적대는 그라나다의 거리를 이리저리 돌아다닌다. 내 짐이 호텔에 있지만 아직은 돌아가고 싶지 않다. 대기 중에 설탕을 넣어 구운 빵 냄새가 섞여 있다. 노점상에서 파는 빵이다. 아홉시 반, 저녁시간이 다 됐다. 샛길에서 아이들이 소리를 지르며 중앙 광장을 향해 앞다투어 달려간다. 나도 따라간다. 광장 한가운데에서 한 남자가 긴 막대기에 색색의 동물 모양 풍선을 매달아 판다. 내가 다가가자 그를 에워싸고 있던 아이들이 뒤로 물러난다.

"강도를 당했어요." 나는 그에게 말한다.

주름이 자글자글하고 맨송맨송한 그의 얼굴은 오랫동안 개켜놓았다가 펼친 옷 같다. 남자가 가죽케이스에 풍선들을 집어넣는다. 아이들은 저희끼리 높은 톤의 은빛 목소리로 들릴락 말락 소곤댄다. 나무들마다 등이 달려 있다. 나는 점점이 맺힌 빛 사이로 남자를 따라간다. 어느새 입가에 미소를 띤 채, 믿으면서도 경계를 늦추지 않고, 평생을 따랐던 남자를 따라간다.

남편이 떠나겠다는 말을 했을 때, 우리 부부는 휴식실에 앉아 있었다. 나는 반질반질 윤이 나는 서가를, TV와 비디오를, 쌓아둔 『뉴요커』와 『비즈니스 위크』를 보았다. 대부분이 그의 것인, 결혼 생활 십 년의 축적물을.

"준비는 끝났어." 그가 말했다. "아파트를 빌릴 거야."

나는 그의 백과사전들을, 그가 그리스에서 찍은 흰 벽의 교회 사진들을, 어느 고대 왕조의 유물이라는 단단한 터키석 말馬을 눈으로 훑었다. "이거 다 당신 거잖아." 내가 말했다.

"그건 때가 되면 처리하든가 하자고……"

"당신이 여기서 살아." 나는 그에게 말했다. "내가 나갈게."

이 말에 그는 놀랐다. "그러고 싶어?"

아까부터 끔찍한 감정에 사로잡혀 있었다. 방안에 내 것이 있나 살펴보았지만 아무것도 없었다. 남편에게서 받은 것 말고는. 벽에 핀으로 고정해둔 기모노 한 벌, 『셰익스피어 전집』, 그리스제 안심 구슬*.

"내가 더 잃을 게 있어?" 내가 말했다.

그는 한숨을 내쉬었다. "순교자인 척하지 마."

나는 그때까지 함께 마시고 있던 와인병을 들어 벽을 향해 집어 던졌다. 병이 박살나는 요란한 소리와 함께 남편이 애리조나에서 산 인도산 러그에 레드와인이 튀었다. 남편이 의자 등받이에 기댄

---

* 마음을 차분히 가라앉히기 위해 손가락으로 세는 구슬. 묵주와 비슷하지만 종교적 의미는 없다.

채 나를 빤히 올려다보며 말했다. "언제 철들래?"

이제, 한때는 내 것이던 부엌에서 그의 새 아내가 내 딸에게 달걀 요리를 해주는 모습을 상상하니 기분좋은 통증이 느껴진다. 깡그리 쓸어내버린 후에 맛보는 음울한 만족감.

일을 처리하느라 사흘이 흐른다. 여권, 여행자수표, 평범한 절도를 신고하려고 경찰서에서 몇 시간이나 차례를 기다리는 것. 이 모든 과정이 성가시다. 잃어버린 건 잃어버린 것이다, 그런 생각이 든다. 곧 아무것도 남지 않게 될 것을. 겁은 나지만, 어찌 보면 내가 고대하던 상황이다.

기다리는 며칠 동안 카페에서 페니에게 엽서를 쓰는 것으로 소일한다. 페니는 엽서들을 과일 모양 자석으로 냉장고에 붙일 것이다. 완벽하게 시간 순서에 따라 내 여행을 구성해가며 꼼꼼하게 자석으로 붙일 것이다. 내가 돌아가면 그애는 그것을 한 편의 이야기로 들려줄 것이다.

페니와 함께 살 때 나는 하루도 빼놓지 않고 뭔가를 가져다주었다. 매직 마커, 머리 리본, 사탕. 나는 딸아이에게 더 많은 것이 필요하다고, 내가 세상 그 무엇을 사줘도, 무슨 말을 해줘도, 어떤 행동을 보여줘도 만족시키지 못하리라 확신하며 나 자신을 고문했다.

"우리 인생에 구멍이 났다, 그렇게 생각하는 거니?" 작년 겨울, 나는 딸아이에게 물었다. 해변 리조트의 널따란 식당에 둘만 동그마니 앉아 있었고, 빗소리와 파도 부서지는 소리가 뒤섞여 들렸다. 우리가 그 호텔의 유일한 투숙객이었다.

페니는 하얀 테이블보를 살펴보다가 말했다. "구멍이 어디 있어?"

"네 생각엔 이게 다 잘못된 것 같지, 그런 거 아냐? 모든 게 다 조금씩 어긋난 거라고."

페니는 커다란 갈색 눈동자를 들어 나를 가만히 바라보면서 내가 무슨 대답을 원하는지 알아내려고 애썼다. "모르겠어." 아이는 소심하게 말했다.

"그렇게 느낀다고 혼내지 않아." 나는 의자에서 일어나 창가로 가면서 말했다. "엄마도 같은 생각이거든."

페니는 먹다가 말고 허여멀건 시리얼이 떠 있는 그릇만 뚫어져라 들여다보았다.

"엄마 때문에 슬퍼졌구나." 나는 소리치며 춤추듯 아이 주변을 빙글빙글 돌았다. "자, 허리 쭉 펴, 엄마 말은 잊어버리고, 먹어."

가엾게도, 아이는 스푼을 쥔 손으로 주먹을 쥐었다. 내가 손도 대지 않은 달걀이 담긴 접시를 흘끔 보았다. 그러고는 말했다. "엄마도 먹어."

우리는 말없이 앉아 있었다. 아이 입술이 씰룩거리기 시작했다.

딸아이를 물끄러미 보았다. "왜 그래?" 내가 말했다. "무슨 생각 하는지 말해!"

"아빠 보고 싶어."

그건 내가 가장 무서워하는 말이지만, 마음이 놓이기도 했다. 나는 의자 안쪽 깊숙이 고쳐앉은 다음 아이를 무릎 위에 앉혔다. 아이의 갈빗대 너머로 빠르게 파닥거리는 심장이 느껴졌다. 아이 머리

통에 양 갈래로 단단히 땋아내린 머리가 자리잡고 있었다. 나는 활 모양의 하얀 가르마에 입을 맞추고 들큼한 귀리향을 들이마셨다.

"엄마가 데려다줄게." 내가 말했다. "오늘 가자."

아이만은 끝내 보내고 싶지 않아서 제일 힘들게 헤어졌다.

며칠 밤을 풍선인형 파는 남자와 보낸다. 그는 도시 외곽의 고층 아파트에 살고 있다. 그는 비좁기 그지없는 이 아파트의 발코니를 정말 자랑스러워한다. 날 발코니로 데리고 나가 풍경을 보여준다. 어딜 봐도 TV 안테나뿐이다. 그도 나도 말은 거의 하지 않는다. (내 스페인어는 형편없다.) 그의 방에선 녹색 올리브 냄새가 난다. 와인 안주로 이 올리브만큼 맛좋은 것이 있을까. 설령 그에게 올리브가 있다 한들 나에게 나눠주지는 않겠지만.

아침마다 그는 코트를 걸치고 발코니에 앉아 가느다란 갈색 담배를 피운다. 나는 침대에 누워 천장에 달린 선풍기를 보며 결혼 전 인생을 떠올려보려고 애쓴다. 당연히 그때도 인생이 있었음을 안다. 친구들과 캠퍼스 잔디밭에 벌렁 드러누워 보티첼리의 작품을 공부하던 느긋하고 편했던 시절. 그러나 이런 장면들은 사진처럼 언뜻 보일 뿐, 결코 내 안에서 나오는 게 아니다. 다른 사람의 인생일 수도 있다.

한 시간 남짓 담배를 피우고 난 풍선 사내가 침대로 기어들어와 내 곁으로 온다. 깡마른 그는 불현듯 일그러진 미소를 짓는 스페인 사람이다. 다른 생에서 이 남자를 사랑했었는지도 모른다. 아니 결혼했을 수도 있다. 현생에서의 나는 그의 몸 아래 누워 천장의 선풍기, 겨울이라 움직이지 않는 긴 날개들을 응시한다.

마침내 여권과 관련된 자질구레한 절차가 끝난다. 나는 남편이 곧잘 하던 대로 카페 테이블에 지도를 펼친다. 그리고 내가 무엇을 선택할 수 있을지 생각해본다.

"앨리슨?" 한 남자가 말을 걸어온다.

그를 어디서 봤는지 모르겠다. 그는 나이를 먹지 않는 요정 같은 얼굴에 연한 빛깔의 눈동자와 억세고 다부진 손을 가졌다.

"러트거스." 그가 말한다. "기억나?"

그제야 기억난다. 딱히 친구였던 건 아니고, 안면을 트고 이따금 말을 나눴던 사람이다. "존?"

"제이크."

"늘 뭔가 팔고 있지 않았었나? 사업계획도 엄청나게 많았고."

"브라보." 그가 내 옆자리에 편히 앉는다. 그가 학생들의 리포트를 타이핑해주는 사업을 했던 것이 이제 기억난다. 나중에는 애틀랜틱시티의 카드 카운팅* 벤처회사에서 주식을 팔았다. 예전에도 그는 산전수전 다 겪은 듯 보여서 그 옆에 앉아 있기만 해도 향수에 시달릴 지경이었다. 이미 까마득히 오래전에 대학을 졸업한 사람처럼 회고해서 다른 사람까지도 그 추억의 일부가 되어버리는 것처럼.

"그래, 그동안 어떻게 지냈어?" 내가 묻는다. "얼마나 많은 회

* 블랙잭 유의 카드게임에서 이미 나온 카드를 외워 베팅 전략을 짜는 행위.

사를 운영했던 거야?”

“몇 개 돼.” 그는 마치 숨겨진 서랍이라도 있는지 알아보듯 테이블 모서리를 손가락으로 톡톡 친다. “쓸 만한 건 하나도 없어.”

“믿기 어려운데.”

“너는?”

나는 심호흡을 한다. 그제야 비로소 내가 첫 단추부터 완전히 잘못 끼웠음을 절감한다. 내 인생이 아슬아슬하게 높은 곳에서 보이는 험악한 광경처럼 눈앞에서 기우뚱한다. “말하자면 길어.” 이렇게 말하는 내 얼굴에서 미소가 잦아든다. “얘기할 거리도 없고.”

“이쪽도 마찬가지.” 그가 베이지색 음영이 드리운 안경을 벗더니 눈 사이를 비빈다. 눈꺼풀 가장자리가 분홍빛이다. 방금 서로 속내를 털어놓은 것 같은 묘한 기분이다.

“너, 아…… 남편 기다리고 있다거나 뭐 그런 거 아냐?”

“맞아.” 먼저 그렇게 얘길 꺼내준 것이 반가워서 내가 말한다. “그 사람은 지금 알람브라에 있어. 오늘은 같이 안 올라갔어.”

“그렇구나. 우리 마누라도 거기 올라갔는데.”

“웬일이니!” 나는 참지 못하고 큰 소리로 말한다. “거기서 둘이 만났을까 궁금해지네.”

아무 일도 일어나지 않았던 때로 돌아간 것처럼 나는 사뭇 태평해진다. 학생식당에서 파란색 플라스틱 쟁반을 들고 줄서 있는 내 모습을 상상해본다. 내 마음속에서 계절은 늦봄이고, 잔디는 푸르고 무성하다.

“있잖아, 며칠 전에 저기서 강도당했다?” 나는 제이크에게 말한다. "남자애 둘이 내 전 재산을 들고 날랐어. 여권도…… 이 가방도 새로 산 거야."

나는 가방을 들어 보인다. 부드럽기 그지없는 송아지가죽 제품으로, 스페인산이 유명하다는 고급 가죽이다. 이틀 동안 나는 가방을 무릎에 올려놓고 숨을 쉴 때마다 새 가죽에서 나는 달큼한 냄새를 맡았다. 밤이 되면 풍선 사내의 침대맡에 가방을 열어놓은 채로 두고 잠들 때까지 그 냄새를 맡았다.

제이크가 가방의 솔기를 만져본다. "질이 좋네." 그가 말한다. "이런 건 구하기 쉽지 않은데. 어디서 샀어?"

"바로 여기 근처인데. 내가 데려다줄게."

"하지만 남편이……"

"아, 방금 떠났으니까. 오려면 아직 멀었어."

그라나다의 햇살은 올겨울 내가 가본 스페인의 어느 도시보다도 더 깨끗하고 강렬하다. 목께가 따뜻하다. 새로 산 가방의 부드러운 가죽이 어깨에 닿아 스치는 감촉이 살갑다. 잠시나마 스스로 꾸며낸 거짓말을 믿으면서 나는 행복해한다. 남편이 안내책자와 지도를 잔뜩 짊어지고 알람브라의 방들을 누비는 모습을, 저녁식사 때 와인 한 병을 비우며 하나도 빼놓지 않고 얘기해주는 모습을 상상하면서.

"지금쯤 회사가 한 백 개는 되겠어?" 내 것이라곤 생각할 수 없는 목소리로 나는 말한다.

"그렇지도 않아."

"그래도 꽤 되지?"

"그렇지." 그는 어깨를 으쓱하며 말한다. "좀 돼."

"스페인에도 회사가 좀 있나봐?"

그는 고개를 들어 하늘을 본다. "아니. 여긴 없어."

대성당 근처까지 왔다. 이쪽 뒷골목들은 매우 조용하고, 비좁아서 햇빛이 노면을 비출 틈이 없다. 가죽가방을 산 모퉁이의 작은 가게가 눈에 들어오지만 문이 닫혀 있다. "시에스타." 내가 말한다. "이런."

우리는 이제 뭘 할지 몰라 어색하게 서 있다. 제이크는 두 번 뒤를 살핀다. "미행당해?" 내가 농담으로 말한다.

"아니." 그가 말한다. "왜, 넌 그런가보지?"

나는 송아지가죽 가방끈을 고쳐 멘다. "그럴 리가?"

"있지." 그가 말한다. "널 보니까 젊은 시절의 내 모습이 생각나서 좀 우습다."

"무슨 생각?"

"그땐 정말 무서운 게 없었어."

"다 그렇지 않나? 그 나이 때는."

"난 더했어. 너무 심했지."

"요샌 몸을 많이 사리나봐?"

그는 양손을 호주머니에 찌른 채 걸음을 옮긴다. 머리 위에서 원을 그리며 나는 작고 검은 새들이 깍깍대는 것 말고는 사위가 고요하다. 새들의 울음소리는 꼭 쥐가 내는 소리 같다. 좀더 구슬프게 들릴 뿐.

제이크가 홱 뒤돌아 나를 본다. "바보짓을 했어." 그가 말한다.

"수많은 사람의 돈을 날려버렸어." 그의 입가 피부가 하얗게 일어났다.

"끔찍하다."

"끔찍하지." 그는 우리가 방금까지 함께 달려온 것처럼 숨을 쉰다. "왜 너한테 이런 말을 하는지 모르겠다."

"괜찮아." 나는 축축해진 손바닥을 원피스 옆구리에 문지르면서 말한다. 그를 놔두고 도망치고 싶다.

"내가 한 말은 잊어버려."

"알았어."

그는 양손을 호주머니에 찔러넣은 채 하늘을 응시한다. 머리 위 하늘이 새파랗다.

"내 말은, 나 때문에 여러 가정이 파탄났다는 거야. 그들한텐 아무것도 안 남았어. 그게 어떤 건지 상상이 가?"

"너한테? 아니면 그 사람들한테?"

"그 사람들한테." 그가 깜짝 놀라서 말한다. "당연히 그 사람들이지."

나는 손가락으로 가방의 부드러운 가죽끈을 쓸어본다. 가방은 처음 샀을 때보다 훨씬 더 마음에 든다.

"더 나쁜 게 뭔지 알아? 내가 사기를 쳤다는 거야. 의도적으로 그렇게 몰고 갔어. 그런데 생각했던 것보다도 더 심각해졌어."

그는 교회 정면을, 널찍한 문과 양각된 석고 문양들을 유심히 쳐다보고 있다. 그냥 자리를 떠야 할까 싶다.

"이게 뭐하는 짓이지?" 그가 뜬금없이 웃음을 터뜨리면서 말한다. "그 사람들은 지구 끝까지 날 쫓아올 기세인데, 나는 여기 교회 안뜰에서 생판 모르는 사람한테 뱃속까지 다 꺼내 보여주고 있으니."

"우린 대학 동창이잖아."

"그렇지."

나는 가방을 두 팔로 안는다. 가죽을 품에 안는다. 돌길을 건너가는 그를 지켜본다.

"나 오늘 스페인 떠나. 모로코로 가서 아프리카로 내려가려고. 이건 비밀이야." 그가 거기까지 말하고 또 웃는다. 그런 이상하고 신경질적인 웃음을 나는 좋아하지 않는다. 그가 가까이 다가온다. 그의 숨결에서 희한하게 단내가 풍기고 그의 두 손이 떨린다. 그가 기절할까봐 겁이 난다. 그가 기절해버리면 어떡하지?

"최악은 뭔지 알아? 최악은, 손 하나 까딱할 수 없다는 거야. 날아가버렸다고. 피니토.* 내 인생이 통째로."

"하지만 넌 정말 젊잖아." 그렇게 말하고, 내가 먼저 놀라고 만다. "말을 왜 그렇게 해?"

사실이다. 그는 젊은 남자고, 아이처럼 겁먹었다. 당황한 그는 갑자기 시선을 발치의 반짝이는 돌길로 떨군다. "말도 안 돼." 그가 고개를 설레설레 저으며 말한다. "야, 널 이런 상황까지 끌어들여서 미안해. 남편이 찾고 있을 텐데……"

그의 얼굴 전체가 실룩거린다. 날 바라보는 그의 표정이 낯익

* 스페인어로 '끝난' '죽은'이라는 뜻.

다. 행복하게 사는 정상적인 사람들을 지켜볼 때의 내 표정도 틀림없이 그와 같았으리라.

"나 남편 없어." 나는 그의 시선을 견디면서 말한다. 그것이 다가오는 것을 느낀다. 토할 것처럼 급박하게 몰아쳐오는 고백의 기운이. "이 세상에 내가 가진 건 아무것도 없어."

제이크는 말을 잇지 못한다. 그 눈은 나에게 붙박여 있고, 입은 살짝 벌어져 있고, 머리는 한쪽으로 기울어져 있다. 그에게 가까이 다가서고 싶은 불길한 욕망을 느낀다.

"진짜야?"

나는 말없이 고개를 끄덕이고 시선을 돌린다.

모터 소리에 주의가 분산된다. 고개를 돌려보니 파카를 입은 남자 둘이 베스파 한 대를 타고 있다. 골목길을 쏜살같이 내려와 우리 쪽으로 곧장 달려온다. 내가 제이크를 본 찰나, 오토바이는 엄청난 속도로 우리 사이를 비집고 들어오고, 한 남자가 나를 인도 위로 밀쳐 쓰러뜨린다. 멍하니 일어나 앉아 엉덩이를 문지르고 있는데 오토바이를 탄 남자의 어깨에서 대롱거리는 새로 산 송아지 가죽 가방이 눈에 들어온다. 나는 목이 터져라 비명을 지른다. 그 소리가 교회 안뜰에 울려퍼진다. 베스파는 모퉁이를 돌아 사라져 버린다.

제이크가 그들의 뒤를 쫓아간다. 오토바이를 쫓아가는 그의 발소리가 멀어진다. 나는 머리 위에서 돌며 깍깍대는 새들의 울음소리를 들으며 혼자 서서 기다린다. 잠시 후에는 교회 계단에 앉아 원피스 밑단을 본다. 돌길에 대비되어 초록빛이 환하다. 몇 분이

지난다. 계속 기다리려니 시간이 너무 많이 흐른 것 같지만 자리를 뜨고 싶진 않다. 밤이 되려면 몇 시간 더 남았다. 한 남자가 나타나더니 가죽제품 가게의 문을 연다. 내가 산 것과 같은 아름다운 가방들이 진열대 위에 걸려 있다. 그 남자에게 좀전에 당한 일을 얘기하면 새걸 공짜로 줄지 궁금하다.

이름은 기억나지 않는 어느 따뜻한 섬에서 남편과 남편의 아내는 페니와 함께 휴가를 보내는 중이다. 그곳 공기가 머금고 있을 향을 상상해본다. 분명 달콤할 것이다. 파인애플향이겠지? 꽃향기일까? 억세고 수액이 많은 식물의 자루에서 자라나는 끈끈한 봉오리가 생각난다. 지금 손에 쥐고 있기라도 한 것처럼 그 질감이 느껴진다.

태양이 타일지붕을 벗겨버릴 듯 내리쬐고 있지만 교회 안뜰은 대부분 응달이다. 제이크가 짐을 꾸려 모로코로 가는 모습을 상상해본다. 알고 보면 아까 그 도둑들이랑 한패가 아니었을까? 아니, 마침 구실이 생겼다 생각하고 그냥 가버린 걸까? 어느 쪽이건 상관없다. 그는 사라져버렸고, 내 물건들도 사라져버렸다. 그리고 내가 갈망했던 경지에 한 걸음 더 다가섰다. 그런 것 같다. 체념의 경지. 그런데도 내 마음은 자꾸만 제이크에게—자기 인생은 끝났다는 그 치가 떨리는 믿음에—기울고 있다. 말할 수 없이 달콤하고, 다분히 멜로드라마적인 기분이다. 겨우 서른둘밖에 안 된 주제에. 새삼스레, 나 역시 그와 같은 나이라는 사실이 가슴을 친다.

바로 그때 골목길에서 제이크가 어정거리며 나타난다. 한쪽 바짓자락이 길게 찢어졌고, 삐져나온 셔츠 자락이 바람에 나부낀다.

그가 미소 짓는다. 내가 기억하는 대학 시절의 미소 그대로다. 만화에 나오는 여우 캐릭터처럼 입이 귀에 걸리도록 크게 벌어지던 의뭉스러운 미소. 그가 내 가죽가방을 하늘 높이 치켜든다. "개새끼들, 앞으론 빼도 못 추릴 거다." 그는 숨을 헐떡이면서 가방을 조심스레 건넨다. "이렇게 뛰어보긴 육상시합 이후 처음이네."

나는 지퍼를 열고 내 물건들을 살펴본다. 정겹고, 사소한 것들. 뒤죽박죽된 그것들을 보던 내 눈가가 촉촉해진다. "이걸 구해주다니." 그에게 말한다.

제이크의 얼굴이 벌겋다. 그는 두 주먹을 쥐었다 펴더니 머리칼을 손으로 훑는다. 말없이 몇 번이고 내 얼굴을 바라보다가 마침내 입을 연다. "모로코에 가본 적 있어?"

나는 해변과 밀집한 카페들과 선탠로션 냄새를 떠올린다. 아득히 멀게 느껴지는 곳에서부터 이런 여름의 것들이 두둥실 떠내려온다. 나는 주변을 둘러본다. 돌길 위로 파르스름한 그림자가 나직이 깔려 있고 땅거미가 짙어지며 공기가 싸늘히 식어간다. 마지막 정거장, 나는 생각한다. 집으로 돌아가 다시 시작하기 전의 마지막 정거장. 나는 젊고, 모로코로 휴가를 떠난다. 지금 모로코는 여름이다.

조세핀에게 보내는 편지

파커는 휴게실 의자를 끌며 바다로 들어갔고, 무릎과 배 근처에서 물결이 남실거린다. 그는 물방울이 튀는 파도 위로 『크림전쟁의 역사』를 들고 있다. 머리 위에 불볕이 내리쬔다.

햇빛 아래서 이런 식으로 어떻게 책을 읽는지 루시는 도무지 모르겠다. 더욱이 그런 종류의 책을. 무겁고 표지도 두껍고 지루한 책. 다 읽고 나면 곧바로 다른 책을 집어들 것이다. 그는 휴가 여행에 책을 열두 권 가져왔고 모두 크림전쟁에 관한 것이다.

루시는 야자수 아래 앉아 있어 햇빛이 새하얀 피부에 점점이 닿을 뿐이다. 절대 햇볕을 쬐지 않으려고 피하던 때도 있었다. 흰 피부가 주근깨로 얼룩덜룩해지면 싸구려처럼 보일 거라 생각했다. 하지만 나이들어가면서 예전만큼 주근깨가 신경쓰이지 않았고 볕을 조금 쬐면 기분도 좋았다.

루시는 무릎에 잡지를 놓고 앉아 사람들을 구경한다. 최근에야 다른 사람들을 구경하는 즐거움에 눈떴다. 수년 동안 어디든 지켜보는 눈이 있다는 걱정에 시달리며 남의 이목을 피해서 챙 넓은 모자와 선글라스, 립스틱 뒤로 숨던 그녀였다. 하지만 요즘은 호기심이 늘고 자신을 덜 의식하게 되었다.

보라보라섬에는 온갖 부류의 사람들이 몰려든다. 이곳은 보라보라섬의 최고급 호텔로, 많은 이가 타히티 주변 섬을 통틀어 으뜸으로 꼽는다. 누가 봐도 엄청나게 비싼 호텔이지만, 파커가 알아서 하는 부분이라 정확히 얼마나 비싼지 루시는 모른다. 해변에는 태닝을 하고 배에 털이 북슬북슬하고 목에 가는 금줄을 두른 사십대 후반 남자들이 있다. 그들은 한참 어리고 운동으로 다져진 몸에 머리를 가닥가닥 금발로 물들인 여자들과 함께다. 물론 가족들도 있다. 유순한 금발의 아이들. 정오에도 덱체어에 널브러져 있는 모습이 썰물이 빠져 오도 가도 못하는 바다생물 같은 십대들.

긴 금발의 젊은 여자가 짐을 앞세우고 해변 맨 끝 바다에 지주를 세운 방갈로로 간다. 바다 위 방갈로들은 그 호텔에서도 가장 좋은 숙소다. 루시와 파커 역시 그곳에 머물고 있다. 여자는 폴리네시아 드레스를 걸치고 머리에 꽃을 꽂고 있다. 벨보이와 함께 방갈로에 들어가고 있으니, 이제 곧 수건과 식사 안내를 받고 방의 틈새란 틈새마다 꽂혀 있는 새빨간 꽃을 보고 감탄할 것이다. 그 향기를 음미하려고 숨을 깊이 들이마실 것이다. 여드레 전 파커와 이곳에 도착했을 때 루시가 그랬다.

햇살이 점점 따가워지자 루시는 야자수 그늘 더 안쪽으로 의자를 옮긴다. 얼른 점심시간이 되면 좋겠다. 파커와 시원한 식당에 앉아 바다를 바라보며 크랩 샐러드를 먹을 테니까. 여태 파커는 꼼짝할 기미가 보이지 않는다. 바닷물이 그의 물렁한 배 위로 부드럽게 찰싹인다. 그가 또 한 페이지를 넘긴다.

해변으로 언뜻 시선을 던진 루시는 좀전에 막 도착하는 것을 본 금발 여자를 발견한다. 이제 여자는 비키니 차림으로 방갈로 데크에 서서 지주를 휘감는 바닷물을 내려다보고 있다. 루시는 그녀가 데크를 두르고 있는 난간 위로 올라가 완벽한 아치를 그리며 바다로 다이빙하는 모습을 지켜본다. 물방울이 거의 튀지 않는다. 루시는 여자가 사라진 곳을 응시하며 수면으로 나오길 기다린다. 한참 지났다 싶을 즈음 뛰어든 지점과는 조금 떨어진 곳에서 다시 모습을 드러낸다. 방갈로 난간에서 그런 식으로 다이빙하는 사람은 처음 보았다. 대담하기 짝이 없었다—루시라면 상상은 할지언정 결코 시도하지 않을 일이었다.

여자는 해변과 나란히 헤엄치다가 파커가 앉아 있는 곳에서 그리 멀지 않은 곳에서 솟아오른다. 그녀의 몸은 아주 젊은 사람답게 날씬하면서도 가냘프고, 배는 매끈하고, 다리는 나긋나긋하고 가늘다. 윤기가 흐르는 피부는 고른 갈색이다. 반짝이는 청록색 비키니는 유연하게 휘는 허리선을 강조하는 하이컷 디자인이다. 브라는 몸을 단단히 감싼다. 해변을 둘러본 루시는 많은 사람이 그녀를 주시하고 있음을 알게 된다. 파커마저 책에서 눈을 들었을 정도다. 금발 여자는 뒤돌아 방갈로를 향해 걷기 시작한다. 루시는 여자에게서 눈을 떼지 않고 가느다란 발목을, 백사장에 대비되는 황금빛 피부를 지켜본다.

“아까 그 여자 봤어?” 마침내 파커가 야자수 아래로 오자 그녀가 묻는다.

“누구?” 그는 책을 살살 흔들어 모래를 떨어내고 비치백에 넣으며 말한다.

“그 어린 여자!”

그는 무표정하게 루시를 본다.

“물에 있던 여자. 미인. 봤으면서.”

“아, 그래.” 그가 발목에서 모래를 털어낸다. “예쁘더라.”

“아니, 진짜로 본 거 맞아? 완벽했다고! 그런 여자는 처음 봤어!”

파커는 일어서서 루시를 본다. “말했잖아. 예쁘다고.”

종잡을 수 없는 이유로 루시는 흥분해 있다. 그 여자 이야기를 하고 싶다. 그들은 해변에서의 차림 그대로, 파커는 가죽샌들을 한 손에 들고 식당을 향해 걸어간다.

“그 여자에겐 뭔가 특별한 게 있었어. 영화배우나 모델인가봐.”

“정말?”

“그런 외모라면 딱 모델이지. 우리는 몰라도 유명한 사람 같아.”

“그럴 수 있지. 팜스프링스에서 제럴드 포드*가 골프장에 왔을 때도 우리는 몰랐잖아. 기억나?” 그가 말한다.

“여긴 왜 온 걸까. 영화 촬영 같은 게 있나. 혼자 왔을까.”

“아닐걸.” 파커가 숨죽여 웃는다.

어느새 식당에 이르러, 폴리네시아 여자 사장이 그들이 늘 앉는

* 1974년부터 1977년까지 재임한 제38대 미국 대통령.

테이블로 안내한다. 루시는 여자에 대해 더 이야기하고 싶은 마음을 꾹 누른다. 파커는 관심 없다는 것을 알 수 있다.

"전쟁은 어떻게 돼가고 있어?" 그녀가 그의 손을 토닥이며 묻는다. 그녀의 손에 대비되어 갈색이 도드라져 보인다.

"나쁘지 않아, 나쁘지 않아. 러시아가 고전중이지만 그들 잘못이니까."

"그래도 전세가 최선의 방향으로 흘러가는지 잘 봐." 그렇게 말하며 그녀가 윙크한다.

이것은 그들끼리 주고받는 농담으로, 파커가 공부하는 전쟁이 무엇이든 모두 그의 손에 달렸다는 식이다. 루시가 보기에 그는 역사상 일어난 전쟁은 죄다 읽어나가는 것 같다. 한국전, 세계대전, 1812년 전쟁, 미국혁명, 프랑스혁명, 베트남전쟁. 그녀는 전쟁에 대해서 아무것도 모르고 영 관심도 없지만 매번 흥미로운 척 맞장구친다. 파커도 적당히 이야기하려고 신경쓴다.

샐러드를 기다리면서 루시는 테라스 너머를 내다본다. 물은 매우 연한 파란색이다. 완만하게 굽은 해안에 매끄러운 백사장이 띠처럼 펼쳐져 있고 야자수 이파리들이 살랑거린다. 그녀가 한숨을 내쉰다. "아름다워, 그렇지?"

파커가 눈을 든다. 그들이 늘 먹던 대로 주문하고도 메뉴를 열심히 살피고 있었다. "마히마히*를 먹어봐야 할 텐데." 그가 말한다. "방금 뭐라고 했어?"

---

* 바닷물고기 만새기를 가리키는 하와이어.

"경치……"

무더위에 몸이 늘어지는 날이다. 허구한 날 일광욕을 하며 지내다보니 둘 다 둔감해지고 있다. 내일이면 시카고로 돌아갈 준비가 될 것이다.

"이 년 전에 갔던 프랑스가 생각나네." 루시가 말한다. "어느 호텔이었더라?"

"기억 안 나." 파커가 말한다. "그런 건 도무지 기억을 못하겠어."

루시는 바다를 보며 생각에 잠긴다. 둘이서 전 세계를 돌아다녔는데 마음에 남은 것이 거의 없다. 그녀는 이름, 스냅사진, 종이성냥 따위에 연연하지만, 숱한 계절들이 속절없이 뒤섞여버린다. 그녀는 입고 있는 수영복에 따라 사진을 정리했다—칸은 물방울무늬, 스페인은 빨간 줄무늬. 하지만 수영복을 빼면 주변 모래사장과 바다는 다 똑같아 보인다.

배불리 점심을 먹고 더위에 휘청거리며 그들은 다시 해변으로 간다. 파커가 다소 앞서가고, 루시는 그가 자신의 전쟁으로 되돌아가고 싶어 안달하는 것을 안다. 그녀는 뭘 하며 오후시간을 보낼지 궁리한다. 잡지도 지겹고, 색깔이 이상해서 발을 딛기 겁나는 산호초 위를 헤엄치는 것도 지겹다.

의자까지 열 걸음쯤 남기고 루시는 멈춰 서서 손차양을 만든다. 점심을 먹기 전 본 금발 여자가 어떤 남자와 손을 잡고 해변을 걷고 있다. 그들은 맞잡은 손을 앞뒤로 흔들고 있다. 루시는 그들에게서 시선을 떼지 않은 채 의자에 앉는다.

그들이 좀더 가까워지자 남자가 목에 걸고 있는 카메라가 보인다. 그가 갑자기 걸음을 멈추고 여자에게서 한 발짝 물러나더니 카메라를 눈앞으로 들어올려 렌즈를 통해 그녀를 바라본다. 처음에 여자는 움츠리는 척하다가 이내 갈색 발을 들어 남자의 정강이를 걷어찬다. 찰칵거리는 카메라 셔터 소리가 루시의 귀에 들린다. 더는 불평하지 않고 여자는 미소 지으며 한 손으로 얼굴과 목의 머리칼을 들어올린다. 다른 한 손을 엉덩이에 올리고 무게중심을 옮긴다. 그녀는 웃고 있다. 남자가 모래사장 위로 여자를 끌어당겨 키스를 퍼붓고, 그녀는 몸을 비틀어 빠져나가서 바다로 뛰어든다. 남자도 따라간다.

루시는 억지로 시선을 돌리지만 얼마 안 가 어느새 헤엄치는 커플을 보고 있다. 그녀의 눈은 그들을 향해 있지만 보고 있지 않고, 열기 속에 상념이 정처 없이 흐른다.

제일 친한 친구 조세핀이 떠오른다. 못 본 지 몇 년이 지났다. 루시의 집 뒷문 현관에 함께 앉아 어둠 속에서 웃고 수다떨던 밤을 떠올린다. 인근 철로로 열차 한 대가 다가오자, 그들은 차량의 긴 행렬이 밤을 가르며 다 지나갈 때까지 잠자코 있었다. 마지막으로 기차 소리가 희미해졌을 때 루시는 심호흡을 하고서 말했다, "파커가 결혼하재."

얼굴을 자유자재로 찡그리고 뒤틀어 극적인 표정을 짓는 데는 조세핀을 따라올 사람이 없었다. 그때도 그녀는 입을 딱 벌렸다. "세상에!" 그녀가 말했고, 루시는 한쪽 입꼬리가 올라간 미소와 번득이는 하얀 이를 보며 안도의 한숨을 내쉬었다.

잠시 둘 다 아무 말이 없다가 이윽고 조세핀의 낮고 짓궂은 웃음소리가 밤공기를 채웠다. “너 진짜 부자 되겠구나.” 그녀는 가만히 웃었다.

“조세핀!” 친구의 말이 천박하게 들렸다.

“내가 틀렸니?” 조세핀은 망설이는 루시를 보고 당황한 듯 말했다. “그 남자 백만장자잖아.”

“알아, 하지만……”

“야, 인정해. 얌전빼지 말고.”

어색한 침묵이 흘렀다. 루시는 무슨 말이든 해야 한다고, 이 순간에 알맞은 말이 있을 거라고 생각했다.

“준비 도와줄 거지?” 그녀가 소심하게 물었고, 그제야 그들은 함께 웃었다.

그다음 주말 조세핀은 신혼여행 때 입을 수영복을 사려는 루시를 이 쇼핑몰 저 쇼핑몰로 끌고 다녔다. 너덜너덜해진 잡지 『글래머』를 가져와 들르는 곳마다 꺼내서는 스판덱스를 걸치고 입을 뾰족하게 내민 여자 사진이 실린 페이지를 직원에게 보여주며 물었다. “이거 있어요?”

루시는 탈의실 거울에 비친 자신의 창백하고 깡마른 몸을 보고 얼굴을 붉혔다. 하지만 조세핀은 “끝내준다. 최고야!”를 연발하며 계산할 옷더미에 수영복을 한 벌 더 얹었다. 이따금 루시는 거울로 자기 뒤에 있는 조세핀의 모습을, 그녀의 풍만한 가슴과 둥근 엉덩이를 보며 이 수영복은 자기보다 그녀에게 훨씬 잘 어울릴 거라고 생각했다. 나중에 바베이도스에서 조세핀에게 편지를 쓸 때, 루시는 영 자신이 없어서 함께 고른 수영복은 한 벌도 못 입었다고 털어놓지 못했다. 그녀는 호텔 로비의 부티크에서 네이비블루의 심플한 원피스 수영복을 샀다. "튀지 않고 좋네." 파커의 말에 순간적으로 기쁨과 안도감을 느꼈다. 그녀는 천장이 드높은 하얀 로비에 새 남편과 서 있었다. 그는 완벽했다.

루시는 조세핀에게 편지를 쓰며 오후를 보내기로 한다. 서로 연락하지 않은 지 육 년이나 되다보니 요새는 그녀를 생각하는 일이 거의 없다. 하지만 가끔은 하던 일을 멈추고 잠시나마 세세한 기억을 떠올릴 때가 있다. 그녀의 상스러운 웃음과 헝클어진 머리, 잡지를 탐독하던 것을. 조세핀이 생각나면 주변을 둘러본다. 마침 거실에 있다면 윤이 나는 피아노와 유리 조각상이 늘어선 선반을 보고 반질반질한 바닥을 보며 순간 다른 사람 집이 아닌가 싶어진다.

문득 머리 위로 그늘이 느껴져 고개를 든다. 그녀는 여전히 바다를 바라보는 중이지만 이제 헤엄치는 사람은 없다. 책을 든 파커가 위쪽에 불쑥 나타난다.

"벌써 다 읽었어?" 그녀가 묻는다.

"당연하지." 그는 그렇게 대답하고 부스럭거리며 비치백을 뒤진다. "후딱 읽어치웠어."

"재미있어?" 루시가 묻는다. 책을 읽고 이토록 흥분한 파커의 모습이라니 흔치 않은 일이다.

"이 책을 읽고 나니 여러 생각이 마구 떠올라." 그가 말한다. "여기 이 사람들 누구에게도, 지금껏 읽은 어느 저자에게도 동의 안 해."

"그럼 좋은 건가?"

"나만의 논지를 세우고 증명할 수 있다면 좋지." 파커가 말한다. "알게 될 거야." 그는 비치백에서 공책을 꺼내 야자수 밑동에 대고 메모를 휘갈긴다.

"그럼 이제 뭐할 건데?"

"또 읽어야지." 그가 골몰한 채 말한다. 공책을 탁 소리 나게 덮어 수영복 허리춤에 찔러넣고, 그 바람에 배가 눌린다. 루시는 손을 뻗어 그의 배를 토닥거린다.

파커는 다른 책을 가지러 방갈로로 돌아간다. 루시는 그가 예일대에서 역사학 박사과정을 시작했던 젊은 시절에도 그렇게 활기가 넘쳤을지 궁금하다. 당시 파커의 아버지는 뇌졸중으로 쓰러진 후 아들이 가업을 이어받도록 가르치고 있었다. 어찌 보면 가까이 닥친 거대 제약회사라는 미래는 파커의 노력에 적절한 스릴을 더했고, 루시가 추측해보건대 그가 예일에서 보낸 이 년은 더없이 행복한 시절이었다. 그는 지금도 가끔, 대개 술이 몇 잔 들어가면 그 시절 이야기를 하면서 논문 주제에 대한 의견을 내놓거나, 매콜리와 기번과 미슐레를 두고 밤이 깊도록 나누던 논쟁을 회상한다.* 석사학위를 끝으로 학업을 그만둔 이유를 한 번도 말한 적은 없지만 굳이 그럴 필요가 없다. 파커는 안락한 삶을 추구하는 사람이다. 유복하게 자랐고, 다른 방식의 삶은 상상하기 힘들다.

파커가 공책을 가져가버리는 바람에 루시는 조세핀에게 편지

---

* 영국 역사가 토머스 매콜리와 에드워드 기번, 그리고 프랑스 역사가 쥘 미슐레.

를 쓸 수 없다. 그녀는 의자에서 몸을 일으켜 햇빛 아래 잠시 서는데, 무더위에 갑자기 일어난 탓인지 휘청한다. 비틀비틀 바다 가장자리에 이르러 물살을 헤치고 들어가면서 서서히 차오르는 시원한 물이 선사하는 안도감을 음미한다. 이윽고 물속으로 자맥질하며 무서운 파도를 피해 가급적 해안 가까이 머문다.

금발 여자와 검은 머리 남자가 모래사장에 누워 있다. 루시는 바다에서 그들이 천천히 몽유병자처럼 일어나는 모습을 본다. 남자는 수건을 집어들고 여자는 비치용품들을 챙기기 시작한다. 여자는 워낙 유연해서 무릎을 굽힐 필요도 없이 다리를 쭉 펴고 몸을 숙인다. 무용수일지도 몰라, 루시는 생각한다.

어슬렁어슬렁 방갈로로 향하는 두 사람은 더위 때문에 살짝 비틀거린다. 여자가 한 손을 남자의 목에 얹고 그를 자기 쪽으로 끌어당긴다. 그들은 걸음을 멈추고 키스한다. 다시 걸어갈 때 여자는 남자의 수영복 바지에 손가락을 고리처럼 걸고 있다. 이제 그들은 무더위도 아랑곳 않고 발걸음을 재촉한다.

루시는 지금껏 선헤엄을 치고 있었다. 어느새 물살에 슬금슬금 떠밀려 해변을 따라 물 위의 방갈로 방향으로 가고 있다는 걸 알아차린다. 걷고 있는 남녀와 나란히 떠내려가는 내내 반대편으로 헤엄쳐야 한다고 되뇐다. 남자와 여자는 그들의 방갈로에 이르러 문 앞에서 몸에 묻은 모래를 떨어내고 수건을 걸고 있다. 그가 그녀의 배를 쓰다듬는다. 반대 방향으로 헤엄쳐가야 한다는 건 루시도 안다. 남자가 여자를 끌어당기며 다른 손으로 방갈로 문을 연다. 루시는 헤엄쳐 그 자리를 벗어나야 하는데도 그럴 수가 없다.

지금 그녀는 그들의 방갈로 뒤쪽에 떠 있고, 데크 난간 사이로 유리 미닫이문이 보인다. 방안은 어둑하지만 그곳에 있는 두 형체를 알아볼 수 있을 것 같다. 그녀는 선헤엄을 치며 그 자리를 맴돈다. 물살에 계속 떠밀려 이제는 이 방갈로를 지나 다음번 방갈로까지 와 있다. 불과 몇 미터 거리에 그녀의 방갈로가 있고 데크에서 파커가 책을 읽고 있을 것이다. 루시는 물살을 거슬러 반대 방향으로 팔을 젓지만, 유리문에서 눈을 떼지 않은 채 방안의 형체를 분간하려고 애쓴다.

커튼이 열린다. 루시는 문가에 서 있는 금발 여자를 본다. 하얀 맨가슴이 햇볕에 그을린 다른 부분과 확연히 대비된다. 그녀는 잠시 거기 기대서서 루시의 머리 너머 수평선을 바라본다. 루시는 옴짝달싹 못하고 물속에서 깐닥거리며 여자가 자기를 보지 않길 기도한다. 그러면서도 시선은 여자의 하얀 가슴과 나팔 모양의 가는 허리를 떠나지 않는다. 이윽고 갈색 팔이 휙 움직이면서 커튼이 닫히고 루시는 다시 홀로 남는다.

루시는 멍하니 해안까지 파도를 저어가 모래사장에서 몸을 일으킨다. 일광욕을 하는 사람들 사이를 요리조리 빠져나가 그녀의 의자에 털썩 앉는다. 애써 숨을 고른다. 심장이 쿵쾅거린다. 해변은 고요하고 무엇 하나 움직이지 않는다. 야자수가 가볍게 바스락거린다.

이상한, 기대에 찬 전율이 루시의 척추를 타고 찌르르 오르내린다. 그 남녀의 방갈로를 보며 그들이 바로 지금, 한낮에 사랑을 나누는 모습을 생각한다. 딴생각을 해보려고 잡지를 펼치지만 머릿속의 상상을 멈출 길이 없다. 그녀도 누구처럼 사랑을 나누는 행위를 밝히는 사람이고 싶다. 대담하게, 욕망에 솔직히 몸을 던져 지금껏 해본 적 없고 앞으로도 하지 못하게 될 모든 것을 누리는 사람이고 싶다.

오랫동안 루시는 조세핀과의 사이가 멀어진 건 돈 때문이라고 생각했었다—친구가 부자라는 사실을 조세핀이 못 견뎠다고. 하지만 그게 아니었다. 이유가 뭐건 간에 시작은 파커와 결혼한 지 일 년이 지난 어느 날 오후였다. 친정에 와서 시내에 있던 루시는 어릴 때 같이 바나나스플릿을 사먹던 하워드 존슨에서 조세핀을 만났다. 그녀를 기다리는 테이블 옆 판유리 창문에 비가 퍼부었다. 조세핀을 끌어안던 것, 상쾌한 공기와 비 냄새가 나던 것, 조세핀의 생기 있는 얼굴이 기쁨을 주체 못하던 것이 떠오른다.

"전부 말해봐." 조세핀이 운을 뗐다. 그러고는 햄버거를 크게 한입 베어물어 립스틱이 빵에 묻었다. "편지만으론 하나도 모르겠더라."

루시가 웃었다. "어디서부터 말해야 할지 모르겠어."

"아무데나. 네 마음대로. 유럽, 아프리카……" 조세핀은 콜라를 마시며 싱긋 웃었다. "난 우표 수집 시작했어."

루시는 갑자기 수줍어졌다. "음, 여행 태반이 다 출장이라."

"일등석으로 다녀?"

루시는 질문이 불편했다. 너무 노골적이었다. 그녀는 고개만 한 번 까딱했다.

"그게, 우리가 예전에 상상했던 그대로야? 잡지에서 본 것처럼?" 조세핀이 말했다. "무슨 말인지 알지? 『보그』에 나오는 여자가 된 기분이야?"

루시는 우물쭈물하며 자기 몫의 참치샌드위치를 내려다보았다. "무슨 말인지 모르겠는데."

조세핀이 눈을 가늘게 떴다. 그녀는 햄버거를 한입 더 베어물었다. 불편한 침묵이 흘렀다.

"넌 어떻게 지냈는지 얘기해줘." 루시가 말했다.

조세핀은 스포츠용품을 파는 남자와 사귀고 있었다. Y에서 그림 수업도 받고 있었다. 친구가 떠드는 동안 루시는 한결 편안해졌지만 이야기는 금세 끝나버렸다.

"비행기에서 보는 풍경은 어때? 밤에 착륙하면?" 조세핀이 물었다. "난 늘 그 광경을 상상해보거든. 높은 곳에서 내려다보는 도시의 야경은 어떤 모습일까. 예쁘니?"

루시는 파커와 함께 비행기에 탄 자신을, 둘 다 지쳐서 얼른 착륙하기만 기다리던 것을 떠올렸다. "아, 그게……" 그녀는 잠시 말을 멈추고 조세핀이 듣고 싶은 이야기가 무엇인지 헤아리려 했다. 그녀는 제대로 전하고 싶어서, 우쭐거리는 것처럼 보이게 이러쿵저러쿵 늘어놓지 않고 선선히 아름다움을 인정하고 싶어서 애가 탔다. "예뻐." 그녀는 말했다. "하지만 그것도 익숙해져."

아니나다를까, 조세핀은 실망한 표정이었다. "샌드위치 안 먹네." 그녀가 말했다. 그러더니 테이블 위로 몸을 숙여 루시의 손을 잡았다. 힘있고 따뜻한 손이었다. "파커가 잘해주고 있는 거니?"

그녀가 루시의 얼굴을 똑바로 보며 물었다.

루시는 몸을 살짝 뒤로 뺐다. "당연하지." 그녀가 말했다. "왜 그런 걸 물어?"

"네가 좀"—조세핀은 고개를 모로 꼬았다—"모르겠다, 달라 보여. 그냥 궁금했어."

루시는 머뭇거렸다. 문제는 비행기 불빛과 일등석에 대해 이야기하는 게 익숙지 않다는 것이었다. 파커와 함께, 그냥 하면 되었다. 조세핀과 있으니 자신의 다른 면, 잡지를 열심히 들여다보고 다른 사람의 삶을 살면 어떨지 상상하던 시절을 끌어내야 했다. 파커는 현실적인 사람이라 그런 식의 사고를 절대 이해하지 못했다. 그러다보니 루시도 예전 습관을 버리게 되었다.

주문한 애플파이가 나오자 조세핀은 아이스크림을 얹어 한입 가득 넣고 게걸스레 먹었다. 넓은 광대뼈 아래 아래턱이 움직거렸다. "기억나?" 그녀가 천천히 말하기 시작했다. "부자가 되면 어떨까 상상하던 거. 기억해?"

루시는 고개를 끄덕였다. 조세핀의 말투에서 어떤 근본적인 것을 얻어내기 위해 마지막으로 시도하고 있다는 게 느껴졌다. "응……" 그녀는 조심스럽게 말했다.

"내가 묻고 싶은 건 딱 하나야, 실제로 겪어봐도 그래?"

루시는 생각해봤다. 사실이었다. 그런 생각이 들던 때도 있었다. 이런 일이 내게 생기다니. 파커와 여행할 때 가끔, 벽난로가 있고 두꺼운 양탄자가 깔리고 밖에는 넓디넓은 초록색 잔디밭이 펼쳐진 자기 집을 그냥 둘러볼 때도 가끔 그런 느낌이 들긴 했다. 그때마다 누군가에게 말하고 싶은 마음이 간절했다. 그래서 파커를 돌아보면 대개 책을 읽고 있었고, 마침 그 자리에 있는 다른 사람을 돌아봐도 하나같이 대수롭지 않다는 듯 굴었다. 얼마 안 가 그녀의 경이감도 시들해지기 시작했다. 시간이 지나면서 그 느낌은 점점 더 뜸해졌다.

"멋지지." 루시는 신중하게 말했다. "하지만 잡지하곤 달라."

설명이 되지 않았다. 무언가가 둘 사이를 갈라놓았고, 그런 일은 난생처음이었다. 조세핀도 같은 느낌인 듯했다. 그녀는 한숨을 내쉬고 파이를 옆으로 치우더니 담배 한 대를 피워물고 비 내리는 창밖을 바라보았다. "흠." 그녀가 말했다. "그래도 행복할 거 아냐."

둘은 만날 때마다 사이가 멀어졌다. 조세핀도 결혼해 자란 곳과 불과 몇 블록 거리인 작고 허름한 집에 살면서 튼튼한 아이들을 낳았다. 시간이 날 때 그림도 계속 그렸다. 언젠가 본 그녀의 집에서 루시가 유일하게 기억하는 건 한쪽 벽에 걸린 거대한 캔버스로, 사선으로 죽죽 그은 빨간색과 폭풍 같은 회색의 거친 조합이었다. 파커와 함께 유럽의 미술관들에서 봤던 그림들이 떠올랐다.

루시는 조세핀의 부드러운 엉덩이와 허벅지를, 따뜻하고 힘있는 손을 떠올려본다. 섹스를 아주 좋아하겠지, 루시는 생각한다. 어릴 때도 열정이 넘치고 낭만적이었으니까. 자의식이라고 해야 할지, 하여간 루시가 신혼여행지에 가져간 수영복들을 감추게 한 그것이 조세핀에게는 없었다.

루시는 해변의 그 방갈로를 본다. 그 안에서 잠들어 있을 남녀를, 천장에서 빙글빙글 돌아가는 선풍기 아래 햇볕에 그을린 팔다리를 드러낸 채 널브러져 있는 모습을 생각한다. 기진맥진한 그들의 즐거움을 함께 나누기라도 한 듯 몸속에 따스한 기운이 차오른다. 누그러지면서 빛깔이 짙어지는 햇살이 백사장을 황금색으로 살살 물들여가고 있다. 머리 위 야자수들이 비가 내리는 듯한 소리를 낸다. 태양이 잔잔히 물결치는 바다에 어슴푸레한 빛의 리본을 펼친다. 루시는 다정한 눈으로 주변을 둘러보며 온전히 아름다운 이 풍경에 압도된다. 이 아름다움을 조세핀에게 보내는 편지에 쓸 것이다. 이것이야말로 조세핀이 알고 싶어하는 것일 테니까.

모래가 식어가면서 일광욕을 하는 사람들이 기지개를 켜고 물건을 챙기는 시간이 되었다. 루시는 파커가 해변을 따라오길 기다린다. 그를 보니 반갑다.

"행복해?" 미소 짓는 그녀에게 파커가 묻는다. 의자에서 일으켜 달라는 뜻으로 그녀는 양손을 내밀고, 일어나서는 그의 귀에 키스한다. 파커에게서 비누와 애프터셰이브 향이 난다. 그는 머리를 단정하게 빗고 헐렁한 폴리네시아 스타일의 셔츠와 바지를 입고 있다. 어쩐지 쾌활한 모습이다.

"당신이 준비하는 동안 테라스에 올라가서 석양을 봐야겠다 생각했어." 그가 말한다. "기분전환도 할 겸 저기 아래쪽 생선 요리점에 가보면 어떨까? 오늘이 우리의 마지막 밤이니까."

"완벽해!" 루시가 말한다. 그녀는 잡지들을 주섬주섬 챙겨 가방에 넣는다. "전쟁은 어떻게 돼가?"

그가 고개를 젓고 소년처럼 씩 웃는다. "끝내줘." 그는 말한다.

루시는 샤워를 하고 몸에 향기로운 로션을 바른다. 그러고는 옷장을 한참 바라보며 바지 정장을 입을지, 파커가 기념으로 사준 화사한 색의 폴리네시아 드레스를 입을지 고민한다. 드레스를 입고 거울을 본다. 금발 여자가 호텔에 도착했을 때 입고 있던 것과 비슷한 색깔이다. 마음이 바뀔세라 루시는 핸드백을 들고 방갈로를 나서서 한 손에 흰색 샌들을 들고 모래밭을 가로질러 테라스로 간다. 파커는 의자에 기대앉아 있다. 테이블에는 파인애플 조각들을 넣고 앙증맞은 우산을 꽂은 이국적인 칵테일 두 잔이 놓여 있다.

"이야." 폴리네시아 드레스를 입은 루시를 보고 파커가 말한다.

그녀는 눈을 내리깔지만 부끄러워하지 않기로 마음먹는다. 파커는 칵테일을 마시는 내내 그녀에게서 눈을 떼지 않는다. "드레스 정말 멋진데." 그가 말한다.

그들은 칵테일 두 잔을 마시고 식당으로 향한다. 한참 가야 해서 평소 같으면 루시는 택시를 탔으면 했을 것이다. 하지만 오늘밤은 모험을 떠나는 흥겨운 기분으로 구부러지고 꺾이는 길을 따라간다. 바다 바로 위에 여전히 푸크시아 같은 자홍빛이 어른거리고 있다. 하늘에는 이미 별이 자갈밭처럼 깔려 있다. 달은 타히티의 해와 마찬가지로 비정상적이리만치 환하게 빛난다.

초가지붕을 얹은 오두막 식당은 생선 굽는 냄새가 가득하다. 꽃과 덩굴식물이 천장에 매달려 있고 바닥은 따로 깔지 않고 시원한 흰색 모래 그대로다. 그릴 옆에는 반짝이는 해산물이 수북이 쌓여 있다. 입을 뻐끔거리는 파랑비늘돔, 서로 얽혀 있는 바닷가재와 게.

"케냐에서 갔던 곳이 생각나네." 커다란 나무토막을 모래땅에

박아놓은 테이블에 이르자 파커가 말한다.

"훨씬 더 좋은데!" 루시가 말한다. 이 식당은 가슴 두근거리는 이국적인 분위기가 있다. 이것도 조세핀에게 보내는 편지에 쓸 것이다. 그녀는 아래를 보고서야 새삼 폴리네시아 드레스를 입고 있음을 떠올린다. 이곳에 더할 나위 없이 잘 어울린다.

파커가 샴페인을 주문한다. 루시는 자신이 어떤 감정이든 그도 똑같이 느끼고 있다는 걸 안다. 그는 흥분할 때의 얼굴이다. 마치 내부에서 무언가 걷잡을 수 없이 부풀어오르는 것처럼 붓고 숨이 가빠 보인다. 뺨도 상기되어 있다.

"전쟁 생각하고 있어?" 그녀가 묻는다.

그가 고개를 끄덕이고 뺨의 홍조는 더 넓게 퍼진다.

"이야기 좀 해줘." 그녀는 진심으로 궁금해하며 말한다.

"지금 한 가지 주장을 발전시키고 있어." 그가 말한다. "하나의 논점. 다른 사람들의 논점에 반대되는 나만의 논점. 그게 역사지, 많은 논점이 모여 있는 것."

"그들의 논점들을 읽으면서 당신만의 논점을 만들어가고 있는 거고?"

"그렇지. 반대 주장도 세우고."

"알겠어. 그럼 이제 그걸로 뭘 할 거야? 당신의 논점으로."

"입증을 해야지." 파커가 말한다. "연구를 많이 해야 할 거야."

"그럴 시간이 나겠어?"

회사를 운영하려면 장시간 지속적으로 일에 매달려야 한다. 파커는 휴가를 제외하면 여유시간이 거의 없다.

"그게 문제야." 그가 말하고 눈을 돌려 그릴을 향한다. "그게 문제야." 그는 숨죽인 소리로 덧붙인다. "그걸 간과했어."

루시는 고개를 든다. 그가 이런 말을 한 적은 한 번도 없다.

잠시 침묵이 흐른다. 파커는 눈을 내리깔고 손가락에 낀 결혼반지를 테이블에 대고 가볍게 두드린다. 루시는 식당 저쪽으로 시선을 던져 입구에 서 있는 금발 여자와 그 애인을 보고도 놀라지 않는다. 마치 그들을 기다리고 있었던 것 같다. 여자는 머리에 꽂은 자주색 꽃을 매만진다. 그녀도 폴리네시아 드레스를 입고 있다.

"파커." 문득 루시가 말을 꺼낸다. "연구를 포기하는 게 옳은 일일까?"

이것이 암묵적인 규칙을 깨는 질문이라는 것을 그녀도 안다. 파커는 말이 없다. 입을 열어 말하려다가 만다. "모르겠어." 그는 결국 그렇게 말한다.

루시는 새삼스러운 사실을 짚고 싶지만 그를 너무 세게 몰아붙이는 것 같아 두렵다. 그녀는 숨을 죽이다시피 하고 기다린다. 살짝 움찔하기만 해도 후다닥 달아나버릴 다람쥐나 새를 마주한 사람처럼.

"난 역사가 정말 좋았어." 그가 말한다. "짜릿했어."

지배인의 안내를 받아 테이블로 가던 금발 여자는 그릴 앞에 멈춰 서서 생선을 바라본다. 머뭇머뭇 손을 뻗어 비늘을 눌러본다.

"웃기는 게." 파커가 말한다. "어쨌든 내가 한 선택이라는 거야. 정작 난 언제 그랬는지도 모르겠는데. 선택한 후에야 깨달았어, 난 그냥—"

"다르게 생각했다?"

"그래! 바로 그거야!" 그녀가 이해해주자 그는 고무된 듯하다. "정말 그랬어. 난 다르게 생각했거든. 하지만 내가 힘든 건……"

남자와 여자는 테이블에 앉아 손을 잡고 있다. 여자의 금발이 등에 커튼처럼 드리워 있다.

"내가 힘든 건……" 그는 말을 맺지 못하는 것 같다. 한 손을 건성으로 흔들며 의도한 문장을 끌어내려고 애쓴다.

"돈?" 루시가 더없이 다정하게 말한다. "아무튼 돈이 문제라는 거?"

파커는 손을 떨군다. 그들은 말없이 서로를 바라본다.

요리는 훌륭하다. 루시와 파커는 식당에 오래, 다른 커플이 떠나고도 한참을 머문다. 그들은 화이트와인 한 병을 마시며 밖의 야자수를 흔드는 바람 소리에 귀기울인다. 나가기가 겁이 나는 듯. 흰 모래와 무지갯빛 물고기가 있는 은신처를 나서면 주문이 풀리기라도 하는 듯.

결국 그들은 호텔로 돌아간다. 머리 위에 뜬 하얀 달은 깨질 듯 연약하고, 훈훈한 바람이 바다 너머에 은빛을 흩뿌린다. 루시와 파커는 취했다. 그들은 서로에게 몸을 기대고 애들처럼 낄낄대며 구불구불한 길을 따라간다.

방갈로에 도착하자 루시는 뒤쪽 데크로 가 난간 앞에 서서 바다를 바라본다. 안에서 파커가 옷 벗는 소리를 들으면서 오늘밤 사랑을 나누고 싶다는 생각에 몸이 달아오른다. 다른 방갈로들은 불이 꺼져 있다. 바람에 부풀어오른 드레스 자락이 천막처럼 물결친다. 바다에서 눈을 돌리지 않은 채 루시는 드레스를 끌러 바람이 잡아당기도록 내버려둔다. 그녀는 벌거벗고 서서 한쪽 드레스 자락을 잡고 따뜻한 바람에 기꺼이 몸을 내맡긴다.

이듬해 루시와 파커는 산타바바라에 간다. 파커의 고객 미팅을 위해 비행기를 탄 것이지만, 며칠 시간을 내어 쇼핑을 하고 일광욕도 즐길 것이다. 호텔에 짐을 맡기고 긴 선창 끝에 있는 해산물 식당까지 어슬렁어슬렁 걸어간다.

루시는 바다를 마주보고 앉는다. 햇살이 수면에서 반짝거리며 춤추고 그녀는 더듬더듬 선글라스를 찾는다. 음료 주문을 받는 웨이트리스가 어디에도 보이지 않는다. 한 여자가 아이스티 두 잔을 들고 돌아왔을 때, 루시는 힐끗 쳐다보고 자리에서 펄쩍 뛰어오른다. 보라보라에서 본 금발 여자다.

파커는 메뉴판을 살피느라 멀찍이 든 채 돋보기 쓴 눈을 가늘게 뜨고 있다.

"저 여자 봤어?" 웨이트리스가 자리를 뜨자 루시는 그의 소맷부리를 잡아당기며 소리 죽여 말한다.

"누구?"

"웨이트리스!"

파커는 아내를 물끄러미 바라본다.

"기억 안 나? 똑같은 사람이라니까!"

"누구랑 똑같은데?"

"보라보라에서! 우리가 봤던 금발 여자."

"확실해? 그게 언제 적인데."

루시는 실망해서 말없이 의자에 등을 기댄다. 하지만 흥분이 가시지 않아 앉은 채로 몸을 틀어서 웨이트리스를 다시 흘깃 본다. 여자가 주문 노트를 들고 테이블로 돌아오자, 루시는 얼굴을 똑바로 쳐다본다. 의심할 여지 없이 같은 여자다—금발에 길고 흠잡을 데 없는 팔다리.

"주문하시겠어요?" 그녀가 묻는다.

루시는 그제야 여자의 목소리를 처음 듣는다는 걸 깨닫는다.

"크랩 샐러드." 파커가 말한다.

침묵이 흐른다. 웨이트리스도 파커도 루시를 바라보며 기다린다. "사모님은요?" 웨이트리스가 묻는다.

"아, 나는……" 루시는 더듬거리며 메뉴판으로 시선을 떨어뜨린다. "같은 거요. 크랩 샐러드."

루시는 앉아서 바다를 바라본다. 보라보라를 떠올리려고 애쓴다. 그들의 모든 휴가 여행과 마찬가지로 그 기억도 희미하고 다른 호텔, 다른 바닷가와 뒤섞여 흐릿하다.

"파커?"

"음?" 그는 산타바버라의 고객들에게서 전달받은 몇 가지 수치 정보를 검토하고 있다.

"크림전쟁은 어떻게 됐어?"

그가 어리둥절한 얼굴로 그녀를 본다.

"보라보라에서. 당신 잔뜩 들떠 있었는데…… 연구를 하고 싶어했지, 기억나?"

"어렴풋이."

그가 방해받고 싶어하지 않는다는 것을 알면서도 그녀는 굽히지 않는다. "그 생각은 어떻게 됐어?"

파커는 어깨를 으쓱하고 얼굴을 찌푸린다. "시간이 없잖아." 그가 말한다. "돈을 벌어야 하니까."

웨이트리스가 샐러드를 가지고 돌아온다. 샐러드에 드레싱을 붓는 모습을 보며 루시는 일 년 전 해변에서 봤던 같은 여자를 떠올려본다. 하지만 기억 속 여자는 이미 희미해져가고 있다. 아니, 루시는 접시를 내려다보며 생각한다. 아냐, 같은 여자일 리 없어.

웨이트리스가 자리를 뜨자 루시는 파커를 본다. 그는 퀼트 테이블 매트에 대고 손가락을 두드리면서 만灣을 응시하고 있다. 루시는 그의 배에서 나는 꼬르륵 소리를 듣는다. 그녀는 자신의 남편인 이 남자를, 털이 숭숭 난 갈색 팔을, 엷은 색의 소심한 눈동자를 유심히 바라본다. 그에게 말을 걸고 싶은 충동이 일지만, 마땅한 화젯거리가 도무지 생각나지 않는다. 전망에 대해 한마디? 메뉴? 오늘밤? 그들의 대화는 고갈되어버렸다.

대신 루시는 조세핀을 생각한다. 오랜만에 옛친구를 추억하는데도 문득, 지금, 그 모습을 똑똑히 떠올릴 수 있다. 파커의 자리에 앉아 상체를 앞으로 내밀고 한 손으로 턱을 괸 조세핀의 모습이 눈에 선하다. 경청하는 자세다.

"잠깐, 잠깐만, 다시 말해봐." 친구가 다그치는 말이 귓가에 들린다. "그러니까 선창에서 점심을 먹는데—그 장면 좀 자세히 말해봐. 밖에 해가 떴어?"

해가 낮게 떠 있어, 루시는 생각한다. 바다 위에 떠서 물비늘을 일으키지. 날개 끝이 잿빛이고 빨간 점박이 부리를 가진 갈매기들이 있어. 바다는 펄럭이는 실크처럼 일렁이고.

조세핀이 웃는다. 감탄해서 낄낄 웃고 부럽고 즐거워서 휘파람을 분다.

"알겠어." 그녀가 말한다. "눈에 보이는 것처럼 잘 알겠어."

한순간 세계가 불타오른다. 그들 주위의 세계가 엄청난 광휘를 발하며 빛난다. 그 안의 사소한 것 하나하나가 다 옳다.

"네가 어디 있는지 보라고." 조세핀이 말한다. "봐! 넌 완벽한 곳에 있어."

가슴 벅찬 그 순간은 루시도 그 말을 믿는다.

달의 자매

사일러스는 머리가 깨졌다. 어젯밤 기어리 스트리트와 파워 스트리트가 만나는 곳에 있는 리미티드 밖에서 일이 있었다. 우리 중 누구도 보지 못했다. 사일러스는 한 여자를 둘러싸고 싸움이 났는데 자기가 이겼다고 말한다. "온통 피떡이 된 주제에, 이 친구야." 아이리시가 웃으면서 억양에 실려 단어들이 술술 굴러나오듯 말한다. 사일러스는 상대 남자를 보면 그런 소리를 못할 거라고 말한다.

그가 머리에 감은 붕대를 매만져 바로 하고 야자수를 올려다본다. 유니언스퀘어 위에서 야자수는 비가 오는 것처럼 바스락거리는 소리를 낸다. 사일러스는 사람을 번쩍 들어 짐짝처럼 너끈히 옮기는 고등학교 남학생들처럼 체격이 건장하다. 하지만 얼굴에는 나이가 드러난다. 그는 낡아빠진 군용 재킷을 입고 있으며 주머니는 항상 뭔가가 들어서 불룩하다. 한번은 은으로 된 골무를 꺼내 아무 말도 없이 내 손에 쥐여주었다. 진짜 은일 리 없지만 지금껏 간직하고 있다.

나는 사일러스가 베트남에 참전했다고 생각한다. 그가 이렇게 말한 적도 있었다. "지금이 1974년이고 내가 아직 살아 있다니." 그때 그는 믿을 수 없다는 표정을 짓고 있었다.

"그럼 그놈은 어디 있어?" 아이리시가 한껏 익살을 떨며 묻는다. "얼굴 반쪽이 날아간 녀석은 어디 있을까?"

에인절과 리즈가 웃기 시작하는데 나는 영문을 모르겠다. "당신이 싸워서 지킨 여자는 어디 있어?" 나는 그렇게 묻고 싶다.

사일러스는 어깨를 으쓱하고 씩 웃는다. "겁줘서 쫓아버렸지."

샌프란시스코는 우리 것이다. 그 위에 우리 이름을 백 번도 넘게 서명했다. 달의 자매라고. 스톡턴 터널 속 반들거리는 타일에, 엠바카데로* 근처 휑한 잔교 위 소금 덩어리처럼 생긴 건물들 곳곳에. 은색에 다른 색을 더해서, 보통은 파란색이나 빨간색으로. 실제로 그림을 그리는 건 에인절과 리즈고, 나는 망을 본다. 그들이 스프레이 캔에 든 페인트를 뿌리는 동안, 나는 겁이 나 죽을 지경이다. 불안을 가라앉히려고 혼잣말을 한다. 경찰이 오거나 누가 차를 세우고 고함치면 그냥 에인절과 리즈를 두고 가버리는 거야. 살면서 한 번도 본 적 없는 애들인 것처럼. 이윽고, 페인트가 채 마르기도 전에 우리가 돌아서서 토낄 때면 몹시 부끄러워지며 이런 생각이 든다. 쟤들이 알면 어쩌지? 나를 따돌릴지도 몰라. 그건 붙잡

* 샌프란시스코 북동부의 선창.

히는 것보다 더 나빠—아니 감옥에 가는 것보다 더 나빠. 온 우주에 나 혼자만 남을 거야.

대부분의 사람들은 유니언스퀘어를 가로질러 제 갈 곳으로 간다. 비서들, 사업가들. 우리는 그곳을 공원이라 부른다. 하지만 사일러스와 아이리시를 비롯한 나머지는 항상 이곳에 있다. 다른 곳을 떠돌다가도 다시 돌아온다. 유니언스퀘어는 그들의 사유지다.

광장을 신처럼 지켜보는 건물은 세인트프랜시스호텔이다. 유리 엘리베이터 다섯 대가 번지르르한 건물 전면부를 미끄러지듯 오르내린다. 에인절과 리즈와 나는 약에 취해 몽롱해서는 몇 시간이고 벤치에 앉아 고개를 뒤로 젖힌 채 엘리베이터가 모두 꼭대기층에 서기를 기다린다. 아래로, 위로, 아래로—새벽 다섯시에도 엘리베이터는 움직인다. 세인트프랜시스호텔은 결코 잠들지 않는다.

에인절과 리즈는 자기들이 유명해질 거라 생각하고 나도 그렇게 믿는다. 에인절은 이제 막 열다섯 살이 되었고, 나는 그녀보다 고작 다섯 달 늦고, 리즈는 나보다 어리다. 하지만 우리 중에서 내가 제일 아기다. 유니언스퀘어에서 대마초를 피우면서 아직도 누가 볼까봐 전전긍긍한다.

우리는 일주일째 LSD 먹는 이야기를 하고 있고, 나는 이 핑계저 핑계 대고 계속 미룬다. 오늘은 결단을 내려 우리는 코를 훌쩍이는 검고 불안한 눈동자의 소년에게서 약을 산다. 길 건너편에 아이 매그닌이 있는데, 어쩐지 그 회전문으로 새엄마가 포장상자를 겨드랑이에 잔뜩 끼고 나올 것 같은 지긋지긋한 예감이 든다. 삭스의 신발 코너 단골인 그녀는 오후시간에 이리저리 돌아다니면서 앞다퉈 뽐내고 있는 신상품 구경을 즐긴다.*

에인절은 야자수에 기대어 남부 사투리로 LSD의 순도가 높은지, 뿅가려면 얼마나 먹어야 하고 그 상태는 얼마나 오래가는지 묻는다. 그녀는 셔츠 아랫자락을 묶어서 깡마른 배를 드러내고 있다. 에인절은 일 년 전 어머니의 재즈밴드를 따라 루이지애나에서 왔다. 나는 그녀를 숭배한다. 그녀는 원하면 어디든 가고 세상이 자기 중심으로 형성되는 사람이다.

"뭐 보고 있어?" 리즈가 내게 묻는다. 그녀는 짧고 까만 곱슬머리에 눈매가 길고 눈동자는 파란색이다.

"아무것도 안 보는데."

"아니, 보고 있잖아." 그녀가 말한다. "항상 그래. 모든 걸 지켜보기만 한다고."

"그래서?"

"그래서, 언제쯤 제대로 한번 저지를 거야?" 그녀는 농담하는 투로 말한다.

뱃속이 뒤틀리는 것 같다. "몰라." 나는 말한다. 그리고 에인절을 흘끗 보지만 그녀는 마약상과 얘기하는 중이다. 적어도 그녀는 우리 대화를 듣지 못했다.

리즈와 나는 아이 매그닌을 본다. 새엄마처럼 리즈의 어머니 역시 금방이라도 그곳에서 나올 수 있지만 리즈는 개의치 않는다. 그

---

* 아이 매그닌과 삭스는 미국의 고급 백화점이다.

런 일이 일어나길 기다리고 있다는 느낌이 든다. 자기가 어디까지 갈 수 있는지 에인절에게 보여줄 기회.

우리는 파월 스트리트에서 구걸하는 아이리시를 발견한다. "갖고 계신 백만 달러 중에 한푼이라도 나눠주십쇼." 그는 두 팔을 활짝 벌리고 세상에 청한다. 아이리시는 얼굴이 크고 희며 머리칼은 구불거리고 눈은 보라색에 가깝다—거짓말이 아니다. 그에게서 듣자 하니 천 달러짜리 지폐를 받은 적도 있었다—아랍 남자가 선뜻 건네더란다. 우리와 알고 지내기 전 일이었다.

"나의 소녀들아." 그가 외치며 그 우람한 팔로 우리를, 우리 셋을 한꺼번에 안는다. 그리고 에인절의 머리칼에 코를 묻고 숨을 들이마신다. 짙은 갈색 머리칼이 얼굴 양옆에서 날개처럼 찰랑거린다. 에인절은 아직 처녀다. 그래서 아름다운 것 같다. 여태 깨지지 않았다는 사실이 믿기지 않는 귀한 유리그릇처럼. 한번은 유니언 스퀘어에서 오스트레일리아 남자가 그녀의 머리칼을 낚아채 뒤로, 뒤로 잡아당기는 바람에 목 힘줄이 불거졌다. 처음에는 에인절도 웃고 그 남자도 웃었지만, 그가 몸을 숙여 키스하자 아이리시가 고함을 지르며 때려눕혔다. "야, 이 개새끼야, 아직 어린애인 거 안 보여?"

"오늘은 어떤 근사한 선물을 가져왔을까?" 지금 아이리시는 그렇게 묻는다.

에인절이 가방을 열어 LSD를 보여준다. 나는 경찰이 있나 두리번거리다 리즈가 웃겨죽겠다는 표정으로 나를 지켜보고 있는 것을 알아차린다.

"언제 먹지?" 아이리시는 그렇게 묻는 와중에도 녹색 우비를 입은 여자에게 챙 달린 모자를 내민다. 여자는 그래봤자 소용없다는 듯 고개를 가로젓지만 이내 25센트 동전을 떨어뜨린다. 아이리시는 어떤 삶이든 잘 살 사람 같다—지금은 그냥 이 인생을 골랐을 뿐.

"아직 안 돼." 에인절이 말한다. "너무 환해."

"오늘밤." 내가 오지 않을 줄 알고 리즈가 말한다.

에인절이 얼굴을 찌푸린다. "톨리는 어쩌고?"

나는 눈을 내리깔지만, 나를 잊지 않고 챙겨줘서 놀랍고 기쁘다.

"내일?" 에인절이 내게 묻는다.

나는 잠시 뜸을 들이며 모두가 내 대답을 기다리는 이 느낌을 간직하지 않을 수 없다. 그러다 누가 〈Gimme Shelter〉*를 부르는 바람에 주의가 흐트러진다. 그냥 말해버리지 않은 게 후회된다.

"내일 좋아."

알고 보니 노래를 부른 건 플리스라는 남자로, 나는 모르는 사람이다. 그러니까, 그를 본 적은 있다. 공원에서 노닥거리는 아이리시와 사일러스와 그 패거리 중 하나니까. 에인절 말로 이 남자들은 삼십대지만, 외모는 더 늙어 보이고 적어도 우리 주변에선 더 어리게 군다. 여자들도 있는데, 충혈된 눈에 화장이 짙고 대개 야단스럽고 즐거운 편이지만 신경써서 차려입을 때조차 스타킹은 구

* 1969년 롤링 스톤스가 발표한 곡.

멍나거나 하다못해 올이 나가 있다. 여자들은 우리를 좋아하지 않는다—특히 에인절을 싫어한다.

에인절이 조인트*에 불을 붙이면서 LSD가 든 가방을 내게 건넨다. 공원 건너편에 지나가는 경찰 세 명이 보인다—부츠의 끽끽 소리가 들리는 것만 같아서 손으로 가방을 가린다. 다른 벤치에 있는 사일러스가 보인다. 붕대가 벌써 꼬질꼬질하다.

"톨리가 겁내네." 리즈가 말한다. 나를 지켜보는 그녀는 눈에 어린 웃음이 금방이라도 튀어나올 것 같은 표정이다.

다른 사람들까지 나를 보자 심장이 두방망이질한다. "아니야."

에인절의 눈에 냉기가 번득이는 것을 나는 놓치지 않는다. 그녀는 겁먹은 사람을 보면 잊고 싶은 기억이라도 떠오르는지 무뚝뚝해진다. "뭣 때문에 겁이 나?" 그녀가 말한다.

"겁 안 난다고."

광장 건너편에서 사일러스가 눈을 덮은 붕대를 바로 한다. 그가 지키기 위해 싸운 여자는 어디 있지? 나는 그게 궁금하다. 왜 지금 그 여자는 옆에 없지?

"모르겠다." 리즈가 말한다. "뭐가 겁나는데, 톨리?"

나는 리즈를 똑바로 본다. 그녀의 눈은 도전적인 빛으로 반짝이지만 그게 다는 아니다. 그녀도 겁이 나는 것이다. 그녀는 나를 싫어하는 것 같다. 우리는 친구지만, 그녀는 나를 싫어한다.

아이리시가 요란뻑적지근하게 조인트를 피운다. 마치 그것이

---

* 마리화나 담배.

지구상에 남은 마지막 산소와 그를 연결시켜주는 튜브라도 되는 것 같다. 그가 숨을 내뱉자 얼굴이 허옇게 질린다. "재가 뭘 겁내냐고?" 그가 말하고는 희미하게 웃는다. "세상이 지랄 맞게 무서운 곳이잖아."

그날 밤 집에서 나는 아무것도 먹지 못한다. 나는 열네 살이지만 꼬마 여자애처럼 깡말랐다. 에인절은 먹는 것을 좋아하고, 그래야 몸매라 할 만한 굴곡이 생긴다는 걸 알지만 내 몸은 너무 왜소하게 느껴진다. 살집이 생길 여지가 없다.

"오늘 학교는 어땠니?" 새엄마가 묻는다.

"좋았어요."

"학교 끝나고 어디 갔었니?"

"에인절이랑 개 패거리들하고 있었어요. 그냥 여기저기 돌아다니고." 누구도 내 남부 억양을 의식하지 못하는 것 같다.

아버지가 고개를 든다. "여기저기 돌아다니면서 뭘 했는데?"

"숙제요."

"생물을 같이 수강하거든." 새엄마가 설명한다.

식탁 맞은편에서 쌍둥이가 찡얼거리기 시작한다. 아기들의 머리 위로 몸을 숙이는 아버지의 표정이 부드러워진다—수염이 났어도 내 눈에는 보인다. 쌍둥이는 세 살이고 밝은 빨간 머리다. 내일은 나도 에인절처럼 셔츠 자락을 묶어야지 생각한다. 그런데 배가 허여면 어떡하지?

"내일 자고 올게요." 나는 말한다. "에인절 집에서."

아버지가 아기들 입에 묻은 사과소스를 닦아준다. 안 된다는 뜻인지 그냥 딴 데 정신이 팔린 건지 모르겠다. "내일은 토요일이니까." 나는 혹시 몰라 덧붙인다.

우리는 온종일 에인절 집에서 준비한다. 밴드에서 바이올린을 연주하는 에인절의 엄마는 멕시코에 가서 한 달 뒤에나 온다. 양초, 브로드웨이 거리의 '미스틱 아이'*에서 산 향 가루, 안료 세트, 크림색 종이, 오디오 옆에 쌓인 핑크 플로이드의 레코드들, 데이비드 보위, 토드 런드그런, 그리고 물론 빼놓을 수 없는 〈Help Me〉—조니 미첼의 이 최신 히트곡을 우리는 신처럼 떠받든다.

에인절은 유니언스퀘어에서 여섯 블록 떨어진 마켓 스트리트 남쪽의 큰 아파트에 사는데, 벽이 거의 없이 실내가 트여 있고 침대 위 천장에는 포일 피라미드가 매달려 있다. 우리는 수시로 광장에 아이리시가 있는지 확인하지만, 그는 온데간데없다.

해가 저물자 우리는 그를 빼놓고 먼저 시작한다. 양초에 불을 붙여 창턱에 놓고 진공청소기로 흰색 러그의 먼지를 빨아들인다. 칼로 알약을 잘라 각자 3분의 1씩 똑같은 양을 먹기로 한다. 나는 겁이 난다. 이렇게 조그만 것이 효과는 그렇게 크다니 잘못된 것 같다. 하지만 뭐 하나라도 트집을 잡으려고 노리는 리즈의 시선을 느끼고 말없이 삼킨다.

그리고 우리는 기다린다. 에인절은 요가를 한다. 등을 활처럼

* 브로드웨이 거리에 있는 오컬트 상점.

휘고 양팔을 구부려 손바닥을 바닥에 댄다. 그렇게 몸이 유연한 사람은 처음 본다. 머리칼이 검은 폭포처럼 흘러내려 러그를 물들일 것만 같다. 리즈는 그런 그녀를 줄곧 응시한다.

LSD의 효과가 나타나기 시작하자 우리는 다 함께 에인절 엄마의 거대한 4주식 침대에 눕는다. 에인절이 가운데다. 그녀가 우리 손을 잡는다. 잠깐만 볕에 있어도 금세 타는 피부 위로 아름다운 혈관이 구불거린다. 그녀의 몸속을 흐르는 피가 느껴진다. 우리는 얼굴 위로 손을 들어 흔들며 그 움직임을 눈으로 좇는다. 옆에 있는 에인절의 온기를 느끼며 생각한다. 앞으로 누군가를 이토록 사랑하는 일은 결코 없을 거라고, 그녀가 없으면 나도 사라져버릴 거라고.

밤의 도시는 빛과 물과 모래 더미 같은 구릉으로 가득하다. 우리는 거기에 오르느라 끙끙댄다. 빈 케이블카가 기우뚱대며 지나간다. 하늘은 깨알 같은 구멍이 뚫린 검은 종잇장이다. 차이나타운의 보도에는 짠내와 고기 냄새가 배어 있다. 새벽 세시. 비행기들이 이상한 물고기처럼 머리 위를 떠다닌다.

마켓 스트리트, 연석마다 김이 뿜어져나오는 웅덩이. 샛길을 찾아 내려가는 우리의 광기에 찬 눈은 차도와 보도를 뒤덮은 깨진 유릿조각들로 다이아몬드를 만들어낸다. 우리는 아무것도 거칠 게 없다. 우리는 주황색 가로등 불빛 아래 미끄러지듯 걷는다. 아버지, 쌍둥이—에인절과 리즈와 나를 뺀 세상 모든 것이 희미하게 사라져버린다. 몇 년 전 친어머니가 나를 침대에 눕히고 이불을 단단히 여며주던 밤이 그랬듯이.

브로드웨이 터널에서 나는 스프레이 캔을 움켜쥔다. "내가 할게." 나는 숨을 헐떡이며 외친다. 에인절과 리즈는 약에 취한 나머지 아무래도 좋다는 식이다. 페인트는 녹색과 은색이 있다. 나는 한 손에 캔을 하나씩 쥐고 흔들어 터무니없이 크고 둥글둥글한 글자들을 그린다. 글자들이 금방이라도 나를 집어삼키려는 아가리처럼 보인다. 페인트 가스를 들이마시니 꿀맛이 느껴진다. 분사된 미세 페인트 방울들이 내 얼굴과 속눈썹에 떨어져 들러붙는다. 차들이 쌩쌩 지나가지만, 오늘밤은 아무래도 좋다—상관 안 해. 한참 페인트를 분사하다 돌아보며 "이거야! 이거라니까!" 하고 외치는 내게 에인절과 리즈가 이미 알고 있었다는 듯 격하게 고개를 끄덕여주자 그만 울음이 터지고 만다. 브로드웨이 터널에서 우리는 서로 얼싸안는다. "이거야." 나는 흐느껴 울며 에인절과 리즈에게, 그들의 따뜻한 어깨에 매달린다. 그들도 우는 소리를 들으며 생각한다. 앞으로도 늘 이럴 거야. 이제부터, 무엇도 우리를 갈라놓지 못할 거야.

그때껏 페인트 캔을 들고 있는 것을 깨닫고 작업을 마무리하기까지 몇 시간은 걸린 것 같다. 달의 자매.

그 글자들이 환히 타오른다.

우리는 유니언스퀘어로 간다. 하, 이것 봐라. 아이리시가 있다. 술꾼 커플, 그리고 내가 알기로 몸을 파는 여자인 패멀라에게 한창 재미난 이야기를 들려주는 참이다. 오늘밤 아이리시는 달라 보인다—몸집이 커졌다. 풍성하고 허세 가득한 소매가 바람에 돛처럼 펄럭인다. 위엄이 있다. 액체처럼 흐르는 조명 불빛에 눈을 깜박이며 다가가면서 우리는 그의 위대함에 압도되어 감탄을 금치 못한다. 아이리시, 그는 위대한 사람이다. 그와 아는 사이라니 우리는 행운이다.

아이리시가 에인절을 번쩍 들어올려 품에 안는다. "내 사랑." 그가 말한다. "밤새 기다렸어." 그러고는 입술에 열렬히 키스한다—깊고 긴 입맞춤에 에인절은 저항하는 듯하지만, 늘 그렇듯 이내 몸의 긴장을 푼다. 나는 심장에 유릿조각이 박히는 듯 예리하고 미약한 통증을 느낀다. 그래도 놀라지 않는다. 언제든 일어날 일이었어, 나는 생각한다. 우리는 늘 기다리고 있었다.

에인절과 아이리시는 몸을 떼고 서로를 바라본다. 리즈는 그들 주위를 맴돈다. 패멀라는 일어나서 어둠 속으로 사라진다. 나는 술꾼 커플과 함께 벤치에 앉아 세인트프랜시스호텔을 응시한다.

"뽕갔네." 아이리시가 에인절에게 말했다. "완전히 맛이 갔어."

"넌 어때? 동공이 다 열렸네." 그녀가 말한다.

아이리시가 웃음을 터뜨린다. 온 세상을 다 삼키고도 남을 만큼 입을 쩍 벌려 웃고 또 웃는다. 아이리시는 노숙자이긴 해도 치아는 하얗다. "천국에서 만나자." 그가 말한다.

세인트프랜시스호텔 위로 유리 엘리베이터가 미끄러지듯 움직인다. 두 대가 꼭대기에 이르고, 다른 두 대가 천천히 올라가 합류한다. 그 엘리베이터들이, 모두 네 대가 꼭대기에 머물러 있는 가운데 다섯번째가 올라가자 나는 숨을 죽인다. 다섯번째가 합류할 때까지 다른 네 대는 움직이지 않을 것이다. 나는 미동도 하지 않고 눈으로만 마지막 엘리베이터를 꼭대기까지 밀어올린다. 그리고자, 엘리베이터들이 완벽하게 일렬로 늘어선다. 다섯 대 모두.

나는 에인절과 리즈에게 보여주려고 고개를 돌리지만 그들은 사라지고 없다. 아이리시와 함께 저만치 걸어가는 모습이 보인다. 에인절이 가운데 있고, 리즈는 밤이 그들을 떼어놓을까봐 두려운 듯 그녀의 팔을 꼭 잡고 있다. 나를 뒤돌아보는 건 리즈다. 눈이 마주치고, 그녀가 큰 소리로 말하기라도 하는 것처럼 나는 완벽하게 알아듣는다. 지금, 얼른 움직이면 그녀의 승리를 막을 수 있다. 하지만 생각만으로도 진이 빠진다. 나는 움직이지 않는다. 리즈는 등을 돌린다. 그녀의 발걸음이 통통 튀는 것 같지만, 나는 그 자리에 가만히 서 있다.

그들은 어둠 속에서 유령으로 변해 사라져버린다. 이가 딱딱 맞부딪치기 시작한다. 끝났어. 에인절은 가버렸어. 그렇게 생각하자 울음이 터진다. 아무렇지도 않게 걸어가버렸어.

그 순간 무언가 돌진하는 소리가 들린다. 시간이 흘러가는 듯한 소리, 일 년 이 년, 그렇게 몇 년이 질주해 지나가더니, 한순간 나는 나이를 먹고 어른이 되어 유니언스퀘어에서 놀던 소녀 시절을 돌이켜보고 있다. 그리고 깨닫는다. 에인절이 나를 두 번 다시 생각하지 않는다 해도, 때가 되면 나는 자리에서 일어나 버스를 타고 집에 갈 거라고.

술꾼 커플은 어느새 잠들어버렸다. 미키마우스 손목시계를 보니 새벽 다섯시다. 광장을 가로지르는 사람이 보인다—사일러스,

여전히 머리에 지저분한 붕대를 감고 있다. 나는 큰 소리로 그를 부른다.

그는 걸으면 아픈 사람처럼 천천히 이쪽으로 온다. 내 옆에 앉는다. 우리는 한참을 그냥 앉아 아무 말도 하지 않는다. 마침내 내가 묻는다. "정말 여자 때문에 싸웠어요?"

사일러스는 고개를 젓는다. "그냥 싸움이야." 그가 말한다. "세상에 쌔고 쌘 어리석은 싸움 중 하나."

나는 두 다리를 쭉 펴고 운동화 신은 발을 앞으로 모은다. 얼룩덜룩해도 아직 하얗다. "배고파." 나는 말한다.

"나도." 사일러스가 말한다. "그런데 문 연 데가 하나도 없어." 이윽고 그가 말한다. "나 여길 떠나."

"어디 가게요?"

"사우스캐롤라이나. 형이 거기서 가게를 해. 오늘 형한테 전화했어."

"왜요?"

"볼장 다 봤어." 그가 말한다. "더는 해먹을 게 없어."

무슨 말을 하긴 해야겠는데 아무것도 떠오르지 않는다. "좋은 사람이에요?" 나는 묻는다. "형 말이에요."

사일러스가 씩 웃는다. 그러자 젊은 얼굴이 보인다. 장난꾸러기 남자아이 같다. "세상에 그렇게 비열한 새끼도 흔치 않을걸."

"아이리시는 어쩌고요?" 나는 묻는다. "아이리시랑 다른 친구들이 보고 싶지 않겠어요?"

"아이리시는 죽은 놈이고."

나는 사일러스를 빤히 본다.

"장담하는데." 그가 말한다. "이십 년 후면 아무도 그 자식을 기억 못할 거야."

이십 년. 이십 년이면 나는 서른넷이고, 새엄마 나이가 된다. 1994년이다. 문득 이런 생각이 든다. 사일러스 말이 맞아—아이리시는 죽었어. 에인절도 죽었어. 어쩌면 리즈도. 지금 이 순간이 그들의 완벽한, 유일한 시간이다. 시간이 그들을 쓸어가버릴 것이다. 하지만 사일러스는 언제나 그 너머에 있었다.

나는 호주머니에 손을 넣고 골무를 찾아 꺼내든다. "나한테 이걸 줬죠." 그에게 말한다.

사일러스는 처음 보는 물건인 양 골무를 바라본다. 그러다 말한다. "진짜 은이야."

어쩌면 도로 가져가 팔고 싶을지도 모른다. 사우스캐롤라이나로 가는 여비를 마련하기 위해서. 그가 원한다면 가져가도록 골무를 손바닥에 올려놓고 기다린다. 하지만 그는 가져가지 않는다. 우리 둘 다 골무를 바라본다. "고마워요." 나는 말한다.

우리는 벤치에 등을 기대고 앉는다. 약발이 떨어지고 있다. 가슴속에 깃털이 있는 것 같다. 마치 잠에서 깬 새의 날개가 갈비뼈를 스치는 것 같다. 엘리베이터들이 무슨 신호처럼 오르내리고 있다.

"늘 보는구나." 사일러스가 나를 바라보며 말한다. "너의 커다란 눈, 쉴새없이 움직이는 눈."

나는 고개를 끄덕이며 수줍어한다. "하지만 아무것도 안 하는걸요." 나는 말한다. 그러다 갑자기 깨닫는다. 에인절이 왜 나를 두고 가버렸는지를.

사일러스가 얼굴을 찌푸린다. "아무것도 안 하긴. 관찰을 하잖아." 그가 말한다. "그게 널 구원해줄 거야."

나는 어깨를 으쓱한다. 하지만 앉아 있는 시간이 길어질수록 점점 더 그의 말이 맞는다는 깨달음이 든다—나는 관찰한다. 나는 사일러스와 같은 부류다. 이십 년 후에도 살아 있을 것이다.

한쪽 하늘이 밝아온다. 누가 뚜껑을 들어올리는 것 같다. 나는 그 광경을 응시하며 날이 환해지는 것을 보려고 하지만, 그러지 못한다. 순식간에 하늘이 훤하다.

"1994년에는 사람들이 어떤 모습일지 궁금해요." 나는 말한다.

사일러스가 생각해본다. "이십 년? 아마 우리 같을걸."

"사일러스와 나요?" 나는 실망한다.

"아, 그럼." 사일러스가 쓴웃음을 지으며 말한다. "그들이 여기 처음으로 왔더라면 좋았을 텐데."

나는 그의 손목에 묶인 파란색 반다나, 찢어진 청바지, 한쪽 주머니에 그레이트풀 데드*의 해골 로고가 그려진 군용 재킷을 본다. 내가 서른네 살이 되면, 오늘밤도 백만 년 전의 기억이 될 것이다. 세인트프랜시스호텔과 빗소리를 내는 야자수, 머리에 붕대를 감은 사일러스와 함께—그러자 지금 이 순간의 모든 것이 얼마나 소중한지 알겠다. 언젠가는 이곳에 있었던 것이 얼마나 행운이었는지도 깨달으리라.

* 미국의 전설적인 록밴드.

"아이리시를 기억할 거예요." 나는 큰 소리로 말한다. "모두를 기억할 거예요. 이십 년 후에도."

사일러스는 나를 신기한 듯 바라본다. 그러다가 내 얼굴에 손을 가져다대고 왼쪽 광대뼈를 따라 귀까지 훑는다. 그의 손가락은 따스하고 거칠다. 그리고 내 생각에 그의 손에 닿는 내 피부는 부드러울 것이다. 그는 손끝에 묻은 페인트를 살펴보다가 미소 짓는다. 그리고 내게 보여준다. "은색이야." 그가 말한다.

삶이 얄팍해질 때, 그들은 여행을 떠난다

김수영이 '작은 일에만 분개'하는 자기에게 한없는 울화를 느꼈을 때, 그는 일상 안에 있지 않았다. 막 고궁을 벗어난 터였다. 고궁은, 그를 익숙한 껍데기에서 벗겨냈다. 고궁에 들어갔다 와서야 깨달음이 일상을 비집고 나왔고, 비로소 그는 자기 자신과 만났다. 고궁행은 그의 여행이었다. 그냥 자기도 아닌, 얄디얄은 자기와 외길에서 맞닥뜨리는 여행. 참담하지만 거치지 않고선 이른바 성찰을 얻을 수 없는 과정, 그래서 특별히 여정이라 불리는 것.

그들이 여행을 떠났을 때도 그런 기대가 있었으리라. 도로시가 예기치 않은 사고로 오즈에 불시착한 것과 달리, 그들은 막연하지만 절실한 목적성을 가지고 여행을 떠났다. 그들이 어떤 소망도 이루어진다는 머나먼 '에메랄드 시티'까지 간 것은, 다만 물리적인 귀향을 바랐던 도로시와 달리, 변화를, 내처 구원을 기대해서였던 것 같다. 그러나 사소한 절차와 계획마저 예상을 벗어나고 우연과 사고만 이어지면서 정작 그들이 마주하는 건 만나기를 미루던 비루한 자신, 여행이 아니었다면 자동으로 복기될 일 없을 아픈 과거의 단면이다.

「왜 중국이에요?」의 '나'가 가족을 이끌고 중국 시안으로 여행을 떠난 건 자리 지키기가 위태로워진 회사가 잠잠해질 때까지 머리나 식히자는 생각에서였다. 하지만 그가 떠나온 보다 내밀한 이유는 삶의 터전 또는 홈그라운드(샌프란시스코)에서 패배한 자신과 마주할 각오가 서지 않아서일 것이다. 성공한 예술가 아내 덕에 중산층 보헤미안으로 삶의 질이 상승한 후 한 계단도 내려설 수 없다는 위기감에 떠밀리던 와중에 투자 사기를 당하며 균형을 잃은 그는 윤리적인 타락(횡령)도 개의치 않게 되었다. 하필이면 그의 전락에 일조한 최초의 동인(그를 등쳐먹은 사기꾼)과 우연히 마주치면서 여행지는 가혹한 시험장이 된다. 철천지원수 같은 그가 나와 내 가족의 친절한 가이드를 자처하고, 나를 아버지로 인정하지 않던 딸들이 금세 그 자식을 따르는 모습을 보게 되면서, 그의 길은 애초 희미했던 이정표마저 잃는다.

「성심학교」의 '나'는 다니는 가톨릭 학교에도, 인정할 수 없는 존재(새아빠)가 끼어든 가족 관계에도 마음을 붙이지 못한다. 대신 예수에 탐닉한다. 아이돌처럼 예수를 사랑한다. 예수의 수난 이미지, 대속代贖의 스토리를 동경하며 탈출을 꿈꾼다. 때마침 같은 반의 전학생이 계시처럼 다가오면서 권태로웠던 일상이 모험 가득한 여행처럼 달라지기 시작한다. 그녀의 어두운 인상, 특이한 옷차림, 신성모독적인 장난, 공공장소에서의 버젓한 자해에 매혹된다. 그것이 가난과 반항기가 빚어낸 신기루임을 나는 알지 못한다. 내게는 그저 새 예수가 재림한 것이다. 하지만 현실의 그 예수는 어느 날 홀연히 사라진다. 진정한 모험을 찾아 여행을 떠난 것이다. 나만 빼고. 나는 그녀를 흉내내 손목에 칼을 댄다. 못마땅한 현실이 채운 보이지 않는 수갑을 끊으려는 듯. 그리고 뜻밖의 대상이 손을 내민다.

사춘기 특유의 퇴행성이 부채질하는 막연한 대속행위는 「한 조각」에선 명확하고 절실하다. 여기서 '나'에게는 오빠를 제지하는 것이 일상이다. 오빠는 어린 시절 자신의 실수로 어머니가 죽은 후 자기파괴를 유희로 삼는다. 매번 자멸을 결승점 삼아 폭주하는 오빠를 완전히 돌려세울 방법을 모색하던 나는 여름 별장으로 떠난 가족 여행에서 문득 깨닫는다. 오빠의 레이스는 모의 주행으론 끝나지 않을 거라고. 그의 죄책감은 어머니 역할을 자처하는 사람(나)의 수난과 그가 주도하는 구원이 동시에 펼쳐지는 '실전'에서 씻어질지 모른다고.

성장기의 삶은 정체를 두려워한다. 그래서, 모험에 매달린다. 「달의 자매」에서 '나'는 삶의 의미가 잡히지 않아 겉돌던 참에 동네(샌프란시스코) 히피들을 만나 진짜 삶을 발견한다. 그러나 여기서도 나는 겉돈다. 그들은 '관찰'만 하며 뛰어들지 않는 나를 '구경꾼'이라 놀린다. 나는 뛰어들고, 그들과 약물을 나누며 하나가 되었다고 확신한다. 그러나 세상과 합일했다는 믿음은 환각의 절정과 함께 사라진다. 환몽幻夢 없는, 정지한 눈에 들어오는 건 모험가들이 아니라 노숙자들, 창녀들, 약물중독자들이다. 착한 마녀 '글린다'는 늙어 퇴거중인 히피의 모습으로 나타나서 말한다. 멈춰 있는 것도 나쁘지 않다고, 눈을 뜨고 있는 한, 정주 또한 여행이 될 수 있다고. 글린다가 이어 가리키는 곳은 히피의 대를 이은 힙스터 세대의 메카, 뉴욕이다. 뉴욕의 중심이 아닌 주변부에, 꿈을 이루기 위해 살던 곳을 떠나왔지만, 끝내 잉여가 된 여자(「에메랄드 시티」의 스테이시)가 있다. 그녀는 삶의 좌표를 잃고서도 자리를 지킨다. 행운이 우연으로라도 찾아올 리 없음은 이미 알고 있다. 여전히 미심쩍어하는 남자친구 앞에서 그녀는 물구나무를 선다. '가까이 가도 멀리 떨어진 채 빛을 발하는 곳'에서 거꾸로 선 채 오래도록 버틴다. 일찍이 체조선수였던 그녀는 존재의 축이 뒤집혔을 때 오히려 아름다운 균형을 보여주는 법을 익혔다. 다시 똑바로 서선 "이도 저도 안 되면 그때는 세상을 달리 보게 되겠지"라고 가볍게 말할 때 그녀는 위대하다. 실패해도 삶은 다른 전망을 보여준다는 것을 체득한 사람의 뚝심.

한 영화의 대사를 빌려 말하면 우리는 과거를 잊었어도 과거는 우리를 잊지 않는다. 그럴 때 여행지는 과거가 현재 시제로 살아나 속죄를 요구하는 현장이 되기도 한다. 모처럼 온 가족이 함께 떠난

여행지(「푸에르토바야르타」)에서 아버지는 어머니에게 외도 사실을 고백한다. 아내와 딸은 집에 붙박아둔 채 시도 때도 없이 떠나던 출장의 진실이 드러나는 순간이다. 그러나 아버지는 속죄할 때조차 자신을 아끼느라 부정의 빈도를 최소한으로 줄여 말한다. 그제야 딸인 '나'는 분연히 폭로한다. 우발적 범행을 주장하던 가장이 상습범으로 밝혀지는 정의의 심판장은 엉뚱하게도 어머니의 희생제로 돌변한다. 하염없이 바다로 들어가는 어머니를 따라가서야 비로소 나는 희생제가 아니라 정화의 의식에 함께했음을 알아차린다. 아버지의 외도 사실을 알고도 얼마간 침묵했던 나는 바닷물에 몸을 씻으며 공범이라는 자책에서 벗어난다. 이제 방향을 묻는 내게 어머니는 집을 가리킨다.

반성도 편의적으로 연출하는 아버지를 아내나 딸이 빽이라도 호되게 후려쳤다면 용서와 화해로 가는 길이 열렸을까? 「묘기를 구경하다」는 이 질문에 요란한 분탕질로 답한다. 주인공 부부에겐 부유한 친구가 있다. 밥먹듯이 여자를 갈아치우는 난봉꾼이다. 매번 진심 어린 사랑이지만, 매번 오래가지 못한다. 설마 안착이 두려워 지속을 거부하는 걸까? 그는 허다한 밀애의 현장에 자주, 친구 부부를 동반한다. 서로에게 안착한 지 오래인 부부는 그를 한심해하면서도 그가 제공하는 여행의 기회, 나아가 그들 삶에선 화석처럼 된 일탈을 구경할 기회를 거부하지 못한다. 그러나 서로에 대한 뼈 있는 농담이 상대의 급소를 노리는 폭로가 되면서 선상의 파티는 피 튀는 싸움터로 바뀐다. 오랫동안 숨겨온 진실이 고름처럼 터진다. 난봉꾼은 정착자인 친구의 삶을 시기했고, 그래서 친구의 아내를 유혹했다. 그렇게 그의 소유지에 잠시나마 깃발을 꽂을 수 있었다. 정착자는 난봉꾼인 친구의 삶을 동경하고 있었다. 그걸 인정하는 순간 살아온 날들에 패배를 고하게 된다. 결국 몸으로 치고받는 건 말로는 해결 못하는 수컷의 방식이다. 어느 소설가가 표현한 대로 '몸의 길'을 통해 서로의 실존을 확인하고 삶의 구체성을 회복하는 유형들이다.

여행이 계시가 될 수 있다는 믿음은 그마저도 관성이 된 사람, 집으로 가는 길마저도 지워진 사람 앞에선 구태의연해진다. 「스타일리스트」에서 십육 년 동안 패션 스타일리스트로 일해온 버나뎃은 지금 화보를 촬영하는 이곳이 라무여도 몸바사여도 상관없다. 모두가 동경하는 삶을 사는 것처럼 보이지만, 기념이 될 만한 사진들 어디에도 그녀는 없고, 기억에 남는 여행이라고는 불운했던 신혼여행이 전부다. 젊음과 아름다움이 가치 기준인 천박한 세계에서 냉정히, 오래도록 버틴 그녀에게 남은 건 늙어가는 몸이라는 민망한 현존성, 그리고 휘발하는 기억과 함께 사라진 자아뿐이다. 하지만 이 허망한 자각 속에서 그녀는 마음이 애틋해지는 샛길을 발견한다. 스쳐 사라지는 순간, 덧없지만 그래서 더 빛나는 지금 여기의 인상과 풍경을 각인하는 것. 기억하는 한 살아 있는 것이니까. 그 순간, 라무의 수평선 너머 보라보라에서 루시 역시 관성이 된 여행을 달리 갱신하고 있었는지 모른다(「조세핀에게 보내는 편지」). 여행이 특별해지는 건 명승지 자체가 아니라 잠든 감각이 모처럼 촉수를 돋워 더 농밀해진 자기언어로 스케치할 때라는 깨달음이, 뒤늦게 도착한 관광엽서처럼 곧 그녀에게 날아들 것이다.

침잠하는 인식을 깨우는 여행이라는 모닝콜이 늘 거창한 신호음으로 울리는 건 아니다. 이혼 후 무작정 스페인에 온 여자(「스페인의 겨울」)는 미숙한 여행자에게 예정된 사고와 재난에 제 몸을 유기하다시피 한다. 실패의 기억이 남지 않을 때까지 나 자신을 망가뜨릴 작정이다. 그때 우연히 마주친 대학 동창이 고백한다. 자기는 숱한 사람들을 등쳐먹고(그중엔 필시 「왜 중국이에요?」의 샘도 있을 것이다) 망명도주중인 사기꾼이라고. 그의 고해성사 앞에서 그녀도 덩달아 자신의 처지를 솔직하게 털어놓는다. 그 순간 소매치기가 나타나 그녀의 가방을 채 가고, 누구도 아닌 그가 있는 힘껏 쫓아가 되찾아온다. 그러고는 그전까지 불행에서 자신을 환기할 줄 몰랐던 그 여자와 그 남자는 갑자기 새로운 여행을, 함께 도모한다. 여행의 하찮은 일화가 절망에 빠진 삶을 단숨에, 감히 말하자면 희망으로 전향시키는 미스터리.

이런 희망이 스페인쯤 가야 찾아지는 건, 물론 아니다. 안착했다는 믿음에 배신당한 중년의 여자(샬럿)는 '이사'에서 어떤 휴가 여행도 주지 못한 기대와 희망을 맛본다(「모자 돌리기」). 「왜 중국이에요?」의 화자처럼 증권계에서 성공한 남편과 샌프란시스코의 대저택으로 이사왔을 때 '나'는 '원하는' 삶을 '차지'했다고 생각했다. 삶을 '헤아릴 수 있고 붙잡을 수 있'게 되었다고까지 믿었다. 돌아보니 나도, 나의 이웃도 그때부터 '모자를 돌리고' 있었을 뿐이다. 다가올 불행을 각자 몫만큼 나눠 받고 있었다는 뜻이리라. 유독 유부남과 치정 관계에 빠지는 여자(캐서린 블랙)가 나의 완벽한(?) 공동체를 전전한 것이 그 시초였다. 오래전 내 집 손님으로 와서 유리잔을 깼을 때 알아봤어야 했다. 이후 휴양지에서 마주쳐 '원했던 건 대부분 이루었다'는 내게 '힘든 건 그걸 계속 붙잡고 있는 거'라고 말했을 때라도 알아차려야 했다. 불운의 징조. 그러나 진짜 징조는 중산층에 진입한 것만으로 '재앙을 모면'했다고 믿은 순간, 내가 불러들인 건 아니었을까. 이웃 남편들이 돌아가며 캐서린과 불륜을 저지른 것이 과연 그 여자가 '아내가 있는 남자를 빼앗을 때만 맛볼 수 있는 모종의 스릴과 흔치 않은 쾌락'을 탐해서만이었을까? 원했던 것을 가지고 나서도 채워지지 않는 내적 결핍이 이 집단행위의 진짜 동인은 아니었을까. 어쩌면 캐서린은 나처럼 안착하려 했으나 낙오한 후 그 세계의 언저리를 맴돌던 건 아니었을까. 그리고 한 번의 성공이 영원한 행복을 보장해줄 거라고 확신하는 사람들을 농락하는 것으로 자신의 실패를 잊으려 했던 건 아니었을까. 내 남편마저 그 여자에게서 순번표를 받았음을 알게 됐을 때에야 나는 순진한 기만에서 벗어난다. 이혼과 이사는 안착에 실패했다는 인증인 동시에 탈출의 절차로 다가온다. 이사 이틀 전, 거리에서 집을 바라보면서 나는 '묘하게 안도'하며 '나라를 떠나는 기분'을 만끽한다. 영원한 보금자리라는 믿음이 스스로에게 거짓된 예속을 종용했기 때문이다. 비로소 나는 '내게 무슨 일이든 일어날 수 있다'는 감각을 '달콤하고 아찔한' 예감으로 받아들이게 된다. 그것을 캐서린의 유산으로 봐도 될까.

『에메랄드 시티』는 제니퍼 이건이 1996년 발표한 단편집으로, 1995년의 장편 데뷔소설 『인비저블 서커스』에서 다룬 여행과 시간과 기억과 욕망과 좌절과 각성과 갱생의 메커니즘을 열한 개의 버전으로 변주하고 있다. 여행은 타성과 망각에서 자신을 분리하는 첫 단계다. 고통스러워 묻어버린 과거의 기억을 굳이 되살리는 병치레다. 그 끝에서 헛된 욕망과 비루한 이기와 허황한 신화를 떨어내고, 돌이킬 수 없는 시간 선상에서 아직 살아 있음을 재확인한 후, 버리거나 두고 온 것 가운데 여전히 빛나는 것을 지팡이 삼아 앞으로 나아간다. '에메랄드 시티'는 없음을 확인한 후 나선 그들의 다음번 여행 이야기는 『깡패단의 방문』(2010)으로 이어진다.

최세희

옮긴이 **최세희**
대학에서 영문학을 전공한 후 번역을 해오고 있다. 『렛미인』『예감은 틀리지 않는다』『사랑은 그렇게 끝나지 않는다』『사색의 부서』『에마』『깡패단의 방문』『킵』『인비저블 서커스』『맨해튼 비치』『우리가 볼 수 없는 모든 빛』 등을 우리말로 옮겼으며, 공저로 『이수정 이다혜의 범죄 영화 프로파일』이 있다.

문학동네 세계문학
에메랄드 시티

초판 인쇄 2022년 6월 17일 | 초판 발행 2022년 6월 27일

지은이 제니퍼 이건 | 옮긴이 최세희
편집 황문정 홍지은 | 디자인 최윤미 이원경 | 저작권 박지영 형소진 이영은 김하림
마케팅 정민호 이숙재 박치우 한민아 김혜연 박지영 안남영 김수현 정경주
브랜딩 함유지 함근아 김희숙 안나연 박민재 박진희 정승민
제작 강신은 김동욱 임현식 | 제작처 한영문화사

펴낸곳 (주)문학동네 | 펴낸이 김소영
출판등록 1993년 10월 22일 제2003-000045호
주소 10881 경기도 파주시 회동길 210
전자우편 editor@munhak.com | 대표전화 031) 955-8888 | 팩스 031) 955-8855
문의전화 031) 955-3578(마케팅) 031) 955-2659(편집)
문학동네카페 http://cafe.naver.com/mhdn
인스타그램 @munhakdongne | 트위터 @munhakdongne
북클럽문학동네 http://bookclubmunhak.com

ISBN 978-89-546-8737-9 03840

잘못된 책은 구입하신 서점에서 교환해드립니다.
기타 교환 문의 031) 955-2661, 3580

www.munhak.com